盗墓之王

肆

飞天/著

中国友谊出版公司

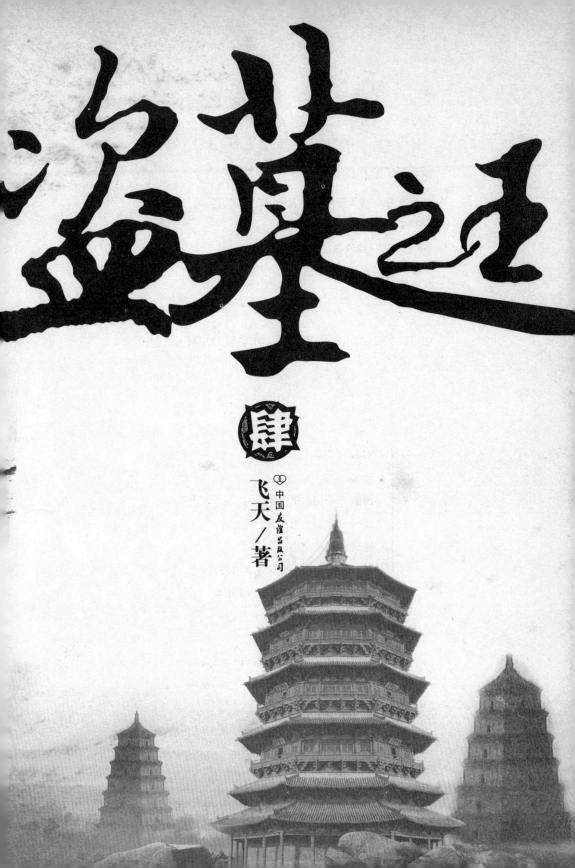

图书在版编目(CIP)数据

盗墓之王 4/飞天著.—北京：中国友谊出版公司，

2007.8

ISBN 978-7-5057-2369-6

I. 盗…　Ⅱ.飞…　Ⅲ.长篇小说-中国-当代

Ⅳ.I247.5

中国版本图书馆 CIP 数据核字（2007）第 112043 号

书名　盗墓之王 4

著者　飞　天

出版　中国友谊出版公司

发行　中国友谊出版公司

经销　新华书店

印刷　三河市汇鑫印务有限公司

规格　710×1000 毫米　16 开本

17 印张　257 千字

版次　2007 年 8 月第 1 版

印次　2007 年 8 月北京第 1 次印刷

书号　ISBN　978-7-5057-2369-6

定价　26.80 元

地址　北京市朝阳区西坝河南里 17 号楼

邮编　100028　**电话**（010）64668676

盗墓之王 肆

目录

第二卷　亡灵之塔

第四部　转生复活

第一章　藏宝图 / 2
第二章　为情所困 / 11
第三章　巫师的儿子 / 20
第四章　獠牙魔来了 / 29
第五章　被剥皮的死人 / 38
第六章　土裂汗大神准备撤离 / 47
第七章　关宝铃再次失踪 / 56
第八章　没人看见的神秘消失 / 65
第九章　东瀛遁甲术 / 73
第十章　半死半醒 / 82

第五部　海底惊魂

第一章　阴阳神力 / 92
第二章　转生复活 / 101
第三章　大阵势 / 110
第四章　劫 / 119
第五章　大亨 / 128
第六章　鉴真门下千年灵魄女弟子 / 137

盗墓之王 肆

目录

第七章　谷野神秀 / 146
第八章　悬浮秘室 / 155
第九章　沉入海底 / 164
第十章　玻璃盒子 / 173

第六部　海神铭牌
第一章　无情困境 / 182
第二章　沙床上的神秘洞口 /190
第三章　逃离深海 / 198
第四章　重陷绝境 / 207
第五章　古怪齿轮 / 216
第六章　千头万绪 / 225
第七章　生物学家席勒 / 234
第八章　男人之间的战斗 / 243
第九章　人在江湖,离合两难 / 252
第十章　鲛人双肺 / 261

肆

第四部 转生复活

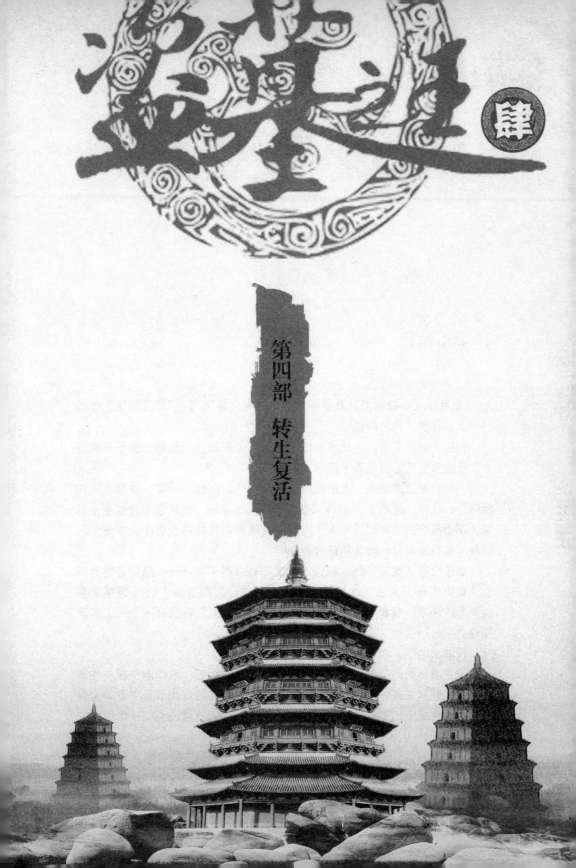

第一章
藏宝图

萧可冷从后视镜里瞄着耶兰的脸，饶有兴趣地问：“耶兰先生，你的另一个大秘密，值多少钱?”

我扭头向着窗外，不想参加任何关于藏宝图的谈论话题，脑子里反复出现藤迦箍在黄金圆筒里平静躺着的情景。

一句普普通通的埃及土语就能把她唤醒吗？开什么玩笑？如果真的如此轻松，这种“还魂沙”的作用根本形同儿戏了……我想起了邋邋遢遢的龙，那个流浪汉一样的异族人，当他的灵魂莫名其妙被土裂汗大神攫取的时候，他会盼着自己能重新还魂醒来吗？

如果没有老虎的节外生枝，或许龙是可以醒来的——一想到老虎和唐心，我突然有了灵感：虽然藤迦不可能醒来，但那套缺失的《碧落黄泉经》至少还在，我绝对不相信除了藤迦外，地球上竟然没有一个人能解读那种文字……

我取出电话，准备打给苏伦。

她目前所处的位置，距离蜀中唐门的老巢非常近，或许能发现一些唐心留下的蛛丝马迹。找到经书，然后召集中国所有的古代语言学专家来研究它，重赏之下，必有勇夫，我就不相信中国人的智慧还不如一个年轻的日本女孩子？

“我……我是不会出售这个秘密的，除非找到合适的合伙人来共同发掘它……萧小姐有这个兴趣，我们可以认真地谈谈……”

几个月不见，耶兰已经从一个严谨的沙漠钻探专家变成了精明的投机倒把的商人，但现代社会里的商人，单单有精明是不够的，还得有权有势，黑白两道都吃得开才行。盲目涉足这一行，只怕到死都不知道是谁开的枪。

“哈哈——”萧可冷大笑起来，开了车窗，让北海道带着咸味的海风直扑进来。

“耶兰先生，你还是醒醒吧！关于藏宝图的传说从十七世纪的西班牙海盗年代开始，已经流传了数百年。总共就这么一个地球，哪能埋得下那么多宝藏？如果真的有藏宝图，我建议你还是去澳洲的乡下找几个土财主合伙算了，或许那一部分人闲得无聊到极点，才会相信你的鬼话——”

耶兰陡然激动起来，用仅存的那只手狠狠拍打着萧可冷的座位靠枕：“你……你怎么知道世界上只有一个地球？无知！无知！无知！茫茫宇宙，有多少地球人不知道的秘密——宝藏算什么？金字塔算什么？我心里的大秘密说出来，全球的物理学家都会目瞪口呆……”

我伸手在驾驶台上敲了敲，恼火地对萧可冷低语：“他疯了，别理他！”

此时已经能看到寻福园里的灯光，耶兰气喘吁吁地继续拍打着我的座位靠背：“风先生，你说，关于土裂汗金字塔里的一切，咱们谁能预想过……巨大的金锭，绝对是震惊世界的发现……”

他真的疯了，相信埃及政府已经给了他和那批工人足够的“封口费”，再这么胡说下去，距离铁娜下令追杀就不远了。

萧可冷的脸色阴沉下来，当她发觉我心里埋藏着越来越多的秘密时，我们之间的隔阂就会一点点加重了。

我不是喜欢多事的人，埃及沙漠里发生的事根本没有向别人讲述的必要。如果耶兰真的有什么藏宝图，那就随他去好了，反正世界上除我之外，有的是对金字塔宝藏感兴趣的探险家，相信他能随时找到合作的伙伴。

别墅里静悄悄的，萧可冷指着主楼右侧的一间亮着灯的房间低声说：“那是关小姐休息的地方，白天受了惊吓之后，我要安子姐妹两个一直陪着她，请不必担心。”

我点点头，不管萧可冷怎么误会，只要关宝铃没事，一切事情都能从长计议。

今晚，我希望能跟苏伦长谈，寻找《碧落黄泉经》是另外一条极其重要的线索，并且我还要联络香港大学的一位著名文字研究专家，向他请教一些关于古天竺梵文的知识。

下车之前，萧可冷若有所思地问："风先生，你会不会觉得这一战，咱们胜得太轻松?"

我几乎不假思索地点头："对，太轻松了，所以我才有不祥的预感——"从"双子杀手"现身开始，始终没有其他山口组的人马出现。就算在"舵蓝社"那幢别墅的暗处发生的偷袭战斗，被杀的敌人可能也只是些不入流的角色。

那么，渡边城派"双子杀手"送耶兰手臂的行动，到此为止，彻底无疾而终了吗?

"风先生，'钢钉'霍克是神枪会孙先生的左膀右臂，孙先生很快也会驾临北海道，我想今晚只是双方试探性的交战，接下来的战斗——"

地面突然颤动起来，犹如突如其来的低等级地震一样，但明显地有了震感，刚刚下车的耶兰身子一晃，砰地撞在了车门上。

"是地震……是地震还是火山喷发……"他惊骇地叫起来。

北海道是个火山、地震频发的危险地带，当地人早就习惯了这种来得快也去得快的大地震颤。

"不是地震，你看——"我的预感应验了，因为南面舵蓝社方向突然迸射出了一个巨大的火球，灿烂无比地飞向半空。那是一次激烈无比的大爆炸，可以想象，桥津派的忍者在那幢房子里埋下了足够多的烈性炸药。

我大笑起来，独自一个人进了客厅，把萧可冷跟耶兰丢在车旁。

如果这是一次连环计对连环计的战斗，双方肯定都不会让自己陷入被动境地——桥津派忍者明白神枪会的人会跟踪、偷袭、暗杀、围剿，所以暗藏炸药；神枪会的人也知道山口组不可能坐以待毙——

舵蓝社炸掉了，但我想聪明的王江南必定毫发无损，被炸上天空的，只是一座旧房子而已，为之头痛的只会是北海道的警察部门。

我想了很多，所以电话握在手里，始终没有拨打苏伦的号码。或许，我需要几个小时的时间冷静下来，才能开始考虑追查《碧落黄泉经》的事。

每一次短暂的风波过后，我都会想起上一次在威尼斯的小艇上，孙龙一本正经地对我说过的那些话。或许只有真正的战争狂人才能想到他说的那种匪夷所思的计划——“日神之怒”的存在还在模棱两可之中，他竟然能异想天开地想象出用这枚神奇的宝石来毁灭某个岛国的计划。

神枪会在日本的势力还没强大到能跟山口组一争天下的程度，那句古话说得一点都不错——“强龙难压地头蛇”。近年来饱受各国政府打击的山口组，毕竟仍然是“百足之虫死而不僵”，在日本黑道上还是有绝对的控制能力。

我在二楼的客厅里慢慢坐下来，受“还魂沙咒语”这件事严重的挫败之后，心情颓丧到了极点，几乎对救醒藤迦失去了最后的信心。

笔记本电脑一直敞开着，登陆到自己的电子信箱之后，发现苏伦的图片已经顺利地发了过来，大概有数百张之多，不但包括很多零星的物品，还有十几张拍摄的是一个古老破旧的石屋。

一阵极度的困倦涌上来，受美浓的移魂术控制后，留下了微小的眩晕后遗症，让我的两边太阳穴隐隐作痛着。

或许今天根本就不该出头卷入神枪会的计划里，如果神枪会的各地首领真的会聚到北海道来的话，可谓高手云集，何必要我这种江湖后辈贸然跳出来强行出头？我真的感到后悔了，即使自己当时挺身而出的一半原因是为了关宝铃。

一声长叹之后，我无力地斜躺在了沙发上，满脑子都是桥津派忍者的诡异身影。

今晚的事，或许萧可冷明天会给我解释，无论是真相或者伪造的真相，我觉得自己都有权知道一些关于神枪会的内幕，但知道又怎么样？不知道又怎么样？对于神枪会而言，我杨风始终是个过客，而绝不会牵扯到他们正在进行的各种诡秘行动……

有人上了楼梯，脚步轻轻地一路上来，停在楼梯口的位置。

我闭着眼睛，但敏锐的听力已经判断出，那是安子的脚步声。

“风先生，风先生？我送咖啡过来了……”她轻轻地叫了几声，声音温柔甜美。

我没有应声，脑子里一团混乱，不想跟任何人敷衍交谈。这种状况下，我也无心问关宝铃的消息，反正别墅里有萧可冷在，她会管理好一切。再说了，神枪会的人马很快就能从舵蓝社那边赶回来，王江南的首要任务必定是抢着问候她，何须我再劳神，引得王江南视我为情敌？

安子把托盘轻轻放在茶几上，一股巴西咖啡的香气无声地弥漫在空气中。

她在茶几前停留了十几秒钟，脚步一动不动，呼吸声也变得非常低沉——这是个奇怪的反常现象，因为我还没自作多情到以为她是在关注我的地步。

肯定是有什么东西吸引了她，会是什么？难道是电脑屏幕上的图片……我警觉地在脑子里画了个问号。电脑一直开着，别墅里的任何人都可能接近翻阅，但苏伦的图片却是刚刚才传过来的——

在去枫割寺之前的车上，安子对我说过的几句暧昧的话，我没有对任何人提起过。现在回头仔细想想，作为一个日本女孩子，似乎不可能贸然对一个刚刚认识几天的中国男人露骨表白，她的居心绝对值得怀疑。

“啪”，电脑键盘响了一声，应该是安子按动了翻页键，希望能得到更多的图片信息。

我的怀疑得到了证实，她对我的资料很感兴趣，只希望她不是渡边城安插在寻福园的内奸才好。

刚刚粗略地翻看了苏伦传递过来的照片，并没藏着什么大秘密，所以不怕别人偷看。我不想揭穿安子，只是静静躺着，保持着一动不动的假寐姿势。

键盘一共被敲击了六次，她已经在一分钟内浏览了所有的图片，又如同灵猫般悄悄退了下去。

我睁开眼睛，咖啡冒着热腾腾的香气，但我是无论如何都不敢再喝这杯咖啡了，谁知道安子会在里面放上什么特殊的“作料”？电脑屏幕又恢复了最初的状态，最上面的那张图画是一个巨大的指北针。

夜已经深了，到目前为止，我来北海道的所有工作一筹莫展，毫无头绪。

关宝铃？嘿嘿……这个神秘的女孩子到底要干什么？难道非得缠着我把别墅买下来不可？在她背后是什么人在指使呢？她肯牺牲自己的拍片时间滞留在寻福园，可见收购别墅这件事对她的无比重要性。现在，她已经迷倒了王江南，明天、后天……会不会也迷倒孙龙？让所有神枪会的干将们拜倒在她的石榴裙下？

一阵气闷，我站起来开了窗子，并且敞开衣扣，让冰冷的夜风直扑在前胸上。

其实，我一直都在反复告诫自己：关宝铃是大亨的女人，别去想她！

别管她的事！不管别人对她怎么样、她对别人怎么样都跟你无关！人的心思却是不能完全自主的，总是莫名其妙地想起她，即使不见她、看不到她——

萧可冷在我身后肃立了很久，我才恍然觉察到。

“风先生，小心些，夜风那么冷，小心生病……”她抱着胳膊，神情满含关切。

我回到电脑前苦笑着：“小萧，有什么事？都这么晚了！”

安子的诡异行动让我觉得后背一阵阵发冷，整个别墅里充满了不安定的因素，再加上外敌屡屡侵入——或许我该向苏伦说清楚这里发生的事，不必卷入到神枪会与山口组的恩怨里来。

我自己的事就够头痛的了，何必多惹麻烦。

“风先生，其实今天的事是孙先生安排的计划，我只是执行者之一。渡边城麾下高手太多，神枪会要想成功占据北海道这块地盘，非得不断地进行蚕食不可，一点一点吃掉山口组的人马……十三哥是计划中的鱼饵，没想到对方会指名要您出去，所以，我希望能代表十三哥向您道歉。”

萧可冷的话依旧吞吞吐吐的，看来并不打算全盘向我托出神枪会的行动。

我看着她闪闪发亮的短发和不住闪烁的眼神：“小萧，告诉我，你也是神枪会的人对不对？苏伦没告诉过我这一点，否则的话，我会早做准备，无须让寻福园卷入这场江湖党派之争里。我的事情很多，没精力处理跟日本黑道之间的矛盾，如果可能的话，请你跟神枪会的人全部离开，我会重新雇佣另外的人员打理这边的生意——这件事，苏伦会理解的，毕竟山口组雄霸日本黑道十几年，他们的势力无法轻易撼动……你明白我的意思吗？”

我不是别人想用就用的枪头，更不想变成王江南向关宝铃邀功的挡箭牌。他喜欢招惹大亨的女人，尽管去捅这个马蜂窝好了，没必要把我一起拖在里面。

萧可冷保持沉默，既不否认也不承认自己的身份。

“我累了，咱们明天慢慢谈可以吗？”我下了逐客令。男人都是有火性脾气的，只是看什么时机才会发作而已。

“风先生，我想你是误会了，神枪会是我们的朋友——”

我扬起手，无言地拒绝了她的解释，并且没有提起安子的诡秘动作。

这种场合下，我先自保就好了，没必要管别人的闲事。神枪会的事全部瞒着我进行，我当然也得保有自己的秘密。

萧可冷很想解释些什么，但最终只是默默地点点头，退下楼去。

值得解释的话太多了，我需要她拿整整一天时间对我解释，而不是孤男寡女在夜深人静的时候独处一隅。

今晚实在太困倦了，后脑勺一沾枕头便沉睡了过去。总是在做一长串莫名其妙的梦——

雪白的巨浪小山一样迎面打下来，我一个人驾驶着独木舟穿行在波峰浪谷里，自己心里很清楚是要去一个神秘的地方，有一件非常重要的事等自己去完成。

我的膝盖上放着一只巨大的罗盘，方位指向正北。

当我看到远处的冰层上有一只懒散的北极熊在吞吃着半截死鱼时，忽然记起来，自己是要一直向北极点划去的。海浪突然没有了，遥远的前方是一根银白色的标杆，那么高，直刺云霄。

天空湛蓝，阳光毫无遮掩地倾泻下来，我放弃了独木舟，一直跑到标杆下。

这应该是一支高强度、高灵敏度的接收天线，可惜没有标明国籍，让我无法判断它是属于哪一个国家的北极观测站的。

“那么，我到这里来干什么呢？”

我没法回答自己心里的疑问，而是双手合拢围在嘴边，大声吆喝起来。奇怪的是，我不清楚自己嘴里吐出的音节，因为这些话并不属于我所学过的任何语言，而是一种类似于俄语的极其模糊快速的字母——

天色忽然暗下来，我预感到会有神奇的北极光出现，于是集中精神仰面向着天空。

“你怎么知道世界上只有一个地球？你怎么知道世界上只有一个地球……”有个人的声音突然钻进了我的耳朵，并且情绪无比激动地一遍遍重复着，声音越来越大，震得我的耳膜一阵发痒。

我情不自禁地回应着：“宇宙中当然不止一个地球，在地球科学家的推算中，银河系诸多不为人知的小星球上，同样有高等智慧生物存在。这些星球的存在状态，与地球相同，当然它们也可以叫做‘地球’或者别的什么名称。”

那个声音轰轰烈烈地回荡着：“荒谬！荒谬！我说的是地球，另一个地球，第十个、第一百个完全相同的地球……”

毫无疑问，这是耶兰的声音，那个只懂得沙漠钻探的埃及工程师的声音。

我在天文方面的知识最起码要比耶兰懂得多，他说的，不过是“宇宙平行理论”中的一个狭小分支，中心含意是——人类是生存在多个平行宇宙中的，假设今天的我们是生存于一号宇宙中，然后在一号宇宙之外的空间里，存在无数个相同的二号宇宙、三号宇宙直到无穷无尽个发展过程完全相同的宇宙。”

这就是美国幻想派科学家们的“镜面宇宙理论”，始终为正统物理科学家斥之为“疯子的狂想理论”。

“耶兰，你知道什么？你发现了什么？”我大声询问，下意识地抓紧身边的标杆，生怕被猛烈的北极风吹走。

“没有人能破解‘太阳之舟’的秘密，正因为如此，人类才发现不了镜子后面的秘密。愚昧的人啊，当你站在镜子面前，你的灵魂已经进入了另一个宇宙，不是吗？不是吗？不是吗……”

耶兰的声音不停地飘来飘去，直到随风传到无穷远处。

我忘记了自己最初来到北极的目的，忽然困惑于“镜面宇宙理论”。

佛家的偈语上一直都有“一沙一世界，一花一佛国”的慧言，在人类眼中，须弥山无比巨大，芥子无比渺小，但如果我们把自己的身体微缩到万分之一微米的时候，则芥子也会如须弥山一样庞大。那么，把地球比作芥子的万分之一，宇宙比作芥子，重新审视，世界上该存在多少宇宙……

应该是无数、无限、无可估量多的宇宙——地球人目前的智慧还无法用载人航天器的方式到达宇宙的边缘，也就无法探知“平行宇宙”到底存不存在。

我不明白耶兰的这些话是从何而来的，但他提到“太阳之舟”的话题，令我回忆起了土裂汗金字塔内部那些方向对着正北的“太阳之舟”图形。

“耶兰……耶兰……你到底知道些什么？”我大叫着。

没有回答，他的声音已经随风消逝。我的双手仍旧紧紧握着标杆，陡然天地间一阵奇妙的绿色光影掠过，自己已经处身于曼妙无比的绿色光波、光环、光晕之中，仿佛是国庆日的激光彩灯广场。

脚下失去了支撑，我只能伏身于标杆之上，无论上看、下望，都只有一条笔直的银色标杆。

向上攀登肯定没有用处，我放松双手，慢慢下滑，希望能重新回到地面。这一刻，我有种突然的预感："人类将自己站立的位置称之为'地面'，将这个星球叫做'地球'，如果有一天，用一台巨人的割草机将地球表面一层一层刮去，十米、五十米、一百米、两百米……一直不停地刮下去，会发现什么?"

我之所以有这样的想法，是因为我发现标杆上突然出现了非常鲜明的黑色刻度符号，离我最近的一个标号是"280"，标准的阿拉伯数字，前面带着一根表示负号的短横线。再下滑约十米，出现的另一个标号是"290"，同样前面带有短横线。

哈！简直匪夷所思到了极点——无论向哪个方向看，视线都被这些绿色的光所阻断。很多游人每年从世界各地涌向北极圈，为的就是观赏神秘莫测的北极光，而我不费吹灰之力，竟然处身于北极光之中，这不能不说是一件万分荣幸的事。

第二章
为情所困

我不知道自己会滑向哪里，因为在北极光出现之前，自己明明是站在坚实的地面上的。如果持续下滑，无休止地坠落下去，会不会到达物理学上标示出来的“地幔”部分——隐隐约约地，我心里又出现了预感，自己的目标就在下面，可惜不知道具体的位置……

眼睛一阵刺痛，我翻了个身，半睡半醒地用被子盖住了头，希望继续把这场梦做下去。

阳光已经照亮了整个卧室，时间大概是在上午十点钟左右。这是个梦，但又不完全是梦，我的第六感在整个梦境过程中贯穿着，不停地指点着梦的走向……

外面院子里不停地想起汽车引擎的轰鸣声，其中夹杂着王江南的吼叫声。

那场计划中的大爆炸不过是两方交战的一声奠基礼炮。作为亚洲黑道上最强大的两支力量的交手，绝不会像普通混混们打群架一样，刀来枪往地一场混战，然后鸡毛鸭血满地地草草收场——

不客气地说，两大势力这次正式开战的结果，甚至可以影响到亚洲各国的政治格局。要知道，山口组的很多大头目都在日本议会里有一席之地，处于半黑半白的地位。他们的生死进退，能直接左右日本议会的讨论结果。

我在找什么？难道潜意识里，根本不是在寻找大哥杨天的下落，而是有更重要的使命？无比困惑地掀开被子，仰面盯着屋顶。梦是潜意识的合理发泄，当我在那标杆上一直下滑的时候，潜意识明白无误地告诉我，目标就在下面——

下面？我苦笑，物理学家们把地球分成了地壳、地幔、地核三部分，无休止的下降过程，只会把我送进火热蒸腾的地下岩浆里面。

卧室的门是反锁着的，已经不止一次有人在外面轻轻敲门，从脚步声推断，一直都是萧可冷的动静。

我不想见任何人，更不想接电话，甚至包括苏伦的电话。救醒藤迦的路径已经被堵死了，我找不到龙说过的“有缘人”，甚至可以说地球上几十亿人里根本就不存在他说的“有缘人”，最合理的解释，所谓的“有缘人”就是伟大的上帝，只有上帝才能把藤迦的灵魂还回来，无论它被拘禁于何处。

在这个问题没解决之前，我不想再介入苏伦所说的神秘的“阿房宫事件”。每个人的精力都是有限的，不可能分心多处，导致最后一事无成。

我还想去枫割寺，最好能见到谷野神秀本人——

“笃笃笃笃”，卧室的门又一次被敲响，依旧是萧可冷：“风先生，苏伦姐有电话过来，要您亲自接。”

我的电话早就关了，苏伦拨打的应该是别墅里的座机。

“有什么要紧事吗？能不能半小时后给她回过去？”我还不想起床，在床上思考问题更能集中全部精神。可是，门外又多了耶兰的焦虑声音：“风先生，我真的要跟您商量藏宝图的事，想来想去，只有您最值得信赖——拜托开一下门，免得夜长梦多，给其他人抢了先……”

他敲门的手法比萧可冷粗野得多了，发出“咚咚、嗵嗵”的巨大声音。

没办法，我起床开门，顺便穿上外套，摇摇晃晃地走到客厅里。

阳光肆无忌惮地照射进来，到处都是明晃晃的光，让我情不自禁地记起了睡梦里绿色的北极光。

耶兰迫不及待地跟在我后面，失去了半条手臂后，他走路的动作显得像企鹅般笨拙，不停地摇摆着屁股：“风先生，我敢肯定胡夫金字塔下面是一片黄金的海洋。埃及人代代相传的那些神话，其实都是真实存在的，巨量的黄金等待咱们去发掘，以你的智慧和我的藏宝图，很快，咱们将是地球上最富有的两个人——我保证！我以埃及历代神灵的名义、以法老王的惩戒之神的名义向您保证……”

他喋喋不休地叙述着，嘴角喷着令人恶心的白沫。黄金的诱惑力如此之大，竟然把一个勤勤恳恳的工程师变成了贪婪无比的盗墓贼。

我坐在沙发上，慢条斯理地开了电脑。

“风先生，您有没有在听我说话？黄金、海量黄金、足以填平红海的黄金……”他手舞足蹈起来，身上刚刚换过的一套崭新的灰色西装，并不能掩盖他落魄的颓唐。

我当然在听，并且一直考虑着用什么理由向他提问。充足的睡眠之后，我的脑子重新开始灵活运转，因为他昨天说过的那句“世界上不止一个地球”——正常人不会如此激动地提到这个问题，除非是知道了某些“天机”。

萧可冷一直捧着无线电话站在旁边，表情复杂。她应该对昨天的事向我道歉，因为正是她的故意隐瞒，才把我诱导进了一个早就设定好的圈套里。

寻福园别墅属于手术刀、属于苏伦，萧可冷只是暂时的管理者，她没有权力将神枪会的人马全部接纳进来，并且将此地演变成神枪会反击山口组的大本营。

“我在听，不过，你必须得告诉我，关于‘平行宇宙理论’你知道多少？”我直视耶兰的眼睛，防备他再次说谎。

他愣了愣，眼珠急速打转。

我不给他喘息之机，冷笑着挥手：“我只有这一个问题，如果你不能坦诚回答，咱们之间根本没法合作。你可以离开了——可以找任何冒险家去谈你的藏宝图、谈你的填满红海的黄金之梦，都与我无关！”

对于黄金和财富，我自始至终就没有太大的兴趣，否则也不至于轻轻松松就把举世瞩目的“月神之眼”交给铁娜，而丝毫没觉得可惜。

“风先生——其实，很多事不知道更好对不对？”耶兰的脸涨成了猪肝色，我越发相信他心里存着巨大的不可告人的秘密。

萧可冷犹豫了一下，见我实在没有马上给苏伦回电话的意思，只好苦笑着转身下楼。

等她的短发在楼梯上消失，耶兰忽然赞叹：“好漂亮的中国美女，真羡慕中国的男人，身边整天围绕着各种各样的美女，尽享艳福，唉……”

他也坐下来，大模大样地面对着我，一副成竹在胸的样子。或许是脱离风吹日晒的沙漠生活久了，他的脸不再像从前那么黝黑，而是一种酒色过度后的暗黄色，脖子上竟然还挂着一条金灿灿、沉甸甸的项链，真不知道皇冠假日赌场的人怎么搞的，没把这条链子抢去抵偿赌债？

当他张口说话时，嘴角有两点金光倏地闪现出来，那是两颗刚换的24K纯金牙齿，炫耀的成分更大于实用的价值。

“风先生，长话短说——我们对于地球的结构直到最近才有了比较清楚的认识，它不是一个均质体，而是具有明显的圈层结构。地球每个圈层的成分、密度、温度等各不相同。在天文学中，研究地球内部结构对于了解地球的运动、起源和演化，探讨其他行星的结构，以至于整个太阳系起源和演化问题，都具有十分重要的意义……”

他完全是一副做学术报告的口气，又带着暴发户般的洋洋得意。

我无意识地挪动鼠标，把苏伦传过来的图片调出来，逐一翻看。拍摄那个指北针的图片很多，至少有二十张以上，各个角度都拍遍了，还有两张是正对那根红色指针的特写。

“金字塔的存在，是人类建筑学上的奇迹，是埃及人的骄傲……”耶兰的话有些离题万里了，我不耐烦地在键盘上敲了几下，示意他尽快进入主题。

“风先生，我的发现若是径直公布出去，极可能造成人类航天学上的困惑，至少可以影响今后十年甚至百年的航天科技发展方向。这个发现的价值，粗略估计会在几亿美金开外。但是，我绝不会说出去，你们中国人有句古话叫做‘天机不可泄露’。随随便便泄露上天的秘密，跟着财富降临的恐怕就是灭顶之灾……”

我冷笑：“你倒是很有自知之明呢！”

听他不着边际地胡扯，还不如看图片来得舒服。看那只方形指北针的大小比例，应该超过一本流行杂志的尺寸，厚度则是二十厘米左右，通体呈现出一种黑黝黝的颜色，比紫铜更深，有点像古代中国钢铁冶炼典籍上说的“乌金”。

透明的表盘外罩毫无疑问是玻璃制成的，直径二十厘米，表盘上的刻度、指针跟常用的指北针没什么不同。

或许苏伦感到它“怪异”的原因，是在于它的形状和尺寸，这不难解释——用于登山旅游、探险科考的指北针设计得都很小巧，是为了方便随身携带，而图片上这只，是固定于某种平台或者安装在车辆船舶上，所以才会具有硕大的外壳。

耶兰停止了叙述，更看出了我的不耐烦："风先生，我只能说是得到了上天的指示，在接手土裂汗金字塔的发掘工程之前，我连续做过很多个相同的怪梦——一个无比高大的天神，站在胡夫金字塔前，他的手里牵着斯芬克司之狮，脚下踩着太阳之舟……"

我气得想拂袖而去，因为他讲的内容完全可以编纂成三流神话小说了。

王江南又在窗外叫着，大声下着命令，似乎是催着手下在搬运某些重物。

一提到王江南，我就能想到关宝铃，这两个名字似乎已经牢牢联系在一起了。我甚至恶作剧地想让大亨尽快出现，让王江南尝尝勾引大亨的女人到底有什么恐怖的后果——

苏伦是别墅的主人，等一下跟她沟通完毕后，我希望能跟神枪会划清界限，让寻福园恢复原先的平静。

我的脑子里又开始乱了，苏伦与关宝铃的影子交替闪现，特别是昨天中午关宝铃受了"双子杀手"的惊吓后，那种惊恐万状的表情，深深地镌刻在我脑海里……

"风先生，你还听不听？天神告诉我，打开通道，得到黄金……"耶兰的叙述已经到了尽头，他的藏宝图，不过就是依据梦中天神的指示，自己醒来后凭借记忆力画出的。

"你还是没有说清楚，关于'平行宇宙理论'，你到底有什么样的认识？"我冷笑，他的含糊其辞、顾左右而言他，只能引起我更大的怀疑。

我站起来，抓住他那只完好的胳膊，老鹰抓小鸡一样将他提了起来："算了耶兰，你既然没有合作的诚意，还是赶快离开北海道、离开日本的好。得罪了山口组，留在这里，说不定什么时候命就丢了，对不对？"

像地球人故老相传的所有藏宝图故事一样，耶兰的叙述也难逃窠臼，对于这种一厢情愿的"意淫"情节，我最好的处理方式就是一笑置之，不予理睬。

耶兰着急地叫起来："风先生，风先生，您听我说……"

我不想再听这种无聊的故事，单手提他下楼，心里开始后悔为什么要相信他、相信"还魂沙"的无聊把戏。

大厅里至少有十几个精明干练的年轻人在忙碌着，沙发、餐桌都被高高地摞起来，有好几处地板也被挖掘起来——有两个人正站在梯子上，全神贯注地趴在屋顶的吊灯上。地上堆满了大大小小的木箱，几个已经拆开的箱子里放着各种黑黝黝的管材、电线、雷管……

所有的木箱上面，无一例外地打着“AT”字样的标签。

我愣了愣，忍不住大声叫起来：“小萧！小萧!”

萧可冷应声从洗手间方向出来，那边传来“叮叮当当”的敲打声，可想而知，有人也在给卫生间“动手术”。

“他们要干什么？要把这里布置成反恐碉堡吗?”我怒不可遏，指着那些木箱，随手把耶兰抛开。

“AT”是欧洲一家私人军火工厂的代号，专门为全球各地有特殊需要的人群制造任意规格的武器，是独行杀手们的最爱。

王江南抱着胳膊站在台阶上，神情冷傲，对我的吵嚷充耳不闻。他的样子更激起了我无边的愤怒，一切肯定都是出于他的指使。

萧可冷苦笑着：“风先生，听我说，这是苏伦姐与孙先生的事先约定。其实，神枪会只是要加强寻福园别墅抵抗外来袭击的能力，没有什么不轨图谋……”她的手背上沾满了黑色的机油，可以想象，除了常规性攻击武器外，在某些隐蔽的角落里肯定还有重型枪械甚至榴弹发射器之类的，因为只有那些大口径武器上才可能用到专业的黑色防锈油。

我愈加愤怒，经过昨晚的事，神枪会方面对我毫无解释，反而变本加厉地以主人自居，根本没经过我的同意就——

我扭头上楼，一边走一边打开电话，拨了苏伦的号码。

电话只振铃一次便接通了，苏伦的声音带着微笑传过来：“风哥哥，你终于肯打过来了。怎么？昨天太累了？那件事，小萧已经向我解释，并且神枪会的孙龙先生也给我来过越洋电话。非常时期，或许我们该采取息事宁人的合作态度，况且山口组是亚洲地区的一块巨大毒瘤，由神枪会出手剜掉它，有什么不好?”

我无言以对，尴尬地张着嘴，进退不得。

“那些图片看了吗？风哥哥，我很抱歉，目前不能赶到北海道去了。你在那边足够了，还有小萧，加上神枪会最强干的人马——我刚刚组建了一支业余探险队，准备向西南进发，去探索那个地下阿房宫的位置。有个美国的生物学专家叫做席勒……你应该听过他的名字，曾经拿过‘新西兰蝴蝶进化研究’年度大奖的——他加入了我们，相信在半原始森林里，凭着他渊博的生物学知识，会令我们的探险工作事半功倍……”

苏伦一直在娓娓而谈，我紧握着电话，几乎插不上嘴，直到她的叙述告一段落，我才“哦”了一声，敷衍着问：“那个指北针的图片，我仔细看过，好像没什么古怪之处。”

苏伦叫起来：“怎么可能？你没看过我的说明文字吗？在另一封邮件的文档里？”

我真的没注意什么文档，被昨晚的怪梦和耶兰的叙述弄得头昏脑涨，脑子里已经塞不下任何东西。

“单独看指北针，肯定一点都不特殊，但它却是在一座封闭了几千年的地宫里发现的。风哥哥，指北针这种东西虽然最早起源于战国时代，但那时只是简单的‘司南’雏形，根本不可能有如此精密的结构——”

我打断她的话：“苏伦，在地宫里发现，并不等于指北针就是地宫形成时最原始存在的东西，为什么不是后来的探险家无意中遗失在里头的？不要把任何东西都往古代人身上去联想，就像小萧一样，把一张莫名其妙的羊皮纸，联想成秦朝的藏宝图……”

提到萧可冷，我心里便大大地有气。

或许是我不耐烦的口气令苏伦有些不快，她立刻在电话那端沉默了下去。

听筒里出现了一个年轻男人的声音，说着一口流利的美式英语：“苏伦，行装备齐，随时可以出发了。”

我心里一阵酸溜溜的味道泛上来，随口问：“那是谁？难道是你说的什么美国人席勒？”

“对。”隔了一会儿，苏伦才简短地回答。

一条看不见的鸿沟正在我俩之间迅速膨胀扩张着，我放缓了口气：“苏伦，我需要你到北海道这边来，很多事我想跟你商量，我……需要你……的帮助……”

从来没有像现在这样低声下气地求一个女孩子，或许是因为目前的寻福园于我而言，已经成了四面楚歌的态势。我很怀念在埃及沙漠里跟苏伦并肩战斗的那段时光，她能弥补我一切考虑遗漏的问题——

“风哥哥，其实我一直都没告诉你，家师冠南五郎对我寄予了极大的期望，那就是找到传说中的‘亚洲中枢’，扭转‘善恶天平’，把整个亚洲的战火与仇恨全部消弭……每个人存在于世界上，都有自己的任务需要完成，不是吗？你的目标是寻找‘盗墓之王’杨天大侠，而我，却是一定要完成家师的重托……”

又一次，我的胸膛被强烈的郁闷塞满，因为苏伦这段话讲述的内容，也像耶兰的故事一样空洞无聊，根本就是毫无意义的空穴来风。

以上叙述来自日本著名的神学家川浩大洋的“亚洲齿轮学说”，川浩大洋在自己平生最得意的著作《息战》中曾做过这样的描述——

“亚洲大陆，其实是由两只巨大的不停啮合的齿轮构成，它们同处于天神的殿堂里。忽然有一天，殿堂受到外来邪恶力量的推动震荡，导致转动的齿轮发生了偏移，相互之间不能再良好地啮合，而是不断地摩擦、崩缺、残损，在人间就会表现为战争、饥荒、天灾、人祸。所以，需要一个力大无穷的勇士，找到两只齿轮的中枢，重新调整它们之间的距离和角度，让齿轮重新顺序转动，人间一切战争、贪欲也就自然净化消弭了……”

我禁不住冷笑着，觉得自己的喉咙正在慢慢发干：“苏伦，连那些……你都相信？令师冠南五郎是黑白两道德高望重的老前辈，怎么会相信这种荒诞不经的东西？”

不知道是我自己疯了还是别人疯了，明明看起来纯属胡说八道的怪论，偏偏会有人孜孜以求？

“风哥哥，世界上的任何事，无论人相不相信，它都会自始至终存在，只看你是否敢正视它的存在而已。我无法去北海道，你可以无条件信任小萧，就像在埃及时信任我一样。”

苏伦的语气很坚决，如果探险开始的话，至少要维持一个月甚至几个月时间，北海道这边的事，的确没法指望她了。

“苏伦，能不能跟我讲讲小萧的来历？我真的可以无条件相信她？”既然苏伦坚持，我也不好勉强。

苏伦的声音明显地开始犹豫：“小萧……的叔叔曾经是神枪会上一代的核心成员，在执行任务的过程中献身，所以，她虽然没正式加入神枪会，会里的所有大小头目，包括孙龙先生都当她是自己的妹妹一样。她很聪明，处理问题的能力只会在我之上……”

我不知道该如何应答，其实盼望苏伦来北海道，更多的是心灵上的一丝渴望，但又不想这么快就让自己的心事完全暴露给她。

“苏伦，你真的不能过来？”我的心冷了半截，开始在脑子里勾勒电话那端的年轻美国生物学家的脸。

“我很抱歉，风哥哥，希望你在北海道过得愉快……特别是……跟著名影星关宝铃小姐在一起……”

说完这一句，苏伦便匆匆挂断了电话。

我苦笑着来回踱了几步，小萧是苏伦的眼线，看来就连昨天我挺身而出做人质换关宝铃的事，也在第一时间传到苏伦耳朵里了。她不肯到北海道来，一定有这方面的原因。

算了，这样的误会越解释越复杂，等她知道我跟关宝铃之间毫无瓜葛的时候，误会自然而然就消除了。

别墅里的改造工程既然是经过苏伦允许的，我已经没有任何发言权，只能置身事外，顺其自然。但在下面“叮叮当当”的敲打声骚扰下，就算想躲进书房看看书都不可能了。

我快步下楼，走出门口，从王江南身边擦过。台阶下停着两辆小型厢式货车，门敞开着，里面堆放着更多的木箱。别墅里有那么多房间，看来王江南的意思，是要把每一间房子都变成可攻可守的堡垒，用以抗拒山口组可能出现的进攻。

其实他这种做法何其愚昧？据美联社三年前的报道就可以得知，山口组的恐怖行动中，屡次动用轻型肩扛式火箭炮，有效打击距离超过三百米。把寻福园布置得再精致严密，能挡得住敌人几十发火箭弹暴风雨一样的突袭？

在我眼里，王江南的某些做法，非常愚蠢，真是委屈萧可冷了，要跟这样的蠢材合作。

第三章
巫师的儿子

别墅的东西宽度约为二百米，南北为一百五十米，所有的房子、草坪和树木都极尽萧条，到处灰蒙蒙一片。

冬天总是这样，除了阴冷还是阴冷。

院子里唯一的景致就是那座水亭，想必春暖花开的时候，小溪里注满清水，景色一定非常优美。日本的水景园林设计，本来就是全球最富有诗情画意的，他们的设计师们良好地继承了来自中国大唐时期的华美阴柔之风，从细节到整体，全部可以用“唐风”两个字来概括。

关宝铃坐在水亭里，她偏爱这个地方，即使昨天刚刚有被挟持的不愉快经历。

我毫不犹豫地向水亭走过去，就在王江南的嚣张注视之下——苏伦和萧可冷都误会了我，索性让她们误会好了。

关宝铃的头发依旧顺滑闪亮，比从前她拍过的洗发水广告里的形象更健康迷人。阳光射在她光洁的额头上，像是一束温暖之极的舞台灯光打过来，让我产生了在那里轻轻一吻的非分之想。

她扭头望了我一眼，眼波如无声的流水。

“关小姐……昨天没受到惊吓吧?”我抢着开口，大步进了亭子里。

“没有，谢谢风先生挂念，也谢谢风先生的大义营救。”她的态度很冷淡。

王江南在大声咳嗽，仿佛是对我的某种警告。我才懒得理他，如果接近关宝铃能激怒他，正是我的本来目的。

“关小姐，出售别墅的事，我重新考虑过了。如果你肯告诉我收购别墅的目的……或者到底是谁指使你做这件事，我们可以商量，怎么样?”我脸上带着平静的微笑，心里却已经开始紧张。

“是吗？多谢。”出乎我的意料之外，关宝铃并没有任何大喜过望的反应。

哲人说，美丽的女孩子大多不够聪明。这句话在关宝铃这儿根本就不适用。她望着我的眼神冷冰冰的，几乎能把我的心思一眼看穿。

我开始后悔用这种低级的伎俩来套她的话了——之所以走到亭子里来，是为了让王江南生气。

“对不起。”我坦白地承认了自己的阴险意图，并且脸上热辣辣的，惭愧到了极点。在与苏伦的通话中受了挫折之后，我的思维能力似乎被冻结了，才犯这种故作聪明的低级错误。

关宝铃脸上有了笑意，耸了耸肩膀，很坚决地问：“风先生，这幢别墅你是永远都不会卖的，对不对？不管什么人说情，都没有商量的余地?”

当她以正色谈论“正事”的时候，脸上所有的线条都是绷紧的，给我一种极其熟悉的感觉。印象里，我似乎在某个著名人物脸上看到过同样的表情，像是著名雕刻家刀下的人物头像，带着坚忍果决、咄咄逼人的气势。

“对，除非我已经彻底发掘到了别墅里埋藏的秘密——关小姐，背后指使你收购寻福园的人，也是为了这些秘密，对吗?”

从萧可冷的叙述里得知，关宝铃是在屡次进入枫割寺之后，才突然做决定要收购别墅的，所以我有理由怀疑，是枫割寺里的某个人利用了她的热情。

水亭里出现了一段短暂的沉默，风从西北方向吹来，满院子都是响个不停的敲打声和电动冲击钻的刺耳动静。在这样的声音背景下，即使大声谈论任何秘密事件，都是绝对安全的。

“不，不是人的指使，而是来自‘通灵之井’的启示。”她的口气无比肯定。

我苦笑着摸摸自己的鼻子：“什么?”

“你明明已经听懂了，是那口神秘的古井给予我的启示!”她迎着我惊诧的目光，进一步强调，“枫割寺的古井传说，并不是骗人的。我明明白白地得到了它的启示，毁掉寻福园别墅，就能破解黑巫术的‘死亡光辉’。”

“死亡光辉”就是大亨中的黑巫术的名字，也是曾经困扰过很多港、澳、台灵异高手的课题。每个人都眼睁睁看着大亨颁布的高额赏格，就是没能力拿走它。

我盯着关宝铃的眼睛，如果她这些话也是撒谎，那么她绝对是世界级的演技派高手，因为我从那双黑白分明的大眼睛里读到的，只有数不尽的纯洁与动人的热情。

“我没撒谎!”长睫毛一闪，像是童话古堡里的仙女轻轻开了窗子，又无声地关上。

在她的澄澈眼波里，我忍不住有头晕目眩的感觉。她的唇鲜红圆润，带着甜美无比的诱惑，简直是不动声色地勾引男人犯罪的深潭。

“相信我，包括我曾经向你说过的奇怪幻觉，而且，我没必要撒谎骗人——我不是小孩子了，为了自己想要的礼物，可以肆意浪费别人对我的眷宠。风先生，以我母亲的在天亡灵发誓，我所说的一切，每一个字都是真的。”

我艰难地咽着唾沫，将自己早就驰骋万里的思绪收回来：“是，我相信你。”

苏伦、铁娜、藤迦都各自有美丽的一面，但她们三个加在一起，恐怕都不及关宝铃的一半吸引人。如果她们算是最甜美的糖块，关宝铃则是全球顶级的醇浓巧克力，只要微小的一勺，就能把全世界的男人都醉倒了。

我后退一步，下意识地让自己与她拉开距离，免得坠入这个又大又深的诱惑漩涡。

关宝铃站起来，长发瀑布一样披垂着，衬得她脸上、颈上的皮肤如质地完美的玉雕一样白腻。我现在终于能体会到在每一次的影迷见面会上，为什么会有那么多年轻男孩子疯狂呼唤她的名字了——

一个完美的女孩子对男人的吸引力是绝对致命的，犹如地球上亘古存在的万有引力。

“明天或者后天，我会离开这里，已经耽误得太久了，叶先生已经来电话催促过好几次——”

我的头“嗡”的一声，自己也从云端坠落到凡间：她是大亨的女人!别忘了，她已经是大亨的女人，无论有多漂亮，都是为大亨准备的……跟大亨比，我根本不算什么，王江南也不算什么……

连续退了三步之后，我的头剧烈地痛了起来，一个美女的杀伤力，不逊于“双子杀手”的移魂术。

一提到大亨的名字，她脸上蓦地洋溢起动人的微笑，那绝对是发自内心的喜悦。

“风先生、风先生……风先生……”耶兰从大厅里跑了出来，滑稽地挥动着断臂。这条残疾的胳膊仿佛成了他某种炫耀的资本，毫不避嫌地暴露在众人眼里。

我向关宝铃点点头，慢慢退出水亭，浑身有剧烈运动后乏力的感觉。她是那么漂亮，任何男人只怕都难以抗拒她的眼波一转，怪不得阿拉伯的富家子弟会为她如痴如醉。

风卷动她肩上的黑色狐裘，让人无法不产生“飘飘欲仙”的错觉。

急急忙忙奔跑过来的耶兰看呆了，站在亭外的草地上半仰着脸，不住地啧啧赞叹着：“太美了……太美了……太美了……”

关宝铃的美是所有人都认同的，据香港影视周刊最新的影迷民意调查，全球六万五千名被访问者，投“非常喜欢”票选的竟然有五万四千八百名之多。她在影视圈里的美誉度，已经直逼美国昔日的著名美女玛丽莲·梦露。

我推了耶兰一把，因为王江南向这边频繁注视的目光已经带着想要杀人的疯狂。

耶兰如梦方醒地收回了自己的目光，拖着我的衣袖：“风先生，我向您说实话，全部实话，甚至我只要全部黄金的一小部分，怎么样？我们会合作得很愉快，您会成为世界上唯一一个黄金储量超过美国中央银行的超级富翁……”

他已经被自己的“藏宝图”烧昏了头脑，绕来绕去都离不开这件事。

我狠狠地在有些发烫的脸上搓了两把，坚决地把飞翔于云端的思绪收回来，忽然有了一个新的想法：“耶兰，合作的事先稍微拖后，明天我想带你去枫割寺，看看那句咒语会不会起作用。如果真的能把藤迦救醒，我会全力支持你的‘藏宝图’计划！”

不管咒语是否有效，车到山前了，当然要去试一试。

我们在草地上低语的时候，王江南已经大步走向水亭，彬彬有礼地向关宝铃笑着：“关小姐，外面风大，要不要回房间去休息？”他的铁手已经又一次被白手套遮盖住，并且及时伸出去，扶住了关宝铃的胳膊。

王江南是个可怜的男人，一旦陷进了这个美丽的漩涡，要想自拔已经是遥遥无期了。

这一刹那，我为他感到悲哀，犹如看着一个固执地扑向灯火焰心的飞蛾，只等最后“嗞啦”一声化为灰烬。同时，我在为神枪会的人马担心，古兵法上说“主将无谋，累死千军”，在这种为情所困的人物领导下，再跟山口组这样的黑道超级大鳄对决，大家的死期不远了。

神枪会需要的不是柔情款款的多情公子，而是彪悍绝伦的黑道王者，不知道孙龙清楚不清楚目前王江南的情况。

耶兰的双眼一眨不眨地看着王江南扶着关宝铃离开水亭，缓步回到她的房间门口，突然愤愤地向地上吐了口唾沫：“等我找到宝藏，哼哼，买十个八个中国美女藏在家里，就像你们中国人常说的，造一间黄金的屋子把美女藏在里面……”

我厌恶地瞪着他，直到他讪笑着闭嘴。

暂且不管耶兰的藏宝图计划，先带他去枫割寺一趟，看能否出现奇迹——耶兰不明白我的心思，只要我答应跟他合作寻找宝藏已经乐不可支了，带着我向他昨晚休息的房间门口走过去。

“风先生请留步——”有个温和谦逊的声音响了起来，是从大厅门口传来的。

我的记忆力永远不会出错，那是昨晚舵蓝社里出现过的“钢钉”霍克的声音。那个高大的年轻人身上的皮衣在阳光下闪闪发亮，幽深漆黑的眼睛里带着一丝玩世不恭的笑容，脖子上依旧戴着那条灰色的狭长围巾，一路大步向我走过来，带着一股不怒而威的气势。

“风先生，昨晚没来得及详谈，其实我对你在埃及沙漠里的光辉事迹已经久仰了。”他微笑着向我伸出右手，拇指上戴着的白金指环正放射着耀眼的光芒。

既然对方如此谦和，我也只能停下脚步与他握手。

霍克的年龄大概在二十五岁上下，双眉漆黑浓密，低垂地压在眉骨上。他的皮肤呈现出一种黝黑健康的“阳光色”，那是今年美国大城市里最流行的肤色，看得出他是个前卫时尚的年轻人。他的手修长有力，皮肤光滑得像一条鲜活的鱼。

“‘钢钉’霍克的大名，我也是久仰了！”我笑着。

他笑了，露出洁白整齐的两排牙齿，这副形象，不像是驰名美国黑道的华裔黑帮老大，反倒像是刚刚跻身于影视圈的华人男星。

“北海道这边的事有些棘手，孙先生要我飞过来助十三哥一臂之力。要早知道风先生在这里，何须我大老远地跑过来画蛇添足？哦对了，我与苏伦小姐算是同门，家师何鸿信与冠南五郎大师年轻时曾共同拜在日本柔道至尊浅见门下……”

埃及沙漠的经历已经成了过去，我希望能保持低调，毕竟在那边时所有的事情都是铁娜领导的埃及军方在主持，我跟苏伦只是适逢其会而已。但从霍克的口气中，似乎已经对我有了忌惮之意，真不知该庆幸还是不幸。

“钢钉”霍克十九岁出道，成名于洛杉矶华人社团的几次大规模械斗中，短短两年便引起了黑道各方势力的关注，当然，最关注他的还是美国中央警察总署，早就把他定名为一级恐怖人物。

我很早就听说过他，出手时很少留活口，并且年纪轻轻便已经跃升为神枪会在美国分会的顶梁柱之一，很受孙龙青睐。

“风先生，以后请多多指教，这是我的心愿，更是孙先生的意思。有封信，是他让我一定当面转交的，并且他很快也会飞抵北海道，跟风先生面谈。”

他从皮衣的内袋里取出一只牛皮纸信封，客气地双手递给我。

霍克这样的人是根本得罪不起的，表面上的客气并不代表大家可以彼此信任。我接过信封，也同样客气地道了谢，追上耶兰的脚步。

其实关于昨晚舵蓝社的战斗结果，我希望能有所了解，霍克、王江南都完好无损，那么是不是桥津派的人都被一网打尽了？包括那身佩“将星刀”的秃顶老头子桥津丸？

稍稍犹豫后，我并没向霍克直接提问，有些事，如果别人需要让我知道，自然会单独下通知，不必我赶着去追问。萧可冷没说、王江南不说、霍克丝毫不提，我又何必主动打探？于我有什么好处？

本来是遵照苏伦的意思来接手寻福园的各项事务，到了现在，自己俨然成了局外人，一切变成神枪会的私有地盘了，真是令人郁闷。

耶兰居住的是主楼左翼的第一个房间，屋子里干净整洁，已经布置成标准的五星级宾馆客房的样子，特别是那张宽大素雅的席梦思床，足以让疲倦的旅人放心地高枕无忧。

我拍打着手里的信封，并不急于打开。孙龙喜欢写信，并且是写措辞严谨之极的信，并且一直说，只有写信这种形式才是对朋友最有诚意的尊重。里面会写些什么呢？又是关于“日神之怒”？

一想到孙龙的庞大野心，我只能哑然失笑：他要做的事，只怕美国总统都未必能想得到、做得到，何止是异想天开而已？

我不愿意再跟耶兰多说废话，看看表，正色告诉他：“耶兰，我只给你十分钟时间，希望你能言简意赅地告诉我事实真相。千万别用物理学上的空泛术语来敷衍我，知道吗？”

直到这时候，我被关宝铃迷惑得心旌摇荡的思想才慢慢稳定下来，眼前不再一直晃动着她扑扇的长睫毛。

耶兰没有落座，低着头在屋里来回踱了十几次，咬着牙根，迸出一句：“龙……是我的亲生父亲……”

我愕然：“什么？你说什么？”

“龙是我的……父亲，亲生父亲！”耶兰仰面吐了一大口浊气，仿佛说出这句话，肩上就放下了一个千斤重的担子。他的脸渐渐变成铁青色，神情也一片黯然。

我想起龙的邋遢模样，没有人爱搭理他，只有耶兰，自始至终是营地里唯一一个不嫌弃他的人。

“龙所信奉的教派，自称是天神的子民，是不可以跟外族人通婚的。但到了他这一代的时候，同族的人都在天灾人祸、战争饥荒中死亡殆尽，只剩下他自己。为了把族里的光辉教义传接下去，他便偷偷地与外族女人生下了我——我从没见过自己的母亲，记事开始，生活中就只有他，并且他始终不允许我称呼他‘父亲’，一直到他死为止。”

耶兰的叙述并不是太简洁，但带着哭音的朴实无华的话，还是深深打动了我。实在没想到在龙令人生厌的外表下，还埋藏着这样一个复杂的故事。

“那么，耶兰，你为什么没有用‘还魂沙’救他？当时，你有足够的时间可以救他的……”

如果不是老虎节外生枝，恐怕变成植物人的龙到现在也会一直活着，就像眼下躺在枫割寺里的藤迦一样。

我的话一下子戳到了耶兰的痛处，他用拳头狠狠敲打着自己的头顶，显出痛不欲生的样子：“我当时以为……营地里很乱，又很危险，希望他可以在昏睡中熬到发掘工作的最后，到那时再把他救醒，大家可以平安离开营地。没想到，他竟然会神秘地失踪了……”

龙没有失踪，而是被老虎改装成了“老虎的尸体”，一个本来有机会苏醒的生命，阴差阳错当真送了命。

“从记事起，龙每天晚上都会告诉我族里的秘密，并且要我立下毒誓，把这秘密代代传递下去，直到天神重新降临。这个秘密，就是关于胡夫金字塔下面的‘黄金之海’——我们有进入‘黄金之海’的秘道地图，还有开启十三道石门的密咒。我活着，就要活得开开心心，不可能像族里的所有先辈们一样，守着宝库活活饿死、穷死。风先生，反正族里只剩下我一个人，而黄金的主人、那些传说中的天神又没有回来，所以，我绝对拥有黄金的支配权是不是？”

一提到黄金，耶兰的眼睛就开始灼灼发光，仿佛他说的“黄金之海”就在眼前。

这些纷乱之极的信息经他的口说出来，更是显得毫无头绪。“黄金之海”的故事已经在沙漠里流传了几百年，版本也更换了近百个，但没有人知道如何才能进入那个神秘的地方。

我还算冷静，提出了心里的另一个疑惑：“耶兰，你说过‘世界上不止一个地球’的话，告诉我，这句话是你从科考杂志上看到的，还是龙对你的教诲？”

耶兰立刻点头：“是龙告诉我的，但他并没有说明这句话的出处，这些话还有很多古怪的文字、图形都在我身上……”

他解开扣子，脱去西装、毛衣、衬衣，露出胸毛丛生的黑黝黝的胸膛。无数行埃及文字，从他的乳房向下，一直刻到腰带，足足有二十多行。

“我的背后，是一幅图形，我曾在镜子里无数次揣摩过它代表的含义，你看——”他背转身，果然，那幅画是由无数条不规则排列的竖向线条组成的，涵盖的位置，是从肩膀一直到腰间，左右排列着一共是十二条。然后在竖线的最左边，也就是耶兰左肋下的位置，刻着三个竖向等距离排列的箭头，横着指向这些竖线。

所有的文字和图形，都是用一种古怪的白色颜料蚀刻上去，以耶兰的黑色皮肤为背景，似画非画，极端怪异。

“龙说过，天神是从镜子里来的，镜子的两面是完全相同的世界，而他们在不同的镜子之间穿行，为的是找回自己的家园。”他苦笑着说完了这段话，困惑地摇着头。

我也同样困惑，弄不清龙的话到底是什么意思。耶兰作为有知识的专业工程师，肯定对龙的话进行了多方面的考证，先前说过的“世界上不止一个地球”的言论，不过是对“平行宇宙理论”的断章取义加上自己的臆测。

其实他胸口上那些埃及文字翻译过来，也就是上面那段话的意思。

耶兰仍旧在故弄玄虚，因为这些文在身体上的文字和图形并没有揭示通向“黄金之海”的秘道，当然还应该有龙留下的其他遗物才对，比如他口口声声说过的“藏宝图”。

别墅里的敲打声减弱了些，可能王江南的改造工程已经接近了尾声。

我握着这只牛皮纸信封，看耶兰已经没有继续说下去的意思，冷笑着起身：“说完了吗?”

第四章
獠牙魔来了

屋子里有些冷，我在石板地上轻轻跺着脚，觉得有些心灰意冷。每个人都在保守着自己的秘密，就连苏伦某些时候说话，都会遮遮掩掩。她说起萧可冷的身世之时，很明显也隐藏了一些东西，既然如此，我还能死心塌地相信萧可冷吗？肯定不行！时空的阻隔，带给我跟苏伦的，是突然出现的心灵上的鸿沟。

“说完了，如果您答应合作，咱们可以约定好时间在开罗城汇合。”耶兰坦然穿好了衣服，宛然仁至义尽的样子。

“那么，藏宝图呢？难道你不想拿出来提前给自己的合作伙伴看一下？”凭两幅文身，就想奢谈合作，他实在是太相信黄金的魅力了。不必说我现在有正事在身了，就算闲极无聊的时候，也不可能贸然陪他踏上金字塔寻金之路。

我需要更多的信息，不为黄金，为的是探索龙的留言里那些所谓“天神”指示的秘密。

在科学极不发达的古代，地球人会盲目地把一切从天而降的生物尊称为“天神”，而不管这些地外生物长得像猴子或者是恐龙，甚至是青面獠牙的妖怪——刻在耶兰胸口的话，已经传了几百年的时间。我怀疑那些天神不过是些迷失了航行路线的星际宇航员而已，当然，也可能只是埃及土著民族自己臆造出来的神话故事。

试想一下，古代地球人连象形文字都非常少，怎么能听懂外星人的话并且跟对方交流？还会把外星人的嘱托刻在自己身上得以流传，这也太荒谬了吧？

耶兰坏笑起来，装作恍然大悟的样子：“对对，是有藏宝图，不过在我的女朋友那里。到了开罗城之后，我们跟她会合，取了地图就向‘黄金之海’进发。在开罗，只要有足够的美金，任何发掘工具、发掘队伍都能找到，我想您该比我更能体会这一点……”

我不想发火，因为明天还要用到耶兰去枫割寺参与救醒藤迦的行动，再说，耶兰步步为营式的保守秘密的方法，完全可以理解。假设地球上只有他一个人拥有开启“黄金之海”的大秘密，怎么可能轻易向外人吐露出来。

“风先生，黄金发掘完毕之后，我三你七如何？不过所有的发掘费用要你先垫付，我想你得到的回报一定不少于一万倍，哈哈哈哈……”耶兰得意地笑了。看来他并不介意在日本失去了自己半条手臂，对于黄金的疯狂热望，已经让他迷失陶醉在自己的美妙幻想中了。

我回到了自己的房间——假如那还算是我的房间的话。

外表看不出任何变化，但我相信神枪会的人必定在书房、客厅、卧室三处装上了不计其数的监视系统和警报系统。在他们的精心布控下，即使是一只鸟儿或者一只飞蛾进入寻福园里，都会受到三百六十度的监控，直到它死掉或者自动逃逸。

我在沙发上坐好，用小刀挑开信封，从折叠得整整齐齐的信纸背面，已经清晰看到了那枚血红色的飞龙图章。深吸了一口气，在茶几上铺平了信纸，不觉莞尔一笑，因为在这封信里，孙龙竟然要请我做神枪会在亚洲地区的巡查总监。

他的话说得非常客气：

“风，你在埃及沙漠里所表现出的过人智慧、机敏、果敢，非但引起了埃及军方的强烈兴趣，要将你收入帐下，而且，近几个月，你的名字已经荣登各国警察资料系统的强人排行榜。未来的世界定将属于你这样的年轻人，所以我恳请你能加入神枪会，为国家民族做一番大事。手术刀是我最尊敬的前辈，他曾无数次向我举荐过你，现在，他已经离开人世，希望你不辜负他的冀望，跟我携手打天下，平分世界。”

神枪会虽然一直是黑道上的著名势力，但却一直把“热爱中华民族”挂在嘴边上，一如当年逸仙先生的“三民主义”，并且一直在海外得到很多爱国华侨的热烈回应。全球华人一听到“热爱中华民族”这样的词句，自然而然热血沸腾。

我推开信纸，想不到自己竟然已经如此出名了。

埃及沙漠那段经历，最让自己感到惊心动魄的，应当是最后进入土裂汗大神的秘室之后，抵抗被幻象魔影子左右的手术刀那一场决战——但那些我只对苏伦说过，其他再没人知道了。

我热爱自己的祖国，但还没狂热到要加入某种组织去采取过激行动的地步，只能对孙龙的好意说声抱歉了。每个人都有自己的生活奋斗目标，而我只有在追寻大哥杨天的任务完结之后，才可能考虑其他的事。当前的关键就是救醒藤迦，看能不能从《碧落黄泉经》里找些线索。

黄昏之后，忙碌了一天的神枪会人马终于安静下来，厢式货车开走了，从表面上看别墅里又恢复了安静平和。

想想看，整整一车的先进电子工具与长短枪械已经全部藏匿进了别墅的大小角落，外表毫无变化的别墅，本质上已经升华为一流的坚固防守堡垒，足以应付渡边城那边小股忍者部队的刺探了。

霍克对我始终保持着儒雅矜持的微笑，或许他对孙龙那封信的意思已经有所了解，对我既有客客气气的距离，又在话里话外一直探我的口风。

晚餐时，我吃得很少，因为心里一直对苏伦不能即刻飞来北海道的事耿耿于怀。我对关宝铃并没有做过什么，也很清楚她是大亨的女人，不容任何人染指——如果苏伦为这一点吃不相干的飞醋，我也无法解释。

明天！明天可以碰碰运气，看能否给藤迦的苏醒带来转机……

我在二楼客厅的沙发上盘膝坐着，闭目养神。经历了太多诡谲莫测的神秘事件之后，我需要一个人静下来消化思索，否则脑子里积攒的问题太多了，空劳心神，会大大地降低自己的工作效率。

电话铃响了，是个非常陌生的日本号码。相信楼下正在进餐的萧可冷等人，都能听到我的电话在响，因为他们几乎同时停止了刀叉碰撞的声音。

我接了电话，猛地吃了一惊，因为电话那头传来的竟是渡边城的声音：“风先生，你还好吗？哈哈哈哈……”只说了一句话，他已经开始得意地狂笑，仿佛打这电话过来，只是为了笑给我听。我没听错，那边的确是渡边城，因为从这种嚣张狂傲的语气里，我眼前已经出现了他不可一世的形象。

“我很好，渡边先生呢？桥津派忍者铩羽而回，没让您太生气吧？”我的话直指他的痛处，因为“双子杀手”是死在我手上，我得让他知道，中国人在日本地盘上也懂得奋起反击，而不是一味后退避让。

“没有——怎么会呢？忍者无法完成主人吩咐的任务，即便不被敌人所杀也会自杀于主人阶下。‘双子杀手’不过是我豢养的忍者杀手而已，死在你这样的强敌手中，是她们生命中的无上光荣。风先生，你的大名连我们伟大的天皇陛下都有所耳闻，所以希望近期能邀请你参加梅樱皇妃的四十四岁生辰，不知道风先生赏不赏这个面子呢？”

这可真是天大的奇闻——我这样一个年轻的无名华人，竟然受到日本皇室的关注？

我冷笑着，希望这只是属于愚人节的笑话，尽管离下一个愚人节还有半年之久。

楼下的刀叉声又响了起来，但我知道餐桌旁的几个人，肯定都在各怀心事地侧耳倾听着我的动静。特别是霍克，我总觉得在他谦逊和气的外表之下，藏着一颗无法琢磨的狂暴的心。

他的霸气是无法掩盖的，比起“情痴”王江南来，不知道要精明干练多少倍。

关于渡边城的背景，在全球各国传媒的闪光灯下，已经变得几乎透明，他是日本防卫厅军事武器改革的坚实后盾，单单是二〇〇四一年里，就无偿捐赠给军方九亿美金，用于改善近海浅滩作战武器的更新换代。

他属于日本战后经济界人士中的强硬派，始终对日本二战时所犯的滔天罪行咬牙否认。

这样一个有权有势的铁腕人物，能屈尊来北海道亲自执行寻福园的收购计划，根本是匪夷所思的事。

握着电话在客厅里踱了几个来回之后，我故意用沉默来磨杀他的耐心。

“风先生，按照中国人的江湖说法，你可千万别敬酒不吃吃罚酒啊？在我们日本人的地盘上，最好按我们的规矩办事。你是聪明人，当然明白这个道理——”

虽然只是在电话里，我也能感受到渡边城咄咄逼人的气势以及对寻福园志在必得的信心。

我冷笑着：“谢谢渡边先生好意，道不同不相为谋，抱歉。”

渡边城又是一阵狂笑："风先生，别以为神枪会的人能成为你的合作伙伴——在北海道、在日本，只要有人的地方，就绝对属于山口组的地盘，绝无例外，你自己考虑着办吧，我们山口组的大门永远向你敞开着……"

这个突如其来的电话明确表明，我已经被卷入了神枪会与山口组之战的漩涡，无论我承认与否。这一点真是令人郁闷，因为我根本没接受过神枪会的任何好处，而且到北海道来的目的，与神枪会毫无关系。

萧可冷走了上来，关切地问："风先生，需不需要帮助?"

她的神情也显得很疲惫，今天神枪会的人对别墅进行战略改造，把她忙得团团转，肯定累得够戗。

此时我是站在青铜雕像前面的，斜对着窗子。陡然之间，我觉得有什么东西从窗外掠了过去，急忙转身向着窗外。

窗外是茫茫的夜色，刚刚那东西毛茸茸的，好像是一只鬼鬼祟祟的猴子。

"怎么了?"萧可冷撩了撩额前的短发，不解地望着我。

"可能是我看花眼了，觉得有什么东西飞了过去——"我不好意思地笑着。

萧可冷走过来，凝视着座钟的表盘，啪地打开了盖子，取出那根莲花钥匙，叹了一声，开始给座钟上弦。

电脑上的绿色指示灯一直亮着，我记起了安子的诡秘行为，忍不住提醒萧可冷："小萧，寻福园正在多事之秋，你身边的人都可靠吗?特别是雇佣来的日本人，必须得提防一下才好。"

安子看了苏伦传过来的图片，这一点毫无疑问，但她对图片真的感兴趣吗?还是出于一点点小女孩的好奇?

我揉了揉胀痛的太阳穴，打定主意明天从枫割寺返回后，就好好钻研苏伦传过来的图片。反正寻找大哥杨天的线索已经近乎断绝，急也急不来的。

钥匙转动时，座钟发出"格楞、格楞"的怪声，这只钟该上些油了。

萧可冷忽然一笑："风先生，好多事都瞒不过您的，但请您一定要相信一点，我是苏伦姐的好姐妹，对您没有恶意。反而是关小姐，娱乐圈里的人连睡觉都会睁一只眼，精明到了极点。不管她有意还是无意，您不得不承认，她在故意施展媚功颠倒众生，我没说错吧?"

她对关宝铃一直抱有成见，外加女孩子之间的天生醋意。

“还有，大亨一直跟日本人走得比较近，香港影视圈的明星们对此颇有微辞。在这种男人的影响下，关小姐的一举一动都会让人多费些猜疑。我有理由怀疑，她收购寻福园的行动与渡边城的收购行动殊途同归，都是为了给日本人带来某种切身利益……”

她一边扭动钥匙，一边若有所思。

不管怎么说，我都不会在美色诱惑下把别墅转让出去，这点自信我还是有的。

“小萧，明天我会带耶兰去一次枫割寺，看他说的那句咒语能否顺利把藤迦唤醒。然后你派两个人手给我，把书房里的书归类整理一遍，近期内苏伦不会过来，所以很多事都得拜托给你了……”

我会把所有《诸世纪》的译本整理出来，仔细翻阅每一页，看看大哥是否留下过某种注解。

萧可冷耸了耸肩，把莲花钥匙放回去，不以为然地：“风先生，或许您会失望，这些书已经被手术刀先生翻遍了，应该没有发现其他价值的可能。不过，您的话我一定照办，我会让安子、信子姐妹俩过来听候差遣。”

一提到安子，我的脸色立刻阴沉下来，当她鬼鬼祟祟翻阅我电脑上的图片时，我已经对她的身份产生了巨大的怀疑。

“咦？什么东西——”萧可冷刷地跃向窗前，“砰”地一声开了窗子，探身出去左右张望。

冷冽的夜风直灌进来，令我激灵灵打了个寒战。

“我看见一只……东西飞了过去……”萧可冷犹豫着缩回身子。像我一样，她也看到了某种神秘的东西，但只是白驹过隙一样地飞快闪过，根本无暇辨别。她抓了抓头发，迅速下楼，一边大声地叫着，“十三哥，十三哥……”

神枪会的监视系统密布别墅外围的每个角落、每一层面，当然能够捕捉到刚才闪过的怪东西。我跟着下楼，正看见王江南向着对讲机大声下着命令：“仔细搜索别墅的屋顶、外墙，看是不是有只野猴子溜进来了，格杀勿论。”

他的白手套格外刺眼，因为我清楚地知道手套下面掩盖着古怪的铁手。

关宝铃坐在长桌的一端，捧着一杯水，侧着头沉思着。同时在场的还有霍克、张百森、邵白、邵黑。

壁炉里的木柴熊熊燃烧着，一个劲儿地发出“噼噼啪啪”的声音。满屋的人，每一个都心怀叵测，各有各的算盘。

十五分钟后，外面的岗哨依次汇报：“什么都没发现。”

萧可冷的脸色变得极坏：“没发现？我不会看花的，是只毛茸茸的东西。”

我相信她的眼力，并且我也亲眼看到了那东西。

“北海道的冬天是没有猴子的——没有食物，任何动物都无法待下去。”王江南自负地将对讲机丢在桌子上，仿佛自己说的话就是绝对的真理。

我最恨他在关宝铃面前故意装酷的表现，但现在顺风得势的是他，我就是有满心的不服气也得眼睁睁看着。神枪会的游动哨和固定哨，总数超过三十人，并且还有先进的监视器材辅助，应该是不会出错的，那么窗外掠过的东西到底是什么？

萧可冷大步走出门去，手插在裤袋里，想必是不放心岗哨们的能力，自己巡查去了。

我犹豫了一下，快步跟上她，因为我觉得有必要了解神枪会的所有人力部署，对王江南等人听之任之，无异于把自己的生命交在别人手上，根本无法自控。

“小萧，你看到的是什么？如果窗外是一个轻功无比高明的人，是不是也会给人造成‘猴子’的错觉？”我知道这种寒冷的天气，是不可能突然有猴子跑出来多事的。

我们沿着主楼右翼最后一个房间旁边的铁梯，慢慢登上屋顶。

风声极其响亮，枫割寺方向没有灯火，整片木碗舟山都陷在一片黑暗之中。屋顶非常平坦，在几处阴暗的转角里，都有神枪会的人暗伏着。

再次借助铁梯登上主楼楼顶的时候，萧可冷显得无比警觉，一直走到客厅窗子的正上方，俯身向下看。

我更注意的是视野涵盖下的山坡、树丛，那些地方藏匿敌人的可能性非常大。

萧可冷忽然一声长叹：“风先生，我或许真的是眼花了，这种状态下，岗哨绝不会放过任何可疑的线索。”环顾四周，主楼顶上、两翼二十米范围内，至少有八个精干的年轻人在警觉地四面扫视。

“或许吧！你太累了，看花了眼也在所难免……”我苦笑着。

就在萧可冷的脚边，有颗白花花的东西突然一闪，我蹲下身子，慢慢地把这东西捡起来。

“这是……什么？”我向萧可冷伸过手去。

“啪”的一声，她揿亮了一支微型强光电筒，射在我手心里，陡然间“啊”地叫了一声，身子一颤，电筒脱手跌在地上。

“风先生……风先生……是……是……獠牙魔……”她的声音颤得厉害，一只手抓住了我的胳膊，使劲拉扯着。

重新拾起电筒后，我仔细看着手心。没错，它是一颗牙齿，是某种动物的犬齿，牙尖分成两叉，夸张地向外翘着。整颗牙齿有两厘米长，泛着灰白色的光芒，但它是干燥的，应该已经脱落很长时间了。

我对獠牙魔的传说并不在意，却料想不到萧可冷会怕成这样子。她向我身边靠了一步，低声叫着：“咱们下去吧，我浑身好冷……”

当我们重新站在客厅的明亮灯光下，萧可冷拖了把椅子靠在壁炉前。火光或许能驱散她内心里的恐惧吧？牙齿已经摆在桌子上，之前已经挨个在大家手里传了一圈。

“毫无疑问，这只是一颗普通的动物牙齿，并且已经被丢弃了很久，没什么可怕的！”抢着发言的，又是自鸣得意的王江南。在关宝铃面前，他永远都有的说、永远都抢着说。

“哧”的一声，张百森、邵白、邵黑几乎同时冷笑出声。

“笑什么？”王江南的眼睛瞪了起来。

邵白晃晃荡荡地起身，在邵黑肩头拍了一掌：“这次出来，不过是为了参加札幌那个异能交流大会，咱们没必要惹麻烦对不对？”

自从看到牙齿，他的脸色早就连变了好几次，到现在说出这样的话，明显就是打退堂鼓的意思。

邵黑苦着脸，闷声闷气地回答：“对，张老大的意思呢？咱们这一大帮人，都是以张老大为龙头，他怎么说咱们就怎么听好了！”

他们的一问一答，根本没把王江南放在眼里。

王江南越发愤怒，抓起那颗牙齿，嗖的一声向壁炉里丢过去。他的脾气果然暴躁，以这样的性情领导一方势力，帮会的下场可想而知。神枪会在急速扩张势力的情况下，难免会出纰漏，用人不慎。

“慢——”霍克跳起来，他想制止王江南，却为时已晚，牙齿已经落在火焰里。

张百森低叹了一声，右手向壁炉方向一伸。他坐的位置距离壁炉至少有十步之遥，但他伸手的瞬间，仿佛手臂突然接长了几十倍，再缩回手时，已经把牙齿握在掌心里。

作为大陆首屈一指的特异功能大师，这样的手法不过是九牛一毛，所以大家尽管在心里赞叹，却没人叫喊出声。

“大家都知道，谁若毁坏了獠牙魔的牙齿，不但自己惹火烧身，还会殃及在场的所有人——”张百森盯着王江南，眼神中幻化出一片五颜六色的光芒。他的声音并不高亢尖锐，但清清楚楚传到每个人耳朵里之后，让人心悦诚服。连我这个不相信獠牙魔存在的中国人，都会觉得他的话很有道理。

“所以，牙齿既然出现，无论它要做什么，听之任之好了，大家不必惊慌。”他重新把牙齿放回桌面上。

第五章
被剥皮的死人

同样的话，从萧可冷嘴里说出来，我或许可以不信、可以表示怀疑，但现在是从张百森嘴里郑重其事地说出来的，由不得我不信。

“獠牙魔就像一个狡猾之极的骗子，本身并没有特别的杀伤力，只要心术端正，它是无隙可乘的。并且，它只骗那些淫邪好色之徒，在咱们中间，肯定没有这样的人——”

邵白嘟囔着：“张老大，何必多管这些闲事？咱们出来交流旅游，好端端地又弄出这些闲事干什么?”他把双手插在自己头顶乱草一般的头发里，用力挠了几下，显出极不耐烦的神态来。

张百森换了一副严肃认真的口吻：“咱们是中国人，在日本人的地盘上，如果不够团结，自己人不帮自己人，最后吃亏的不还是自己的同胞?我不勉强你，没有你的‘天地神数，梅花五变’，照样能渡过这一劫。”

霍克忽然变色：“原来两位就是被五角大楼视为‘天人’的无敌预言家?”他起身向邵白、邵黑恭恭敬敬地深鞠了一躬。

邵黑咧开发黄的牙齿“嘿嘿”笑了两声，仰面向着屋顶，对霍克的恭敬并不领情。

关于“天人”这一称号的来历故事，我也曾辗转耳闻过——

五角大楼下达了“扑克牌通缉令”之后，搜索伊拉克逃犯的工作并不顺利，于是拉姆斯菲尔德才重金聘请了南美洲、非洲、亚洲的几大灵异高手，企图通过“拘灵”的方式，找到萨达姆、拉登等人的踪迹。

在这场外行人看来形同儿戏的“拘灵”大会中，邵白、邵黑的“天地神数，梅花五变”功夫大显神通，简直成了美军搜捕行动的指南针。就在几个月前，他们还曾得到过五角大楼方面颁发的“一级战斗英雄勋章”，并被授予“天人”的光荣称号。

这种功夫，是传统易学里的一支神秘变种，拿来帮美国人“找人”可算是大材小用了。邵家祖传“解易、占卜”，在全球华人中拥有最高的名声威望……

对于萧可冷的异常恐惧反应，我觉得很是意外。她那样洒脱豪爽的女孩子，怎么会一接触到“獠牙魔”这个话题，就大惊失色到这种地步？

在场的一直没发表意见的只有关宝铃，她保持着手捧茶杯的姿势一动不动，仿佛大家讨论的问题根本与己无关。

王江南的脸涨得通红，因为没有人响应他扔掉牙齿的豪举：“獠牙魔不过是传说中子虚乌有的东西，大家何必弄得如临大敌？再说了，外面院子里一共有神枪会的一百六十多名兄弟，各式长短枪械四百余支，还对付不了区区的妖魔鬼祟？”

仍旧没人响应他的话，他难堪地站在桌子前，像个演砸了场的蹩脚演员。

“我累了，我要回房间去了……”关宝铃起身，向每个人都礼貌地点点头，然后慢慢出门。

王江南无奈地挥了挥手，拔腿跟了出去。

看着王江南的背影，邵白“嘿嘿嘿嘿”地笑着：“像王先生这样的多情公子，最容易成为獠牙魔攻击的目标！不知道今晚谁会倒霉喽！”

邵黑蓦地抬起头来，满脸困惑地向着张百森：“张老大，我感觉不到那东西的存在——”他捏起那颗牙齿审视着，足足有十几秒钟，又一次摇头，“我感觉不到獠牙魔的存在，你说，是它自己逃遁了……还是高明到无可追踪的境界了？”

他的左手托着罗盘，右手不住地掐算着，嘴唇更是不停地翕动，仿佛在念着某种咒语。

张百森满脸紧张：“或许是它的速度太快了，快到无法捕捉它掠过的方位的缘故，再算一次，再算一次……”

周易八卦是中国古代最高深、最高明的学问，高手用它推算任何事物的变迁幻化，准确性往往在百分之九十以上。

邵白、邵黑是目前中国周易研究人群里的绝顶高手，他们的预言功夫已经征服了美国人乃至全世界的人。

我走到萧可冷背后，她已经不再颤抖了，手里捧着一杯热茶，眼睛盯着壁炉里跳荡的火苗。现在，大概不会有奇怪的水泡声了，而且众人关注的焦点，已经成了突如其来的獠牙魔。

“小萧，没什么大碍，你该知道神枪会的实力，今晚肯定没事的……”

我只能这样安慰她，毕竟獠牙魔只是存在于日本野史神话中的东西。

她抬起头，脸色苍白，毫无血色。火光在她的短发上映成暗红色的剪影：“风先生，你或许不知道，两年之前，札幌市发生了一起轰动全国的‘酒吧灭门血案’。政府下了媒体封锁令，所以没有消息走漏出去……”

我皱皱眉：“难道血案跟獠牙魔有关?”

邵白插嘴进来：“那件事我知道，是乐队的鼓手把突然出现的一枚牙齿踩碎了，而且浇上威士忌焚烧。结果天亮之后，酒吧里的一百二十五人全部死掉。死亡原因，无一例外是脖子上的一个獠牙魔咬过的血洞。”

萧可冷皱着眉，起身跑向洗手间，接着便传来她压抑不住的呕吐声。

霍克也参与进来：“小萧的两个同窗好友就是死在那场大屠杀里面的，所以她才会对獠牙魔如此敏感。”

看起来，獠牙魔似乎是真实存在的，夜晚总是给人莫名的恐惧，而这种信则有不信则无的鬼怪传说，只有在黑夜背景下才会给人以震撼心灵的力量。

试想一下，漆黑的夜里，獠牙魔幻化成勾魂荡魄的美人，自动投怀送抱，而在色心大起的男人想入非非之际，美人倏地化为青面獠牙的妖魔，索命而去——这些章节，仿佛是取材于《聊斋志异》里的某些故事，在中国人的心目中已经见怪不怪了。可笑这些神经兮兮的日本人，剽窃中国人的文化以至于斯，连妖魔鬼怪都照本宣科地直接挪用了。

今晚，我需要好好睡一觉，明天才有足够的精力去枫割寺，但是看着大家都在精神紧张地谈论獠牙魔的问题，我贸然离群上楼，只怕又会被别人视为异端了。

王江南返回之后，给岗哨们下了死命令：“四小时轮班，眼睛要一眨不眨地保持一百二十分的清醒，一旦有异常状况，马上鸣枪示警!”

他必须要证明自己，给关宝铃看，也是给大家看。树立威信困难，但要失去威信往往是一晚上的事。

时间半小时半小时地向前飞逝着，最不应该的是，我一直都忽视了耶兰的存在。当我们讲完了“黄金之海”的事，并且约定明天一同去枫割寺之后，我几乎完全忘掉了他，任他一个人睡在左翼最靠边的房间里。

关宝铃的美色令耶兰垂涎，此时，他才是最容易被獠牙魔攻击的目标才对——

相信整晚神枪会的人马都处于高度紧张之中，黎明时，睡着了的只有邵白与邵黑两兄弟。包括张百森在内，客厅里的所有人都是睁着眼熬过来的，连萧可冷都不例外。

当门外亮起第一道曙光时，霍克微笑着伸了个懒腰：“幸好，今晚平安无事！”熬过通宵之后，他的精神依旧非常饱满。我看不出他的武功来历，但年纪轻轻，便成了神枪会的一流人物，可见孙龙对他的器重。

对讲机里，各处暗哨依次报告：“没有异常情况，一切正常。”

王江南放心了，轻蔑地指着桌子上的那颗牙齿：“大家还信那些无稽传言吗？獠牙魔的传说，不过是日本人弄出来吓唬吃奶孩子的……”

他把对讲机挂在腰带上，用力敞开大门，大步走了出去。

“他只担心关小姐，唉，这可难办了……”霍克自言自语，眉头皱得紧紧的，不住地转动着手指上的白金戒指。没有笑容的时候，他的目光变得阴森森的，像是一只时刻准备扑出去攫取猎物的老鹰。

我一直陪在萧可冷身边，随着天色大亮，她的情绪也明显好了许多，将壁炉里的火重新弄得旺了一些，不好意思地对我说：“风先生，昨晚……或许是我想得太多了……”

女孩子就是女孩子，无论性格如何强悍，在黑夜里总有脆弱无依的时候。萧可冷脸上的倦意已经无法遮掩，两只眼睛都带着浓重的黑眼圈，应该回房间去好好睡一觉才是。

我向她笑了笑，不无遗憾地：“可惜獠牙魔没出现，否则的话，王先生就英雄有用武之地了！”

王江南非常需要在关宝铃面前大显身手的机会，偏偏上天并不给他。

萧可冷疲倦地站起来，扶着头，身子有些摇摇晃晃地向外走，走到门口之后，她又回身嘱咐：“风先生，我去休息，有什么事，您可以吩咐安子去做，她是我的全权个人助理。”

我长叹一声，准备去洗手间里洗把脸稳定心神，马上出发去枫割寺。

安子是萧可冷的心腹——这可有些危险了，我预感到安子心里肯定埋藏着不可告人的秘密……

昨晚，从晚餐之后，我就没看到安子姐妹，当然也没见到耶兰，或许这家伙正在温暖柔软的席梦思床上，做他的“黄金之海”美梦呢！黄金是地球上最古怪的东西，能让品行良好的正常人一跃变为歇斯底里的罪犯，地球人对它的渴望和占有欲望，从古至今，一分一秒都没有停止过。

院子里很冷清，地上覆盖着一层薄薄的白霜，石板台阶踩上去时也微微打滑。

那句咒语我已经背得纯熟无比，其实在埃及人的土著语言里，那是最普通不过的一句话，而且是巫师们作召唤灵魂的法事时最常用的一句。

“姑且一试吧！既然龙郑重其事地传给耶兰这句话，或许……或许……”我咧咧嘴，实在没什么信心。

仔细观察之后，能发现别墅的外墙上多了十几个不易察觉的圆孔，都被干枯的常春藤枝蔓遮掩着。还有些地方的石壁被红色铅笔极轻地打上了叉号，然后随处可见打着哈欠的年轻人，警觉地四面瞭望着。

选定寻福园作为攻防大本营，并不是一次聪明的决定。每次想到“九头鸟挣命”的主楼格局，我心里总会疙疙瘩瘩的。如果神枪会把这一次的赌注全部押在寻福园上，受风水格局的牵累，只怕会……

一边胡思乱想着，我很快便到了耶兰的门前。那扇白松木的雕花门紧闭着，显然他还在酣睡之中。

我“笃笃笃”地在门上敲了几下，里面却毫无动静。

阳光射在脚下，薄霜开始慢慢融化，弄得石板地面上湿漉漉的。

“耶兰，耶兰……该起床了！我们今天还有很多事要做！”我又敲门，同时低声叫着。奇怪的是，根本没人应声，耶兰仿佛睡死了一般。

我的动静引来了附近的四个神枪会岗哨，其中一个头发梳成中分、样子长得有点像影视明星梁朝伟的年轻人很有礼貌地问：“风先生，要不要撬门进去？从昨天黄昏之后，这个房间里就没有任何动静。”

我又重重地敲了几下，然后把耳朵贴在门扇上。里面的确没有任何动静，甚至听不到耶兰的鼾声和呼吸声。稍稍犹豫了一下，我向那年轻人点点头：“好吧，把门打开，尽量别把门损坏了……”开锁的技术我也具备，但不方便在众人面前施展。

年轻人手脚麻利地取出一套叮叮当当的万能钥匙，只用了几秒钟便打开了门锁。

门被推开的一瞬间，血腥味扑面而来，把人熏得连连倒退。

耶兰俯卧在大床上，手脚夸张地向四面展开，浑身赤裸，后背上一片血肉模糊。他的血已经把床单洇湿，然后滴落在地上，缓缓地在低洼处形成一个血潭。

我丝毫没有思想准备，想不到有人会对他下毒手。

消息立刻传递出去，一分钟后，王江南、霍克、萧可冷、张百森便全都到了。

我已经检查过耶兰的伤口，致命伤在颈下，一枚奇怪的齿痕，直贯入喉头软骨中。他后背上的皮肤被整整齐齐剥去了一块，大概四十厘米见方。同样，前胸皮肤也被剥去，范围恰好涵盖了那些埃及文字与图形。

萧可冷观察着那枚齿痕，倒吸了一口凉气："是……獠牙魔?"

没错，从表面伤口来看，跟传说中獠牙魔杀人的方法如出一辙，伤口的尺寸为一厘米长、五毫米宽，直刺喉头，造成气管大面积破裂，几乎是一击必死。但獠牙魔不可能剥去他的皮肤，我很难相信那种妖怪一样的东西也会对"黄金之海"的传说感兴趣。

"小来——"王江南大声叫起来。

"在。"站出来的是那个替我开门的年轻人，不等王江南再次吩咐，他已经口齿清晰地报告，"从昨天下午五点之后，我带领九组的兄弟一直守在主楼的左翼，平均每过十分钟便有一次严密的巡查，丝毫没有听到这个房间里有什么动静，并且自始至终没有人出入过。"

刚刚开门时，门是反锁的，也能证明凶手根本没有从前门离开。

我审慎地环顾室内，没有后窗，凶手杀人后还能从哪里逃遁呢?除非是这别墅里有什么秘道——当我的目光望向萧可冷的脸，她的脸色更是惊人的苍白："没有秘道！手术刀先生已经用超声波探测过全部地基……"

耶兰的双眼空洞地向上瞪着，灰白色的脸上毫无表情，或许到死为止，仍有"黄金没到手"的不甘心吧?

萧可冷捏着鼻子走了出去，她不是职业的验尸官，面对一个男人的裸体，总是有些不便。

霍克一直都在细心观察，始终没发表任何言论，直到萧可冷离开，他才沉稳地向着王江南问："十三哥，床单上的血泊之中，有很多男性分泌物。所以能够推断，耶兰在临死之前曾有一段高度亢奋的动作。按照日本人传说中对獠牙魔的描述，它们总喜欢装扮成妙龄妖冶女子，在勾引男人上床之后突然发动袭击，我想——凶手会是女人，至少也要跟女人有关。当然，我不相信世界上有什么妖魔鬼怪一说，就算有，也是异端教派为了蛊惑人心硬是胡乱拼凑出来的……"

他用一柄修长的小刀在血泊里拨拉着，那些黏稠的红色液体已经开始凝固。

从血液的凝固程度可以推算耶兰的死亡时间，应该在昨晚七点钟前后，也就是我跟萧可冷发现窗外有不明物体掠过的时候。

别墅里总共有四个女孩子，关宝铃、萧可冷、安子、信子。

前面两个，七点钟时间，跟我们大家在一起，根本没有作案时间，我几乎是脱口而出："安子！一定跟她有关！"

我也不相信是獠牙魔下的手，随即退出来，向主楼右翼飞奔过去，一直到了安子姐妹的房间前面，深呼吸三次，重重地举手敲门。同时，那柄战术小刀已经弹到了我右手掌心里，随时可以激射出去。

耶兰之死令我更加恼火，因为从接到他的求救电话开始，这件事就始终没有顺利过，一波三折，峰回路转，却在这里断了线，至少又把救醒藤迦的机会抹杀了一半。

"安子？信子？开门！开门！"我大声叫着，身后神枪会的所有人都跟了过来，王江南更是一马当先冲在前面。

没人应声，叫到第三次时性急的王江南已经飞起一脚，砰地把门踢开。

房间里相对摆放着两张单人床，两个人都蜷缩在棉被里熟睡着，屋子里飘荡着女孩子特有的脂粉气息。

我又一次大声叫着："安子，赶紧起床！我有事要问你！"

内奸、凶手、獠牙魔——在我心里，这三个大帽子已经结结实实地扣在安子头上，由不得她不承认。如果是神枪会的敌人，肯定就是属于渡边城那边的人马，但她何必出手杀了耶兰，还剥去了他身上的两大块皮肤？

所有的人拥堵在门口，萧可冷掠进来，冲到左边那张床前。

我急切地叫了声："小心——小心些！"如果安子是凶手，负隅顽抗下的反击只怕也将是石破天惊的一击。在场这么多人，我唯一担心的便是萧可冷。

棉被揭开了，萧可冷“咝”地吸了口凉气，低声叫着：“死了！她也死了！”

我、王江南、霍克几乎是同时拥到床前的，安子侧着身子屈膝躺着，露出颈下一个青灰色的半透明齿痕。没有任何血迹，但她的确已经死了，同样死于獠牙魔的袭击。她的头发散乱地披拂在枕头上，脸色平静安详。

萧可冷的手颤了颤，揭开的棉被又盖了下去，她扭头低声对我说：“我……好冷……陪我出去……”

我还没有点头答应，王江南已经横掌拦在我面前：“等一等！等一等！”他的态度非常蛮横无理，之前还没有人敢这么粗鲁地对待我。

“风，你凭什么说凶手是安子？耶兰是你的朋友，你们昨天在房间里密谈了超过两个小时，今天早晨又是你第一个发现他死掉的……而且，昨晚你是不是接到了一个神秘人物的电话？哼哼，我现在怀疑你才是渡边城方面的内奸，对不起，我得委屈你一下……”

他挥了一下手臂，两个年轻人立刻闯进来，堵在我的面前。

门外的人一阵纷乱，以王江南的威信与影响力，他要指认谁是凶手，肯定会有人积极响应。

萧可冷苦笑：“十三哥，你误会了……风先生不可能是奸细……”但她的声音实在微弱，淹没在神枪会众人的聒噪声里。

我冷笑着看着自以为得计的王江南：“王先生，拿开你的手，否则别怪我不给神枪会面子。”他已经少了一只手，我不想将他的另外一只也变成铁手，但他的嚣张气焰实在已经惹恼了我。

“拿下他！”王江南太小看我了。就在两个年轻人伸手擒拿我左右胳膊之时，不知怎的，身子倒飞起来，“砰砰”两声，跌出三米多远，痛得哇哇大叫。这种“沾衣十八跌”的上乘武功寻常人根本无从防御，并且发力越猛，跌得越重。

“你找死——”王江南的双臂飞舞着，一下子便缠上了我的脖颈。他的出手够快、够狠，一招之内就想扼住我的喉咙、用混合了蒙古摔跤术的柔道功夫将我制住，可惜他的武功跟我比有相当大的差距。

我的双手闪电般抓在他的左右肩头，五指发力，钢钩一样嵌入他的肉里，瞬间便瓦解了他手臂上的力道。

“喀啦”一声，他的假手里暗藏的枪械已经子弹上膛，竟然在敌我不明的情况下，就要盲目地开枪杀人，令我更是怒不可遏，肩头一顶，让他的左手对着他自己的胸口。如果枪弹走火，也只会射杀自己。

同时，我的右脚已经抬起来，准备踢折他的膝盖，让他向我跪下来。他喜欢在女人面前、在手下人面前显摆自己，我就让他表演个够好了，免得总是对我没有好脸色。我闯荡江湖的最根本原则是，人不犯我，我不犯人，王江南一再进逼，我也只能反击。以他的武功和头脑，留在神枪会，也只会害得手下兄弟白白丧命而已。

“风先生，不要——不要……”萧可冷跳过来，向我连使眼色。她想顾全王江南的面子，不肯让他在所有人面前丢脸。

我稍一犹豫，王江南已经奋力一挣，掭开了我的掌握。

“我不是奸细，王先生，你最好查清楚再下定论。”我大步出门，围观的众人自动亮开一条路，面面相觑地目送我离开。

第六章
土裂汗大神准备撤离

安子也死了？她不是獠牙魔，更不是杀人凶手。那么，会是谁——一晚之间，连杀两人，还留下獠牙魔的伤口标记？满脑子疑问毫无答案，忽然间我想到了神枪会的监视系统，如果那些摄像机都在正常工作，岂不是可以拍下耶兰在房间里的一举一动？

院子里又起风了，满地的落叶一阵阵随风起舞，漫无目的地飘飞着。

我不知道自己跟神枪会的合作还能有多长，这可能取决于我对王江南的忍受程度。如果能够再访枫割寺，就算没有耶兰的随同帮助，我也愿意试着用咒语唤醒藤迦。本来进展顺利的一件事，被突然跳出来的獠牙魔给搞得天翻地覆、一塌糊涂……我的视线越过屋顶，向远处乳白色的亡灵之塔眺望着，自己觉得唤醒藤迦的希望越来越渺茫了。

院子里到处飘荡着血腥气，以小来为首的几个年轻人已经把耶兰的尸体装进裹尸袋，准备送出去掩埋。

我停在一棵半枯的樱花树下，连续做了十几次深呼吸，让混乱不堪的头脑尽可能地冷静下来。剥去耶兰皮肤的人，肯定偷听了我们关于“黄金之海”的谈话。接下来，凶手肯定会深入埃及，去开罗城找耶兰的女朋友拿藏宝图——

不管凶手是谁，从剥去耶兰皮肤这件事能看得出，那是一个极其贪婪的人物。也就是说，只要有一线机会，他就会去埃及搜索这批人人觊觎的海量黄金。

我的脚步停留在耶兰的门前，屋里所有被鲜血玷污了的家具、被褥已经搬了出来，凌乱地扔在草坪上。在欧洲成千上万座古堡里面，秘道是不可或缺的一项建筑单位，所以我怀疑寻福园别墅里也有秘道，凶手正是从秘道遁逃的。

屋子的地面铺砌的都是六十厘米见方的灰色石板，当我踏在上面时，每一块都平稳坚实，没有任何松动的迹象。

没有秘道，既然手术刀也仔细搜索过了，就不可能有遗漏的地方……那么，会不会是忍者的五行遁术？此时，我是站在一只水景吊灯下的，它的样子跟主楼客厅里的一模一样。恍惚记得，安子姐妹的房间里也有这样的吊灯。

我仰面向上看了好久，真希望这吊灯上曾安装过微型摄像机，能把耶兰的死因忠实地记录下来。

在耶兰的房间里待了接近一个小时，几乎把这个房间的每一个角落都搜索遍了，却根本没有丝毫凶手留下的线索。从神枪会方面得到的消息更是令人沮丧，监视系统只是安装在主楼和围墙上，对于左右两翼的房间并没有特殊关照。

至此，我胸膛里的郁闷已经无以复加，对王江南的办事能力更是进一步起了怀疑。

我取出电话，准备打给远在埃及的铁娜。自从埃及沙漠里的金字塔发掘工作告一段落之后，我拥有了她的一个专线号码，这可能是美丽的铁娜将军对我最优厚的恩赐了。不过，这还是自己第一次用到它，并且不为个人私事——

“风……风先生……”小来在墙角探头探脑地叫我，年轻的脸上带着怯怯的讨好的笑容。

我对他的印象不坏，应该属于那种特别机灵并且身手不凡的年轻人。

等我走到他身边，左右没人，他低声讪笑着：“风先生，关于那个人……耶兰的死，我有一点小小的情报，或许对您有用。”他的脸很白，眉眼也很俊秀，但左边嘴角下一道深深的伤疤破坏了原先的这张漂亮的脸，显得不伦不类。

我取出钱夹，他的笑声更恭顺了。

“小来，你的消息值多少钱?”反复搜寻耶兰住过的房间后，我确信在屋子里找不到任何破绽，所以不能肯定小来是诚心报信还是故意诈骗。江湖上人心险恶，我可不想做见人就扔钱的冤大头。

小来眯着眼笑：“一美分，如果它对您没用的话。不过，您是第一个听到这情报的人，我想它可能值一百美金。当然，听过后，您觉得没价值，可以不付钱，我毫无怨言。”

我看着他，他也毫不示弱地回看着我，目光中带着挑战意味。据说，在神枪会里能担任小组长、小头目的都是黑道上打拼出来即将出头的人物，看得出来，小来脸上、手背上的伤疤都不是菜刀弄破的，而且他的眼神异常灵活，仿佛能看透人的心思一样。

我知道，当我在这间房子里猎狗一样进进出出的时候，小来早就注意我多时了。

“这个给你，江湖人，信用第一!”我抽了张一百美金的钞票给他。

“谢谢风先生，我知道您是爽快人。”他迅速折起钞票，塞进衬衫口袋，然后指向屋顶。我随着他的手指向上看，空荡荡的，只看到晴爽的冬日天空。

“什么?”我略有些疑惑。拥挤在安子门口的那些神枪会人马正在慢慢散开，王江南气咻咻地跳出来，受伤的野兽般胡乱咆哮着。我懒得理他，如果再向我动粗，就不值得再给他留什么脸面了。

“风先生，昨天黄昏六点半钟的时候，兄弟们轮班吃饭，我自己值班，就坐在最西边的房顶上。天刚擦黑，我突然听到了‘咕噜、咕噜’的水泡声……”他嘟起嘴唇，形象地学水泡的声音。

我的呼吸一下子停止了：“什么？又是水泡声？水泡声又出现了——”

他捋捋头发，困惑地自言自语：“我很奇怪，因为——您知道，北海道这地方很多火山喷泉，每次地震前死掉的喷泉都会复涌。我怕要出什么乱子，一直仔细听着，水泡声越来越大、越来越密集，好像我的身边突然多了一个巨大的泉眼，不停地有水泡翻滚上来……”

我听得入神，看他连说带比画的样子，能够体会到一个正常人听到水泡声时的怪异感受，因为自己已经数次听到这种声音了。

“水泡声大概持续了五分钟之久，直到吃完饭的兄弟过来换班，那声音才消失了。我以为是自己的幻觉呢，因为连续几天都在小量地嗑药，怕自己的神经和听力有问题，所以一直没向王先生汇报。现在耶兰死了，我怀疑跟那阵水泡声有关……我保证，自己听得很清楚，水泡声就来自屋子里——”

我相信他的保证，更相信现在就算掘地三尺寻找，都不可能找到水泡声来自何处。

小来一直都在挠自己的头发，他根本无法想象这水泡声其实一直都是存在的，并且关宝铃还为此神秘失踪过。

我又给了他一百元，作为“封口费”。

小来很机灵，感激地笑了笑，立刻融入了清理现场的队伍里。

一路向二楼走我一直在想：“水泡声是如何发出的呢？是不是每次听到奇怪的水泡声，都会有意外发生？”其实，我倒是很想亲自进入关宝铃说过的那种幻觉世界，看看凭自己的智慧能发现什么。

客厅里空荡荡的，所有人都在关注着耶兰与安子的死——恍然想到：“信子怎么样了？同在一间屋子里，她会不会也遭了獠牙魔的毒手？”从对安子起疑心开始，我好像就忽略了信子的存在，一直当这个温顺的小姑娘是透明人一样，希望她别发生什么意外才好。

我准备回楼上去睡一会儿，既然耶兰已经死了，那么早几分钟或者晚几分钟去枫割寺，都是无关紧要的事情了。不过，在入睡之前，首先拨电话给远在埃及、春风得意的铁娜。

铁娜的电话一拨便通，马上响起她爽朗的笑声：“风，这么久不打电话，我以为你把号码丢掉了呢？说，有什么需要帮忙的？我可以两肋插刀、在所不辞！”

我心里掠过一阵感动，有人记挂、有人拥戴总是好的，肯定胜过被苏伦误解、猜忌、调侃——如果我愿意，很有机会成为埃及总统的乘龙快婿，与铁娜自自在在地尽享荣华富贵，但是，我已经拒绝了，好马不吃回头草……

“嘿，铁娜将军，正是有事请你帮忙，不过也是要带给你一个好消息，是关于……关于胡夫金字塔下面的‘黄金之海’——”

铁娜顿时来了兴趣，紧紧追问：“什么？关于‘黄金之海’，快说！快说！”

一瞬间，我突然开始犹豫：告诉铁娜这个秘密，是不是正确呢？

埃及人要称霸非洲的野心已经是“司马昭之心路人皆知”，如果耶兰所说的秘密属实，被埃及人得到这批海量黄金，只怕他们会购买美国人的巨型航母停泊在红海里也未可知。

“风，怎么变得吞吞吐吐起来了？不方便就算了，只要你还当我是朋友，知道打电话来问候一声，我也就知足了。我有个好消息告诉你，土裂汗金字塔已经开发成一个地下旅游宫殿，四个小时后即将进行剪彩仪式，可惜你看不到——这个项目的建成多亏了你几次舍生忘死……”

我目瞪口呆地说不出话，由衷佩服埃及人的想象力，竟然把那个机关重重的蛇巢改头换面弄成了旅游景点！

“风，你送我的宝石，最近有个印度商人，肯出六千万美金收购。我正在考虑之中，你说是卖还是不卖呢？”铁娜的话音里带着明显的挑逗。把“月神之眼”送给她，并非我的初衷，但那颗失去了能量的宝石，根本就是普普通通的顽石一块，假如真的能换六千万美金进来，应该是皆大欢喜的一笔生意。

我苦笑：“你自己的东西，当然要自己拿主意，我岂能越俎代庖？”

楼梯响了，萧可冷轻轻走了上来，停在二楼入口处。

铁娜发出一阵银铃一样的大笑：“风，我当然不舍得卖，这是我最心仪的男人送给我的唯一一件礼物，就算拿多如尼罗河之水的珍宝来换，我都坚决不给。你们中国人喜欢说‘破镜重圆’，咱们两个什么时候能借着这宝石的神秘力量，重新见面？”

她的话如此坦率露骨，倒是让我偷偷地有些心虚脸红了，长叹一声，无言以答。

按照铁娜替我安排的计划，我们可以先订婚，然后借助总统的力量，直接进入国防部。半年后，升任国防部特别军事观察部部长，并且兼任总统个人的军事分析专员，而后挂国防部副部长的虚衔，三年之内，便能正式入主国防部，大权独揽……

她不止一次亲昵地表示过对我的爱慕，而且那是百分之百的真心流露。

“风，你在想什么？不方便说话吗？”铁娜察觉出了我的分心。

萧可冷不离开，我无法细谈，只能匆匆地说：“我手边资料不全，二十四小时内再打给你吧。”

铁娜意犹未尽地收线，幸亏是有旅游项目剪彩的事牵扯着她，否则这个电话一小时之内是绝对完不了。

我看着电话液晶屏上“停止通话”的字符，忍不住自忖：“我到底有什么优点值得铁娜如此信誓旦旦地以身相许？”毕竟对方是总统的千金、埃及军方高层要员、外貌出众之至，随便对哪个男人假以辞色，大家不都得趋之若骛？

“风先生，关于獠牙魔的事暂且告一段落了。信子没事，但她说自己一直都是半昏迷状态的，根本不晓得发生过什么，看到安子的尸体，吓傻了一样。”萧可冷走到沙发前，手里捏着一只雪白的信封，轻轻放下。

“那是什么？”我随口问，看着信封左下角有两只头颈靠在一起的情意绵绵的仙鹤，并且写着“风先生亲启”五个端庄秀丽的小楷。

“不会是你的辞职信吧？”我在开玩笑，如果萧可冷辞职，寻福园就得瘫痪一半了。

“不是，是关小姐要走，怕打扰您休息，写了这封信要我送来。接下来，她会再去枫割寺一次，然后返港，对没拍完的片子已经没兴趣再做下去了……”

我心里一阵好大的失望，看不看信已经没什么分别，一旦关宝铃离开，自己在北海道的日子可能就立刻变得枯燥无味了。

萧可冷陡然长叹一声，转身望着窗外笔直射向远方的公路，一字一句地说：“苏伦姐说得没错，您这一生，情丝纠葛不断，谁爱上您，或者您爱上谁，全都是对方的不幸。到现在，我终于信了……”

我不敢承认已经爱上关宝铃了，并且无数次在嘴上、在心里极力否认这一点，听了萧可冷的话，立刻拂袖站起来：“小萧，你错了。我来北海道是为了追查一个人的下落，跟谈情说爱无关。”

我必须要否定别人对我的观感，并且从根本上划清我与关宝铃的关系。

“风先生，您甚至不如十三哥，至少他够坦诚、够直接，对自己喜欢的人能立刻口心相应地表达出来。即使错了，即使有人说他不自量力，但至少这么做了，以后的日子不再有遗憾。”

萧可冷不肯再说下去，激动地扭身下楼，弄得我一阵心烦意乱。

楼外，又响起了王江南的大嗓门，这次，他是要亲自开车去送关宝铃。

隔着窗子，我看见他换了一身崭新白色西服、白色皮鞋，胸前系着鲜红的金利来领带，并且左领上还别着一支金灿灿的硕大胸针，有点像从教堂里结束仪式后走出来的新郎，一副意气风发、心胸开阔的样子。

我郁闷地退回来，从客厅踱到书房，又从书房踱进卧室，一头扎在床上，随手把电话塞进枕头下面，眼前晃来晃去全都是关宝铃的影子。

我不喜欢她！我不能喜欢她！她是大亨的女人，跟大亨抢女人，根本是一场永远打不赢的仗。别傻了，还是定下心来，仔细寻找有关大哥下落的线索……这一辈子，都不可能有大亨那样的成就……

说是不想，但睁眼闭眼都是关宝铃的影子，昏昏沉沉地睡了过去。

这一觉无梦，但是却被突如其来的电话吵醒了，屏幕上并没有显示来电号码，铃声震天，急促地响了一遍又一遍。

日光西斜，明显已经是午后时分。

这种奇怪的来电信息却是第一次——我按下了接听键，立刻，有个无比悦耳的女孩子的声音响起来："风先生你好吗？"

我抹了两把惺忪的睡眼，听不出对方是谁，只能含含糊糊地答应着，随口问："哪一位？"

"我是幽莲，你在埃及的老朋友，目前准备离开地球，特地向你打个招呼。"

我"啊"地叫了一声，从床上一跃而起，浑身一激灵，睡意全消。

"幽莲？你……你……"一时间，我不知道该对着话筒说什么才好。电话那端真的是幽莲，虽然之前跟她交谈很少，但她声音里独特的沙哑味道却是完全与众不同的。

"对，是我，一个曾经跟风先生打过交道的'人'——"她不能说自己是完全物理意义上的地球人，但又不是百分之百的土星人，真正是活在半人半鬼中的尴尬夹缝。

几秒钟内脑子已经完全清醒，我抓住她刚才的话题："离开地球？你们一起，连同土裂汗大神吗？"

这可是天大的报纸头条新闻，跟外星人通电话，并且曾经联手对敌。不过，这样的资料暴露给狗仔队，添油加醋渲染出去，只会增加无辜大众的恐慌。

想起在土裂汗大神的秘室里对战幻象魔影子那一战，陡然间对茫茫宇宙空间产生了畏惧感。地球、地球人在宇宙的怀抱里实在太渺小了，渺小到无法抗拒任何来自星外的打击，哪怕只是一颗误入地球轨道的陨石——

"当然，我们一起，还有这艘巨大的飞行器。"幽莲的话带着丝丝遗憾，或许我可以理解为她要离开生命的出生地，难免有背井离乡之感。

那艘飞行器应该是指古怪的土裂汗金字塔本身，到现在为止，我也弄不清那座建筑物有多大。

“如果‘二〇〇七大七数’不可避免，地球将在一场惨绝人寰的大爆炸之后，陷入一片广袤的死寂之中。没有水、没有食物，到处都是火山灰、熔岩、病菌……我们只能离开，或许等到爆炸结束才能回来……再见了，我亲爱的朋友，希望你早日慧根发现，像千千万万个地球人一样，认识到更新换代为土星人的好处……”幽莲的叙述越来越冷淡萧条，仿佛那些事已经成为既定的现实。

再有一年，地球的日历将翻入二〇〇七，我不敢想下去——一年时间，三百六十五天？难道地球的文明即将彻底断绝？

虽然窗外阳光依旧明朗，但我心里已经沉入了悲哀的深渊，并且这样的预言，不仅仅在《诸世纪》里出现，在外星人嘴里也亲口得到了证实。

我对转化为土星人没什么兴趣，毕竟在已知的外星人中，他们的能力似乎比不上已经被困的幻象魔那一派。就算我能逃过“大七数”的劫难，失去了地球，做流浪异星的无家可归者有什么意思？

我用力握着电话，大声问：“幽莲，我可以向土裂汗大神再问几个问题吗？土星人的科技水平既然能高于地球一百万年，难道在他们的科学研究课题中，竟然没有能解决‘大七数’的办法？”

幽莲愣了愣，忽然反问：“星球的毁灭是宇宙中恒久不变的规律，而且是宇宙聚合、裂变、新生、复活的唯一动力。根据已经发现的‘能量守恒’定律，如果没有毁灭的力量，将能量成功地转移到正在萌芽的新星上，新星如何成长发展——”

我知道她的回答有些荒谬，马上大声打断她：“我要跟土星人通话，我要跟他通话！”

依照地球人的理论解释宇宙的运行规律，犹如诸子百家时代的“坚白论”，只是在咬文嚼字，对解决问题本身没有任何帮助。我真正想的，是要弄清“大七数”的起源，然后尽可能解决或者规避它。

这一点，幽莲肯定帮不了我，我只能寄希望于那个能量已经接近消失的土星人。

幽莲叹了口气，电话一下子断掉了。

我瞪着液晶屏，气恼地“啊啊”大叫了两声，不知道气往何处撒才好。在目前的状态下，只有土星人能给予我一些有用的帮助，再依靠惘然不觉的地球人，迟早会混吃等死，一直到毁灭降临。

“啪”的一声，卧室门口出现了一个模模糊糊的人影，像是有人打开了一台幻灯机。人影慢慢清晰，看得出，它显示的是一个坐着的女孩子，身材瘦削，从头到脚穿着一身灰色的紧身衣，只有眼睛的部位扣着一副圆形的银色风镜。

她向我挥挥手，同时，幽莲的声音在卧室里响起来："风先生，看到我了吗?"

这应该是某种先进的光影传输方式，类似于地球上刚刚投入使用的"可视电话"，但立体图像方式又比平面图画传递强得太多了。

每次想到地外生命有先进于地球人一百万年的科技水平，我就难免一阵阵心惊肉跳。

"看到了。"我黯然回答。

幽莲的双手在一个虚拟的平台上敲了几下，停了几秒钟，用十分歉意的声音继续说："对不起风先生，土裂汗大神不想见你。他身体里的能量系统已经减弱到了最危险状态，不敢有丝毫损耗，只能用声音跟你交谈，请原谅。"

我点点头，土裂汗大神虚弱的声音响起来："风，你还好吗?"

我苦笑："好？怎么能好得了？你想想，本来预计活一百年的地球人，因为'大七数'的飞来横祸，非得要他在二十多年的时候结束生命，他能好得了吗?"

第七章
关宝铃再次失踪

我不是出家免俗的僧人，整日就知道念经修行，随时准备升入西方极乐世界。这个五光十色的美好世界，我还没有待够，很多美好的东西还没亲身体验过，这样就随地球一起陨灭，我当然不甘心了。

“风，别多想，当我们土星人知道这个消息时，也无法承受过，但又能怎样？对于宇宙加诸于小星球上的开玩笑式的毁灭，除了忍耐，没有任何其他办法。”

土裂汗大神的力气明显地异常虚弱，像个奄奄一息的病人。我的心软了，大家又不是来自同一星球，他连自保尚且不能，又哪来心情管地球的闲事？

我望着幽莲的侧影，连叹三声：“幽莲，如果可以，请把我身体里的能量借一些过去吧。大家相识一场，就当是朋友间的借用。”

幽莲笑起来：“什么？你自己要出让身体里的能量？地球人里面像你这样的实在是……少之又少了。可惜……你这样的优质个体不能加入到转化人的行列里来，真是太可惜了……”

土裂汗大神缓慢喘息着拒绝了我的要求：“不必了……我的能量还够用，多这么一点也无济于事，反正不可能驾驭飞船返回母星球去了……你们地球上的‘万有引力’实在太强烈，剩余的能量根本没办法让飞船脱离引力进入空间轨道……”

幽莲的视线望着自己身边的某个地方，我想土裂汗大神大概就是坐在那个方向。

我有些好笑，人类都能脱离地心引力飞向月球，难道土裂汗大神竟然做不到这一点吗？但我迫切要知道的是关于藤迦的问题："土裂汗大神，如果你决定离开，能不能告诉我，如何才能找回藤迦的灵魂？在以奇怪的方式进入金字塔后，她一直都昏睡不醒，这一点是否跟你攫取了她的能量有关？"

在寻福园与枫割寺之间的奔走，大部分目的都是为了救醒藤迦，现在遇到土裂汗大神，当然应该仔细问个清楚。

土裂汗大神迅速否认了我的疑问："风，藤迦的灵魂根本没有离开过她的身体，因为她身体里有种奇怪的禁锢力，犹如一层坚硬的甲壳，让我无法侵入，所以也更不必谈及吸收能量和攫取灵魂的事了。她的身体结构很明显与普通地球人有着巨大差别，连航天器上的透视设备都无法看清……"

如果土星人都对藤迦研究不透的话，她在枫割寺里表现出来的种种"异能"也就不值一提了。

"你的咒语……风，你的咒语或许能用得上……我看到你身体里蕴藏的澎湃滂沱的力量，像是一团即将爆炸的炽热岩浆。要知道，宇宙中任何突发事件的出现，都是以三维轴线聚焦然后辅之以时间顺序轴来完成的。举个例子，在希望救醒藤迦的人里面，假设所有的手段都是正确的……但营救的时间不够恰当，无法与她身体里蕴藏的生命力接轨——这样都只是无用功。时间是最重要的东西……你懂吗？救醒某个人，最需要时间的配合……"

我似懂非懂，但如果只有唤醒藤迦才能得到更多关于大哥的消息的话，我会尽我所有的努力。

"我累了……我已经很累了……"土裂汗大神喃喃自语，犹如已经无奈老去的年迈长者，说出的每一个字都带着垂老的倦怠。

幽莲调整了一下坐姿，再次向我挥手："再见了，下次见面应该是在几千米深的地面以下。我们的离开，不过是暂离地球的浅表层而已，大家多保重吧！"

我隐隐约约感到有什么问题不太对劲，木然地向她挥手道别。

幽莲的影子随着"啪"的一声轻响，已经从卧室里消失。

我不想再睡了，抓起手机准备下楼，陡然间明白了一点："是铁娜！

我得给铁娜打电话，不能再进入土裂汗金字塔了——”老天！土星人要发动飞行器沉入地底，此刻如果铁娜钻进金字塔里，可就百分之百死定了！

一秒钟，我摁完了那个神秘的电话号码，没人来接。我连拨了三遍，依旧没人接。

心急火燎的我，已经忘记了埃及与北海道之间的时差有多少了，急速从电话簿里翻出铁娜的手提电话号码，迅速拨过去，心里一直祈祷着：“上天啊！快叫铁娜接电话！快让她接电话！”

终于，铁娜的声音从听筒里传了出来：“风，有急事吗？怎么打到我手提电话上来了？”

听筒里的背景声一片嘈杂，人声鼎沸，夹杂着各种各样非洲传统乐器的演奏声。

我对着话筒大吼：“铁娜，别到土裂汗金字塔里去！危险！那儿马上就会发生大爆炸，千万别去！千万别去——”我吼得声嘶力竭，仿佛令整座主楼都要震颤起来。

这不是开玩笑的，一旦土星人的飞行器发动，土裂汗周围几百米的沙地都得突然塌陷，更不要说是钻进金字塔内部去的人了，肯定全部死光，陪土星人一起钻到几千米深的地下去，成为土星人“转换”试验的小白鼠。

我不爱铁娜，但却不想眼睁睁看着她失踪。

“风，你——哈哈哈哈……”铁娜大笑起来，我能想象她握着电话花枝乱颤的样子。

“风，你在梦游吗？还是吃错了药？怎么可能……想到这么古怪的问题？我就在从前咱们住过的营地里，不过现在这里已经建成为巨大的地下宫殿入口，是我们国家二〇〇五年最耀眼的开发项目。你真该来这里看看的，比起胡夫金字塔那种老式的破旧入口来，这里金碧辉煌，忠实地再现了当年法老王宫廷的奢靡……”

她的声音混杂在乐声的背景里，很是模糊。

埃及的旅游业缺乏新的开发项目，近年来逐步萎缩，这是不争的事实，但目前大家是在玩火——

我非常严肃地对着话筒：“铁娜，我以自己的人格起誓，土裂汗金字塔马上会产生大爆炸，请千万相信我一次，不要靠近它，更不要深入内部。”

时间每过去一秒，来自土星人的危险就增大一分，但铁娜很显然并没有把我的话听进去：“不不，风，你喝醉了是不是？这么伟大的旅游项目，我们怎么可能放弃？就在你取得宝石的那个池子中央的石台上，我们安排了一个非常有创意的剪彩仪式，等一下，我会跟总统先生一起……”

我狠狠地在楼梯栏杆上踢了一脚，忍不住骂了一句粗口。

如果铁娜跟总统一起在金字塔里消失，那么埃及国内非打成一锅粥不可。

“非进去不可吗?”我逐渐冷静下来，换了平淡一点的口气，不像刚才那么情绪激烈了。

铁娜又是一阵笑：“当然了！我一直都很可惜不能邀请你过来，共同参加这个仪式——”

我在心里又咒骂了一句。参加仪式？简直是在火山顶上做游戏，肯定是乐极生悲的结局。

大厅里静悄悄的，没有一个人，所以我在楼梯上吼叫了半天，也根本没有好事者出来偷看。仔细想想，安子死了，信子惊骇过度可以已经送去医院，萧可冷再有事离开——的确，这客厅里不该有人。

我下了楼梯坐在沙发上，准备跟铁娜认真谈谈。即使不能说服她，把时间拖下去，直到爆炸发生为止，也比让她直接进入金字塔里去好一些。

话筒里传来“轰、轰”的礼炮声，铁娜歉意的声音传过来：“风，不好意思，我马上就要进入观光电梯了，咱们晚一些时候仪式结束了再聊，总统先生正在等我……”

我咬咬牙，尽量让自己的语气变得柔和缠绵一些：“铁娜，再给我五分钟，有几句话，我只能现在告诉你，如果你想听的话，给我五分钟……”脸上一阵发烫，可能自己的脸已经红得不像样子了，但为了救人，我只能奋不顾身地“牺牲”自己了。

铁娜明显地一怔：“什么话？我在听，请讲吧……”

她肯定误会我是要表达什么爱慕的话，比如求婚或者动情的表白……

我拼命地做着深呼吸，让从前看过的爱情片子里的桥段迅速浮现在脑海里，必须得有够五分钟时间的台词才行。该死的土星人，早不撤离晚不撤离，就在埃及人举国欢庆的时候，这不是故意折磨我吗？早知如此，我跟土裂汗大神请求一下，晚些时候再遁入地下好了。

“铁娜，我……我已经仔细考虑过了，先前你说过……要我为总统先生效命的事……我已经想清楚——”脸在持续发烧，我起身走向洗手间，准备弄些冷水降温。

“哼哼……”铁娜笑起来。有人正在催促她，看来时间的确不多了。

“我答应你，并且我决定很快就飞往埃及，与你会合。当然……我的资历比较浅……不可能像你说的那样，直接进入某个机要部门……”我扭开水龙头，一只手伸进冷水里，立刻浑身浮起了一层鸡皮疙瘩。

“风，太好了！这是我二〇〇五年听到的最振奋人心的消息！嗯，你还不知道吧？中国俊男风先生勇夺‘月神之眼’的故事版本，已经传遍了埃及全国乃至非洲大陆。文化部正在组织一批作家、编剧、导演，准备将这段传奇故事拍成一部惊心动魄的盗墓题材的电影，让你的威名和事迹传遍全球……只要你愿意，国内的几个最高级机构全部敞开怀抱欢迎你的加入，总统可以签字授予你‘特殊贡献专家’称号，行政级别直接与几大部长平起平坐……”

铁娜说得兴高采烈，声音一阵大一阵小，可能是正在兴奋地把电话从一只手交到另一只手里。

想不到我的埃及之行还能留下如此辉煌的一个尾巴，可谓无心之得。

冷水让我发烧的脸逐渐平静下来，看看表，才过了一分钟，该死——

“风，你什么时候可以过来，我会立刻命令国家人事部准备你的资料呈报总统。你能来，我真高兴！真是高兴极了——”

或许铁娜太兴奋了，根本听不出我这些别有用心的话。

“铁娜将军，总统请您立刻进入电梯，两分钟后，电梯将进入地下隧道。”旁边的人又在催促。

铁娜压抑不住兴奋：“风，谢谢你带给我的好消息！剪彩之后，我会再打给你，我们详细谈谈关于你的未来——不，是咱们两人的美好未来，只属于咱们两个的……不过我现在必须走了，再见……”

我大叫：“不行！不，你等一下，我还有最后一句话——”

这样的台词，往往预示着影片的男主角将会说出“我爱你”这三个字，铁娜明白这一点，“嗯”了一声，屏住呼吸等着。

话筒里的音乐背景陡然间变得无比刺耳起来，仿佛是对我的无情嘲弄。

我对着那面青铜古镜苦笑，虽然二十一世纪里“我爱你”早就是说滥了的一句可有可无的台词，但我发誓，自己还从来没有对女孩子说过一次。包括对苏伦在内，我从没说过这句话，一是没找到合适的机会，再者，在我心里，似乎只有到了甘心情愿迎娶一个女孩子，并且一生跟她相依为命的时候，才可以说这句话。

“风，我在等着……”旁边的人在催促铁娜，铁娜又在催促我。

“我……我……”狠狠心，为了救她，我必须说，哪怕只能拖延几秒钟——最惊心动魄的大爆炸，往往有几秒钟甚至一秒钟就能决定许多人的生死了。

“我——爱——”从没想到，有一天我会在这种违心的状态下说这句话。

“轰隆——”这是我从话筒里听到的最后动静，接着通话就被拦腰切断了，仿佛通话过程是一根线，被突如其来的爆炸声一下子扯成了无数截。

我惊骇地跳了起来，水花飞溅，弄得满身满镜子上都是。爆炸发生了！土星人没有撒谎——虽然我不明白他们一定要在这时候发动飞行器的原因，但我相信铁娜已经成功地躲过了惊天劫难。

对着镜子里满脸水渍的我，自己用力舒了一口气，幸好没说完那句话，至少在自己心里，不必觉得对任何人抱歉。

这句话，或许是要留到最后对苏伦说的，因为除了她，再没有哪一个女孩子适合做我的新娘了。当我认真地审视自己的时候，禁不住扪心自问：“苏伦心里……也是这么想的吗？”仅仅这一刻，关宝铃没出现在我心里。并且她离开寻福园之后，我们可能再没有见面的机会，这次“惊艳”的相遇也就到此为止了。

重新回到客厅，我打开电视，进入新闻频道，相信很快就有关于埃及大爆炸的消息。

西斜的阳光投射进来，让这难得的一刻宁静显得分外的宝贵。没人来打搅我，正好能够让余温未消的脸慢慢恢复。

安子死了，我唯一一个怀疑的对象竟然死在獠牙魔嘴下，并且是跟耶兰一起——这是两个风马牛不相及的角色，怎么可能一东一西，隔着十几间房子在同一晚被杀？

对安子的怀疑共有两次，第一次是在去枫割寺的车上，她大胆地向我做表白的时候，并且差一点导致与张百森的车相撞。我对自己的男性魅力还没自大到“光芒万丈”的地步，绝不会导致一个见面不久的日本女孩子能情不自禁地对我说那种赤裸裸挑逗的话——

第二次，她翻看我的电脑——相信在此之前她早就看过不止一次了，因为笔记本电脑一直都放在二楼的茶几上，只不过其中没什么重要资料罢了。当我得到苏伦传过来的图片时，她在第一时间趁我假睡的时候偷看，而且无一遗漏地全部看完。

她当然值得怀疑，虽然我不清楚萧可冷对此知不知情。

“笃笃、笃笃”，有人在轻轻敲门，打断了我的沉思。

我扭头向外看，竟然是小来，那个神枪会的小头目。看来得到我的二百美金后，他犹然兴致未足，还想跟我套套近乎。

我招手让他进来，脸色冷淡，因为真的不想跟这种靠出卖情报混钱的人接触太过密切。当他们引起别人注意之时，也就是情报来源枯竭的时候。

“风先生，有个消息……”又是同样的开场白，同样的伪装出来的莫测高深的笑脸，但小来至少懂得尊重别人，始终站在我身边五步开外。

“说吧，只要是有用的消息，价钱不会低。”钱我有，但现在这种情况，我看不出他有任何可能引起我兴趣的情报。

“枫割寺方向出事了。”这一句是很肯定的语气。

我打量着他，半天不见，他竟然迅速改换了行头，头发剪得短短的，再换了一身袖口、裤腿全部束着的白色工装，显得干净利索。当然，在工装裤的大腿、小腿两侧，有四处略微显得鼓鼓囊囊的地方，肯定暗藏着短款枪械。

“枫割寺方向出事了，我看到十三哥发出的告警信号弹。火红色，十三朵花，我绝不会认错，而且霍克先生已经带了五个兄弟急速赶了过去——这是一个小时前发生的事。”他的话很简洁，大概是明白我不喜欢听废话，并且废话根本不能带来金钱的缘故。

我定了定神，王江南去枫割寺是为了送关宝铃过去的，半天时间过去，怎么还在那里？

萧可冷说过，关宝铃的本意是先去枫割寺，然后便返回香港，不会在寺里待太久的。现在呢？王江南告警，不会是关宝铃出事了吧？

“还有呢？再说下去，以上这个情报可以值一千美金。”

小来笑了笑，站得更加笔直：“谢谢。第二个情报是关于萧小姐的，上午时间，她带信子小姐去了札幌，在那里，有一个全日本有名的催眠术大师。我想萧小姐的本意，是想看看昨晚在安子姐妹的房间里到底发生过什么——这是第一点。霍克先生在接到十三哥告警的信号后，曾打电话给萧小姐，我听到了几句，是这样的……”

他咳嗽了一声，惟妙惟肖地模仿着霍克的声音：“萧小姐，关宝铃失踪了……十三哥说，关宝铃失踪了，已经发出求援信号，我会马上赶过去……不,这件事最好先别让风先生知道，关心则乱，我怕他会有过激举动……”

毫无疑问，小来学过类似于口技之类的东西，模仿别人说话，口气惟妙惟肖。

我的猜想得到了证实，但还能保持冷静，毕竟霍克是神枪会的一流高手，水平比王江南高出数倍。有他过去，想必出不了大事。

关宝铃怎么会失踪？跟枫割寺里的僧人有关吗？

我第一个想到了言不由衷的神壁大师，作为枫割寺的主持，寺里发生任何事，他都脱不开干系。关宝铃在寺里失踪，只要扭住他不放，肯定能把她找出来……

“风先生，还有第三件事——霍克先生心里恐怕对找到关小姐的事没底，因为他离去后的四十分钟内，已经连续三次打电话给张大师，要他联手邵家兄弟，看能否用招灵手段获得关小姐的下落。最不幸的是，张大师已经竭尽全力在做了，二十分钟内毫无结果——”

小来的情报汇报完毕了，现在已经不是价钱问题，事实证明，关宝铃又一次失踪了，就像之前在主楼的洗手间里失踪一样。

我起身踱了几步，走到洗手间门口，紧皱着眉向里面反反复复地张望着。

小来跟在我身后，但他是不会明白我站在这里的意义的。

“镜子！对，是镜子！它有可能是令人神秘消失的根源……”我走到镜子前，仔细回想着上次关宝铃自己说过的失踪前做过的动作——

先打开水龙头，洗手，然后关水龙头，慢慢走到窗前。我尽量把每一个动作都做到最慢，模仿当时关宝铃颓唐的心情，甚至弯腰屈膝把视线放低，引得小来紧张地连连眨着眼睛，大气都不敢出。

关宝铃消失的时候是黑夜，但现在却是大白天，窗外一望无际的荒野显示着寒冬的北海道独有的凄清冷漠。

“风先生，要不要……要不要帮忙……”小来扶住门框，也慢慢蹲下身子。

我向他摇摇手，回头望着镜子的方向，却没听到任何声音，一切正常得不能再正常了，根本不可能出现突如其来的水泡声。

我倚在后窗边，若有所思地问小来：“镜子里有什么?”

他认真地向镜子里左看右看，然后摇头：“只有我，什么都没有。”

按照镜子的反射、折射原理，此刻当然只有他。我走回镜子前，凝视着自己的脸和乱糟糟的头发。世界上的事情往往如此奇怪，希望失踪的人得不到机会，害怕失踪的人却偏偏一而再、再而三地陷入困境。

本来想打电话给萧可冷的，但想到霍克对她的警告性建议，还是算了，免得她夹在我与神枪会的人中间，左右为难。

第八章
没人看见的神秘消失

“小来，我想去枫割寺，你肯不肯跟我一起去?”既然洗手间里查不到什么，还是直接到现场去好了，看看这一次关宝铃究竟遇到了什么。

小来“噢”地叫了一声，露出兴奋无比的表情：“当然肯！当然想跟着去！风先生，自从在新闻周刊上看到您在埃及沙漠里的英雄壮举，我就一直盼望跟您这样的老大闯荡江湖。我不稀罕您的美金，如果从现在开始能一刻不停地跟在您身边，我情愿每天交钱给您……”

过度的兴奋让他都有点语无伦次了——我不清楚在铁娜的指使下，埃及文化部门已经把获取“月神之眼”的过程编成什么天花乱坠的桥段了，弄得我好像是拯救世界的超级英雄一样。

我向外走，顺手把头发拢好，免得给王江南看了笑话。

小来动作极快，五分钟内便交代好了手下兄弟该干的工作，顺便开了辆半新的绿色三菱吉普车出来。

我在台阶上停了半分钟，稍稍整理了一下思绪。枫割寺里的僧人个个身怀武功，我可以以一打十，但几百人一拥而上，打起来就耽误工夫了，最好能带一件随身枪械——我刚刚想到这里，小来已经在车窗里举起了一柄银白色的手枪：“风先生，这是为您准备的武器，日式改良版沙漠之鹰。”

他真是善解人意，这一下更增添了我对他的好感。

坐进车里才发现，他准备的东西出乎意料地齐全，包括红外线夜视仪、潜水镜、潜水衣、潜水专用氧气瓶、水下射击弩、强力电筒……我捏着下巴，沉下脸问："小来，你是早有预谋的？对不对？"

仓促之间，谁能把一应工具准备得如此齐全？除非有人早就想到我要出发去枫割寺。再说，这么多潜水方面的用具，难道小来明白我一直对"通灵之井"有所怀疑？他能猜到我的心事？

小来猛地踩下油门，吉普车引擎轰鸣着飞出庄园大门。

"风先生，这些都是霍克先生到达后，列了详细的购物单才置办齐全的，几乎每辆车上都载着四套，并不是特别为某个人准备的。只有这柄手枪是我特意按照您的回忆录上购买的，几乎跟您进入沙漠金字塔内部时使用的一模一样，包括重量、弹道与子弹规格、击发后坐力……您掂量一下，绝对得心应手……"

小来把油门踩到底，汽车以一百六十公里的时速向前飞奔着。

我还有回忆录？天！铁娜真是无所不能……

只要有钱，铁娜想要任何版本的英雄回忆录都没问题，就算把我描述成铁血无敌的"兰博"或者一只手端着重机枪扫射的"舒华辛力加"都是轻而易举的小事。

我沉默地卸下弹夹，一丝不苟地检查着每一颗子弹，并且举起空枪向着远处的路碑瞄准。有枪在手，杀人很容易，但要给自己找出一个杀人的理由却是最最困难的。

小来开了唱机，是一首轻快的蓝调爵士乐，一个黑人女歌手用甜得发腻的英语低吟浅唱着，与我们此刻心急火燎赶往枫割寺的心情实在是不搭调。

我扭了一下开关，转入短波调频收音的状态，听到的恰好是美联社广播频道的最新消息：

"埃及沙漠发生毫无预兆的地震，震中在胡夫金字塔南面的另一处新开发的旅游景点，名称为'土裂汗地下神殿'。强烈的地震将这座土裂汗金字塔直接夷为平地，原址被流沙掩埋。所幸现场并没有大的人员伤亡，请等待进一步的相关报道……"

我吁了一口气，看来铁娜没事，终于放心了，自己的拖延战术总算奏效。平心而论，我希望与铁娜成为并肩作战的朋友，爱不爱我是她的事，接不接受权利在我，如此而已。

经过漆黑的神头镇时，夕阳已经快要落山，海风阵阵夹带着海鸥凄厉的唳叫声，益发让人感到北海道的冬天真是能一直寒冷到人的心底里去。

一路上空旷无人，小来把车子的速度提到极限，时速表指针直接贴到了红线区的最顶点。

我逐渐开始信任眼前这个精干的年轻人了，放心地将目光遥遥指向亡灵之塔的方向。

其实全世界每一个探险家都清楚“海底神墓就在亡灵之塔下面”，但如何进入、从哪里着手进入却一直成了不可解的谜题。以至于有个别极端的探险家竟然商议着要向日本政府申请，把木碗舟山全部买下来，进行破坏性的开发。

一想起这个愚公移山般的伟大计划，我就忍不住在心底里笑个不停。

所谓“愚公移山”，向好处说是胸怀大志、不怕困难、踏踏实实、稳步前进；向坏处说，这种“壮举”简直就是“愚蠢到家”的代名词。

拿日本政府为木碗舟山开出的天价“十五亿美金”来说，这一点倒是难不倒欧洲和北美那几个对于“海底神墓”觊觎已久的实力雄厚的文物收藏家，但每一队人马经过实地勘测考察之后，都无可奈何地宣布放手了。

我看过勘测专家提交给几大财团的最终报告，移走整座木碗舟山容易，只要四吨 TNT 炸药和七个月的时间就足够了，炸掉山体，向西北海岸线直接倾倒下去，省时又省力。但是，木碗舟山一带四周都是大海，从枫割寺到山脚，垂直高度为三百二十米，进入地平面以下后，防水工程是最大问题。

挖掘深度二十米与挖掘深度二百米的单位防水造价，相差接近一百倍，况且，谁都不能保证海底神墓就在地平面以下二百米之内。夸张一些说，五百米甚至一千米之内，都不一定能发现海底神墓的影子。

所以，购买木碗舟山的整体开发权，是一项拿几十亿美金打水漂的辛苦工程，谁都不敢贸然尝试。

车子驶上盘山公路，更显出小来的高明驾驶技术，每次过弯的时速都不低于六十公里。如果我不是同样的驾驶高手的话，早就被他吓得尖叫无数次了。

当然，这也不排除小来故意要在我面前表现的可能，任何人只要得到出头的机会，都会不遗余力地表现自己的专长，但我不能肯定自己会给小来带来美好的前程，因为自己实在没有铁娜在报章上吹捧的那么厉害。

远远的，已经看到枫割寺的冷清正门，门外的台阶前，停着四辆属于神枪会方面的汽车。

关宝铃会去了哪里呢？难道会像上一次失踪于洗手间的情形一样？车子停了，我一边开门跳下来，一边用力捏着自己的下巴，思考着这个缠人的问题。

真的很不喜欢眼前冷清的寺门，给人一种孤凄无比的沧桑感，特别是黄昏暮色渐渐围拢过来之后，一群又一群暮归的白鸦呱呱叫着绕着枫割寺院墙外的古树盘旋着，更是令人心情沉郁。

另外四辆车子里空无一人，想必大家都一起进寺里寻找关宝铃去了。

“风先生，要不要抽支烟考虑考虑？”小来取出烟盒，恭敬地递过来。

我摇摇头，从小来惊诧的目光里，忍不住又想：“铁娜不会在自传里把我写成烟、酒、枪、赌、嫖样样精通的江洋大盗吧？”

就在最靠近台阶的那辆车轮下，我发现了一个黄铜弹壳，六厘米长，应该是改造过的信号枪子弹。

小来始终盯着我的一举一动，抢着说：“这是会里的特制信号弹，看来十三哥的告警信号就是站在这里发出的。当时我正在屋顶警戒，绝不会看错——不过，按照时间顺序推断，十三哥发出信号的时间应该是他上午离开寻福园五个小时之后的事。风先生，五个小时可以发生很多事，十三哥怎么会拖到那时候才发信号？”

能发现这个问题，足以证明小来是个有脑子也愿意动脑子的人。

我可以想象出王江南的思想波动过程，在发现关宝铃失踪后，他的第一反应是向寺僧要人，并且准备挨间房子搜索。像他那样刚愎自用的人，是绝不会相信“凭空失踪”这样的事情，所以一直浪费了至少两个小时后才无可奈何地求援。

其实上次关宝铃在别墅里失踪后，我也是徒劳地忙碌了大半夜，才不得不接受了这个既定的奇怪结果。

王江南和霍克找不到关宝铃，再加上我们两个只怕也是白费。

我坐在车头前，面向西南的大海，忽然发现自己正坐在“一箭穿心局”的射击直线上，马上跳下来，向旁边闪开五步。阴阳格局的变化，绝不是仅凭肉眼、肉身就能感知的，一切都在悄无声息的潜移默化之中，防不胜防。

小来不安地伸脚踢着脚下的落叶，时不时地抬头向亡灵之塔望上几眼。

山中的暮色似乎格外沉郁浓重，压得人心里沉甸甸的，呼吸也似乎不再轻松自如。

“小来，如果换了是你，发现同伴失踪，你会怎么做?”我希望听到不同的意见。

“我会——”小来握着双手，目光瞄向静悄悄的寺门之内。没有人进出，也没有人声，仿佛整座寺院都在山风海风里沉睡了一般。

“我会按照同伴进寺的路线，走上十几遍，尽可能地设想出可能发生的状况，以此为主线，向四面辐射出去寻找线索。别人说的话，或有心，或无意，都会产生误导作用，所以在实地寻找之前，最好不要听任何人的经过叙述……”

他的想法与我在某些方面不谋而合，我也在揣摩关宝铃的心思，准备依照她的进行步骤实地重演一遍。可是，她留给我的资料太少了，或许……或许王江南能知道更多她与枫割寺的关系?

喜欢卖力表现的王江南，又一次在神枪会兄弟面前丢了面子，让我在郁闷之余，心里会偶尔掠过几声偷笑。

我带着小来转过寺门，进入了“通灵之井”所在的天井。这里静悄悄的，没有一个人影，只有池子里的水荡漾着，在暮色里闪烁着闪闪的水光，并且不断地散发出侵人肌骨的寒气。不知怎的，我心里忽然记起在别墅时，总喜欢坐在干涸的水亭里的片断——

她一定是个喜欢亲近水的女孩子，那么到枫割寺之后，会不会对这口“通灵之井”情有独钟?

我向前走了十几步，在池边停住，凝视着深不可测的井水。寒气汹涌扑面，身上穿的衣服根本无法抵挡这种冷冽，小来本来跟在我后面的，马上绕到一边，站在月洞门边。

水面动荡着，像是一颗永远不愿安宁平静的灵魂。

无论关于“通灵之井”的传说有多么动人，我仍旧不相信它能照出人的未来。比如，它知道我现在心里在想什么?

我打了个响指，小来心领神会地把一只近四十厘米长的电筒抛了过来，不过随即不无遗憾地提醒说：“风先生，没用的，就算用超强探照灯向井里望，都不可能发现什么异常。只是水，清澈无比，深不见底，其他什么都发现不了。”

非常奇怪的是，小来几乎能猜到我要做什么，准确地跟踪着我的思想指向。

我揿亮电筒，贴近水面，让这束雪白的光柱直射下去。的确，在我视线里，只有深不见底的水，目光可以丝毫不受阻碍地跟随着光柱一直向下，直看到无限远处呈现出的那种阴森森的墨绿色为止。

水草很少，更没有一条小鱼，正合了中国古人“水至清则无鱼”的话。

水中的石壁上，沾着稀疏的青苔，不过只是在石块与石块的相邻缝隙之间偶尔出现。我觉得这一点值得怀疑，毕竟这井里的水存在了几百年，按照植物学规律，地球上任何地方的水井，都毫无例外地会生满青苔，严重的甚至会影响饮用水的水质。但是在“通灵之井”里，石壁表面竟然是光秃秃一片的，仿佛被什么力量把青苔全部刮掉了一样。

“水那么深，难道真的通向传说中的海眼?”我自言自语着关掉电筒。

从准备动身来北海道起，我就对“通灵之井”有一个最不解的困惑：现代潜水技术如此发达，难道没有人对它进行过彻底的深潜探测，看看下面到底通向何处?

如果是通往海眼的话，至少井水跟海水相通，应该又咸又涩才对，并且绝对不可能连条鱼都没有。海水里含有丰富的微生物，那样必定催生更多的藻类、苔藓类植物，水早就被弄浑了……

“风先生，咱们向里面去吧?是不是快些跟十三哥他们会合比较好?”小来越发显得有些不安了，不住地向四面的月洞门张望着，一副心神不宁的样子。

这个天井里四处弥漫着阴森森的寒意，今晚没有月光，黑黢黢的屋顶、墙垣、枯木都在夜色里半隐半现，仿佛张牙舞爪的妖怪一般。

作为一个未来的盗墓专家，我早就习惯了这种晦暗的环境，自己的思想根本不为所动，况且我的裤袋里还装着一柄威力恐怖的沙漠之鹰。

“小来，你不觉得关小姐进寺之后，会在这里稍作停顿吗?”我轻轻拍打着井台的石板，发出“啪啪”的轻响。寺里的僧人不知做什么去了，这么久都没有动静，难道大家又都聚集在“洗髓堂”那边集体参悟救醒藤迦的秘密?

“通灵之井”是进寺者必经之路，关宝铃曾说自己得到过井水的启迪，那么她这次进来，肯定在这里重新祈祷过。可惜没有专业工具，否则很轻易就能得到留在井边的所有脚印，从中提取属于关宝铃的，也就能迅速得知她的去向了。

小来点点头："嗯，一定会的。她来枫割寺，就是冲着'通灵之井'而来，并且固执地相信井水能指引她前进的方向——"

我走向小来，手伸进裤袋里，悄悄握着枪柄："小来，你对枫割寺和关小姐的情况，了解得可够详细的，难道此前也专门对此做过调查研究?"

如果他跟随我来枫割寺也带着不可告人的想法，那么，我可不能留一颗定时炸弹在自己身边，说不定什么时候就跳出来把我给出卖了。

小来的身手不错，但我自信制伏他毫无问题。在所有目前见到的神枪会人马中，只有莫测高深的霍克或许才是我真正的对手。

小来慢慢把自己的双手抬高，做了个"绝无敌意"的手势。

"风先生，我知道您在怀疑什么，不过之所以我能拿到这么多资料，是因为神枪会方面对枫割寺早就注意了长达三年的时间，而这方面的资料收集工作，一直都是我专门负责。除了亡灵之塔、通灵之井之外，我还得详细记录进入枫割寺的一切游人的身份、特征、背景、动向。这也是我愿意跟您过来的主要原因——我想尽可能地把资料贡献出来，给您以协助……"

他的眼神很平静，年轻的脸上挂着无奈的苦笑。

我点点头，心里的疑团消散了一些："我不是怀疑你的诚意，只是闯荡江湖养成的警觉习惯而已，不好意思。"

他是神枪会的人，自告奋勇跳出来帮我，所谓"害人之心不可有，防人之心不可无"，我还不想莫名其妙地成了别人圈套里的冤大头。

我们还没决定下一步行动路线，已经从正面的月洞门里传来"噔噔噔"的脚步声，十几个人一边窃窃私语，一边急速地向这个天井里走进来。

"是……十三哥他们……"小来低声向我耳语。

果然，几道光柱驳杂地跳跃着，一过月洞门，便齐刷刷地指向我跟小来，随即响起王江南颓丧的声音："嗯？是你……你们?"

霍克抢着说："风先生，你们怎么也过来了？我本想让您多休息一会儿——"

在人群之中，我并没有看到关宝铃的影子，看来情况是大大地不妙了。

王江南与霍克并肩站着，像只斗败了的公鸡，无精打采，蔫头蔫脑。

如果关宝铃真的就此在人间消失，我发誓我会杀了他——

只有在永远失去一个人的时候，才懂得心痛。即使关宝铃是大亨的女人，但她已经深深地印在我心里，终生无法抹去。

“通灵之井”的天井太阴冷，我们一直退出枫割寺，站在车前。

小来招呼神枪会的人，取出蓄电池照明灯，把台阶下的一小块空地照亮。他的办事能力的确不错，任何事都比别人考虑得更周到。

霍克始终皱着眉，把电话握在手里，不停地踱来踱去。

这种情形，如果我不主动发问，王江南或许根本不肯叙述事情的经过——看着他失魂落魄的样子，我真想跳过去在他脸上狠狠扇几个耳光。

无言的沉默维持了不下十分钟，霍克按捺不住了：“风先生，要不我们先回寻福园去？今天的事有些古怪，我们最好与萧小姐会合之后大家再做商量，怎么样？”

我很坚决地摇头：“不，关小姐是在咱们的眼皮下消失的，将来大亨追问，谁也难辞其咎。霍克先生，如果你不想让神枪会与大亨结梁子，令孙龙先生为难的话，最好今晚就把这事弄出点眉目来！”

关宝铃失踪，我就算退回别墅去，心也早就圈在枫割寺了，肯定寝食难安，还不如把大家都拖在这里，哪怕是有一线希望也好。

霍克长叹，无奈地“啪啪”跺脚，耸着肩膀：“不是我们不努力，实在关小姐的失踪诡谲得很，竟然……竟然没人见过她，之后就莫名其妙地失踪了……知道吗？她进入寺里一个小时，里面的僧人全都没见过她的面……”

他的话有些语无伦次，我摆手制止他：“到底怎么回事？能不能从头慢慢说起？”

有当事人王江南在这里，我不想听别人的转述。当然，在安子的房间里，我差点让王江南当众出丑，他肯定对我抱着积怨，但一切小摩擦在关宝铃失踪这件大事面前，都微不足道。我只想知道真相，然后循序探查。

王江南“哼”了一声，反手拉开车门，想要进自己的车里去。

我脚下滑步，倏地抢在他面前，伸手按住车门，冷笑着：“王先生，关小姐怎么失踪的，拜托你再说一遍。”

第九章
东瀛遁甲术

“喀啦、喀啦”连声响，除了小来和霍克，其他神枪会的人全部拔枪在手，虎视眈眈地对着我。这些人都是王江南的属下，当然要维护他，但此刻很明显的，王江南并没有强硬到底的嚣张气势，或许是今天早晨我的出手已经对他造成了震慑。

“我很累，不想说……”他的声音很低。

“不行，你非说不可——我有一些独特的资料，大家合作，肯定能找到她……”至少我亲历过关宝铃的第一次失踪和重现，这些是王江南无法比拟的。

“呵呵，找到她？从上午十一点开始直到现在，我们已经翻遍了枫割寺里的角角落落，根本找不到，也无从找起。所有人都没见过她，怎么找？去哪里找？我真是怀疑——”他向黑压压的寺院里指着，“这里有只看不见的妖魔，一口把她吞了进去，所以，什么可以利用的线索都没留下……”

王江南受了重大打击，可能精神已经临近崩溃边缘了。

他跟霍克都提到“没人见过她”的话，这代表什么意思呢？我心里渐渐开始发急，幸好王江南还算配合，清了清嗓子，开始叙述关宝铃失踪的全部经过——

“上午十点钟，我送关小姐过来。她的情绪很低沉，当然是因为你不肯把别墅出让的事。她进寺，我一百二十个愿意陪她进去，但被她拒绝了。她说只是去亡灵之塔下许愿，然后到通灵之井前面看看上天的指示后就返回，一共不超过二十分钟时间……”

这样的路线，跟我预想的差不多。关宝铃迷信“通灵之井”的神奇，所以才一再到枫割寺来，并且临走之前，还要念念不忘地来最后一次。

霍克走到远处去，在跟什么人通电话，声音压得很低。

神枪会的人也把枪械收了起来，老老实实地散布在车子周围，担任临时警戒。此时四周一片昏暗，海风阵阵，只有我跟王江南站在蓄电池灯的光圈里，像是一幕舞台剧中唯一的主角。

“我在车里等着，二十分钟很快便过去了，她没回来。我以为可能是跟寺里的僧人说话寒暄，所以耽误了时间，于是继续等下去，直到十一点钟，才忍不住下车进寺找她。”

王江南又一次指向寺门：“我进去后，绕过通灵之井，先到亡灵之塔下面。一路上没遇到任何人，也没看到关小姐，马上取出电话拨打她的号码，但这时候才想起她并没带电话……”

关宝铃向所有人隐藏了自己的电话，只有萧可冷曾偷偷看到过她打电话的情景。

“我大声叫人，有个负责接待的迎客僧出来呵斥我，结果……结果就是根本没人看到过她进来，在我等待着的一个小时时间里，寺僧们都聚集在神壁大师的洗髓堂里念经悟道，前院部分空无一人……”

我终于弄懂了“没人看见”是什么意思，也就是说，所有的僧人仍然在为唤醒藤迦而努力，把寺院里其他事务都抛在一边了。

前院没人，寺僧说不清关宝铃的去向可以理解，但她去了哪里？

从寺门到“通灵之井”，再到“亡灵之塔”，不过是几百米的路程，二十分钟足够走个来回的。而且我明白这段路她已经不止走了三次五次，这一回，到底是在哪里出了岔子？

没人看见的神秘消失，跟上次洗手间里的失踪，真是有异曲同工之妙。奇怪的是，为什么每次失踪事件都是发生在关宝铃身上？难道她的身体里也隐含着某种格外神秘的特质？

王江南的叙述很长，但核心问题只有一个——关宝铃进寺之后，没人看见过她。

如果寺僧说的是实话，那就只能假设为关宝铃进寺就失踪了，在接触到别人之前便遭遇了不测。依照王江南的判断，关宝铃会去的地方只有两个，“通灵之井”和“亡灵之塔”，他特地去这两个地方仔细搜索过，并且直登塔顶，根本毫无发现。

小来突然插嘴：“十三哥，是不是枫割寺内部还有一个地方没搜到?”

那个地方我也想得到，就是谷野神秀闭关修炼的“冥想堂”，连陌生人过去看看都不行，更不要说是大规模的搜索行动了。

王江南无奈地点头：“神壁大师不允许，结果霍克派了几个兄弟偷偷过去，都被奇门阵法挡住了，根本无计可施。”

他对小来跟我来枫割寺这件事已经无暇顾及，当前最令他头痛的，应该是大亨一旦发现关宝铃失踪，肯定要向他兴师问罪，这一点他可担待不起。

“那个地方，至少埋伏着十二层东瀛遁甲术，普通人根本破解不了，也就找不到进入的路径。十三哥、风先生，我想这件事如果能请别墅里的张百森先生参与，可能会进行得比较顺利。”小来考虑问题的能力非常机敏，一牵扯到奇门五行阵法，正是张百森与邵家兄弟的拿手好戏。

王江南精神一振：“我马上给他打电话……”

人慌无智，这种状况下，别人指出的任何路径他都想去试试，自己的脑子已经不会转圈了。

王江南刚刚取出电话，霍克已经远远挥手：“十三哥，不必打了，我已经跟张先生通过电话。嗯……他说我们还是回别墅去从长计议，千万不要操之过急，在确信关小姐是陷入了遁甲术的埋伏之前，大家千万不要盲目树敌。”

他急匆匆地走过来，再次低声征询我的意见：“风先生，你说呢?”

忙碌了半下午，这群人肯定又累又饿，再心神不属地待在这里似乎徒劳无益。我只能苦笑着：“好吧，你们回去，我再待一会儿，看看能不能想到办法。”

我能做的，就是等待关宝铃自动出现，或者推算她走过的路径，自己亲身走几遍，看看是不是够幸运追随她一起失踪。

霍克为难地扬起手里的电话，安排神枪会的人上车：“大家撤退，回别墅再说。”

王江南上车前，望着黑压压的寺院，突然长叹三声。到这时候，他的艳遇之梦也该醒了吧？接下来，最好是考虑考虑该如何应对大亨的追杀……看着他垂头丧气的样子，我一点都笑不出来。

小来一直站在我身后，态度鲜明地站在我这一边，此举肯定会引起其他人的不满，甚至霍克都变得对他冷淡了："小来，别让风先生涉险，否则，提头来见。"

这群人发动车子下山，车灯的光柱又一次刺破了木碗舟山之夜的宁静。很快地，车子的引擎呼啸声便全部消失在蜿蜒盘旋的环山公路上，台阶前重新恢复了死寂。

小来在台阶上坐下，"啪"地打亮火机点了一支烟，默默地吞吐着烟雾。

"关小姐的失踪会跟'冥想堂'有关吗？我看未必！"小来仰面吐出这么一句话，伴随着丝丝缕缕的烟雾，他的脸平静得像一尊雕像。

我点点头，示意他说下去。关于枫割寺的详细情况，他比我了解得多。

"'冥想堂'四面方圆一百米之内布置着很多机关埋伏，连寺里的僧人都不清楚该如何通过这些阵式，只有两个送饭的低级火头僧才能得到谷野的允许，按照他用'千里传音'功夫做出的指示，把饭送到距离门口十步远的地方。换句话说，关小姐在没人指引的情况下，想通过遁甲术大阵都极度困难，根本不可能短时间里到达'冥想堂'内部。"

我不置可否地任他说下去，既然谷野神秀能把自己的弟弟变成自身并且灌输以海量的盗墓学知识和武功——他本身的武功必定更是惊人。那么，有没有可能是他突然出现，掳走了关宝铃？

小来接着否定了我心里的设想："风先生，我们可以怀疑关小姐是被谷野掳走的，但回头想想，关小姐这已经是第六次或者第七次来枫割寺了，为什么谷野此前从不出手，偏偏要等到外面有十三哥陪同等待的时候？这一点，根本说不过去，至少在北海道这块地方，没人敢跟神枪会过不去……"

他的意思无疑是说，根本不必惊动"冥想堂"里的谷野。

我在台阶前反反复复踱着步，思想乱成一团野草："难道我们能做的只是等待吗？如果关宝铃不再出现，这种最消极的等待又有什么意义？"

"小来，你觉得关小姐是去了哪里？"我想听听他的意见，同时招呼他再次进寺。

刚刚我们只是到达了"通灵之井"，这次直奔"亡灵之塔"那边。在我的预感中，枫割寺的神奇之处，应该是围绕着这座经常无缘无故出现神水的宝塔。

“风先生，离奇的事应该有离奇的解释，有一个关于‘通灵之井’的神话传说，或许您已经听过了……”

小来寸步不离地跟着我，并且已经取出一柄微型冲锋枪提在右手里，警觉地四处巡视着。没有人出来阻挡，可能藤迦的生死牢牢占据了目前枫割寺的活动重心，大家还在“洗髓堂”里集体参悟呢！

我看过所有关于“通灵之井”的传说资料，不明白他说的是哪一件。

不到三分钟，我们便到达了“亡灵之塔”所在的天井。当然，地下干干净净，没有任何水流渗出来。

夜色里的宝塔非但没有白天时那种庄严肃穆，反倒给人以冷森森的莫名诡异之感。特别是当我的视线仰望向塔顶的时候，觉得它更像一块硕大无朋的石碑，应该说是墓碑——矗立在“海底神墓”上面的墓碑。

我没有丝毫停顿，直接走向宝塔的一层，准备登到塔顶去看看。

进入宝塔之后，小来忽然笑起来：“风先生，您信不信向上天祈祷这件事？”

他停在一层墓室的中心，单手竖在胸前，面向西南，然后才开玩笑一样地说：“很多人遵循这样的祈祷方式，据说能跟天神心灵沟通，说出自己的心愿，然后去‘通灵之井’边照一照，就能得到自己的未来宏图——您信吗？”

我摇摇头：“不信。”

如果这种方式能够灵验奏效，那么大家还辛辛苦苦在商场、战场打拼干什么？不如都来这里祈祷一遍，该当总统的当总统、该做阶下囚的做阶下囚、该家财亿万就……

我始终相信，命运是掌握在自己手里的，其他外因只是一种推动力或者阻力，影响不大。

小来深深地弯腰鞠躬，脸色渐渐变得严肃起来。

中国古语说，敬神如神在。站在神灵的栖息地，当然不可以说对神灵不敬的话。我转身准备上楼梯，目光又一次落在山坡上灌木丛中那座古怪的白房子上。

三年了，谷野神秀到底要参悟什么？到底能参悟什么？

在夜色中，所有的灌木枯枝显现出一种诡谲的银灰色，仿佛涂满了闪光的银粉一般。特别是三层房子根本没有任何窗口，只有第一层的位置开着一扇仅容一个人通过的小门——房子不像房子，很像中国北方特有的石灰窑。

“小来，我们上去吧！”

小来的仪式仍旧没有完成，我只好独自踏上楼梯。

每层台阶的宽度和高度都是四十厘米，全部由乳白色的石板砌成，坚实稳定。两侧的石墙散发出淡淡的潮气，就连空气里都带着某种古怪的腥味。

一直登上第七层之后，我走出塔外，手扶石砌围栏向正北面打量着。

“洗髓堂”方向有灯光闪烁，其余院落则是一团漆黑，仿佛全寺僧人现在都以那个院子为家似的。

我怀疑这些僧人只是在浪费时间，至少，絮絮叨叨的经文对藤迦的苏醒没有丝毫帮助。他们又不懂少林寺的“金刚狮子吼”功夫，用“当头棒喝”的方式或许能比念经更奏效——

现在，我唯一的希望就在耶兰留下的咒语上，但这种脆弱的希望太经不起考验，我不敢轻易尝试，生怕咒语无效，自己就彻底死心了。咒语唤醒藤迦的可能性，大概在几万分之一，或许我该在结束搜索关宝铃的行动之后，到“洗髓堂”去试试？

这里，已经是枫割寺乃至整座木碗舟山的最高点，如果不是重重夜色阻隔，想必能将四周的风景一览无遗。

围栏上的石块异样冰冷，到处都有带着腥味的潮湿气翻卷着涌进我鼻子里来，而山风的凛冽程度更是比地面上增强了数倍，吹得人睁不开眼睛。

从一层直登塔顶之后，我发现了宝塔的另外一个古怪之处——

日本的寺庙、塔楼建筑技术，很忠实地延续了中国盛唐时期的建筑特点，极尽繁复、精致之能事。佛教文化更是日本文化的一个重要的组成部分，对日本的文学、音乐、美术和日常生活都有着重要的影响。

我到过著名的三大古都京都、奈良和镰仓，金阁寺、大德寺、三千院、寂光院、唐招提寺、海光山慈照院、浅草寺等寺院更是不止一次地瞻仰参观过，无一不是修饰精美、风景如画。

枫割寺作为北海道最著名的寺院，这座塔的建筑工艺似乎显得太过粗糙，与枫割寺的名声极不相称。可以说，日本任何一座寺院里的佛塔，都要比这座“亡灵之塔”显得更华贵大气。

刚刚我一路上来，甚至很少看到佛塔上惯用的垂莲浮雕——这代表了什么？难道“亡灵之塔”是匆匆搭建起来的，连这些最常用的雕饰都没来得及准备？

我听到有人缓步上来，下意识地叫了声：“小来，你有没有觉得这座塔很古怪？”

脚步声倏地停了，我急转身，有个人影已经轻烟一样从门口飘了出来，头上戴着一个奇怪的竹笠，竹笠上又罩着接近一米长的黑纱，把脸、肩膀、胸口全部遮住。

十分之一秒的时间，我已经短枪在手、子弹上膛，指向来人的眉心。

刷地一道寒光闪过，对方手里也亮出一柄奇怪的长剑，指在我的喉结上，剑尖上渗出的丝丝凉气令我紧张得大气都不敢出。

“谁？”

“谁？”

我们两个几乎同时低喝着，同一个字，而且用的都是日语。无论如何，他不会是寺里的僧人。由他穿的黑色紧身夜行衣可以判断，这也是一个昼伏夜出的黑道高手。

他的剑脊上一直都有一道红光在跳跃着，仿佛是一团随风飘荡的火焰。

“枪快还是剑快？”我冷笑，瞪着他的黑纱。刚刚他从门口闪出来的身法异常诡谲，绝对算得上是一流的轻功高手。

“都快，不过要看是握在什么人的手里！”他嚓地一声收剑，原来这柄剑的形式类似于魔术师常用的可以自动伸缩的那种，剑刃收回之后只有三十厘米左右，恰好是一个剑柄的长度。

我慢慢退后了三步，后背靠在围栏上，目不转睛地盯着他。神秘夜行人的出现，似乎为关宝铃的失踪揭开了新的追查线索。

小来悄悄出现了，像只灵巧的山猫，并且冲锋枪稳稳地瞄准了夜行人的后心，跟我所在的位置恰好一前一后，截断了夜行人的逃逸路线。

“朋友，鬼鬼祟祟地藏头盖脸做什么？”我连连冷笑着，侧身向塔下望去，搜索着对方可能存在的余党。

夜行人的黑纱被山风吹得激烈飘飞着，用同样冷漠的口吻，改换成华语："你们是神枪会的人吧？别多心，大家井水不犯河水，我只是偶尔路过，无意冒犯。"

小来缓缓移动着脚步，向夜行人靠近着，如果能将他活擒，无疑是今晚最大的收获。我知道几方势力都在关注着枫割寺的一举一动，在关宝铃失踪之后，任何在枫割寺出现的人，都有作案的嫌疑。

我的枪口略微下垂，瞄准了对方握剑的右腕，必要时候可以抢先开枪，令他失去攻击能力。管他是路过还是特意探路来的，都先拿下再说。

"洗髓堂"方向的灯光突然移动起来，并且像一条蜿蜒游动的长蛇一样，鱼贯而出，迅速向这边赶过来。不过隔得这么远，而且是处于逆风状态，我听不到那边的动静。

我扭头的间隔非常短，而小来就是在这个当口发动袭击的，右手里的冲锋枪狠狠抡起来，砸向夜行人的后颈。几乎同一时刻，鲜红色的火焰一闪，夜行人的剑光哧地一声从小来肋下穿了过去，并且同时飞起一脚踢在小来胸膛上，发出"嗵"的一声闷响。

"噗、噗噗……"小来倒飞起来，直撞到墙上，然后一边下跌，一边连续吐了三口鲜血，看来这夜行人的腿法犹在剑法之上。

我的枪也响了，因为他的剑光像一条贪婪的红蛇，正绕向小来的脖颈。

"啪、啪啪、啪啪啪"，我共射出六颗子弹，其中至少有四颗射中了对方的剑身，另外两颗射在石墙上，迸出无数跳荡激飞的火花。我无意杀人，只想保住小来的性命，并且下一轮射击时，凭借对这种枪械的出色手感，我完全有把握射中对方身体的任何部位。

"啊——"夜行人陡然捂住胸口惨叫着踉跄后退，靠在围栏上之后，一个倒翻跌了下去。

我愣了，因为自己射出的六颗子弹根本没瞄向他的胸口，何来中弹一说？

"小来，你还好吗？"我关心他的伤势，小来的存在，对我在枫割寺里的下一步行动有巨大的帮助，他可不能死。我一步跃过去，搀住小来的胳膊，要拉他起来。

"风先生，他逃了……滑翔衣……这是、这是朝鲜派来的高手……"小来上气不接下气，但仍彪悍地支撑起身子，踉跄着跟我一起冲到围栏前。

夜行人的身子还在下坠之中，不过他的双臂陡然张开，袖口与裤脚之间竟然有一大块布幔相连，犹如张开了一双黑色的翅膀一样，随着空气的浮力转折向东。他的竹笠一直牢牢地扣在头顶上，黑纱飘飞，别有一种独特的“飘飘欲仙”的韵味。

“是，是滑翔衣……”

夜行人舒舒服服地越过一排灰色的平房后，一个凌空翻滚便消失在无边的黑暗中。

小来说得没错，这种衣服结构的中文名称是“滑翔衣”，其历史可以一直追溯到冷兵器时代的中国江湖，应该是流传自大唐时候的著名术士袁天罡。当人体重量平均地分摊于“假翼”上时，只要单位面积上分担的重量达到与上升的空气浮力二比一的比例，就可以像鸽子一样自由飞翔。

第十章
半死半醒

在近代各国军事发展史上，朝鲜军方对“滑翔衣”技术的改良是最成功的，已经远远超过了美国与欧洲诸国，这主要得益于朝鲜人身材瘦小的先天特质，而且据亚洲医学专家研究证明，朝鲜原住民的身体结构很奇怪，很多人具有像鸽子一样的“中空薄壁骨骼”，所以更适合在空中的滑翔动作。

提到朝鲜人，当然也就是萧可冷报告过的赤焰部队。

我望着越来越近的灯光组成的火蛇，皱着眉向小来笑着：“你看，终于把寺僧们惊动了！这群家伙，不戳到他们的痛处，是根本无动于衷的，要知道这样，早早开上两枪——”

猛然间，我意识到自己开枪是在“火蛇”动身之前，也就是说，他们向这边冲过来并非为了我的枪声，而是另有所图，也即是说枫割寺里发生了另外的大事。

小来擦去了嘴角的血，看着胸前那个清晰的鞋印，依旧心有余悸：“风先生，对方的剑法、武功、轻功都很诡异……肯定是属于朝鲜军方赤焰部队里的高手，如果大家站在对立面上就糟了。”

此时，“冥想堂”就在我们的俯瞰之下，屋顶光秃秃的，像一个长方形的古怪石盒。

灌木丛的分布形式，犹如一个面向西南的巨大的“田”字，那座房子便是坐落在十字交叉点上。

一股淡淡的白雾笼罩在灌木丛上，但无论山风如何劲吹，雾气始终堆积在田字框中，一点都没被吹走。无论从任何方向接近房子，都得先经过灌木丛与白雾，所有的遁甲术的古怪，就是藏在雾里。

小来笑起来：“风先生，如果有一支狙击步枪在手，整个‘冥想堂’乃至整个枫割寺，都尽在掌握中了。”黑道中人，很崇拜枪械的力量，尤其是一击必杀的狙击步枪，小来也未能免俗。

我指向雾气缭绕之处，摇头表示反对：“小来，就算给你高倍狙击步枪，在瞄准镜里能看清雾气后面的东西吗？忍者的土遁术完全能够借助塔身的遮掩悄悄掩杀上来，你连开枪的机会都没有。”

在这种复杂地形的战斗里，狙击步枪往往鞭长莫及，要想活命或者取得胜利，还是得倚仗自身的武功、智慧和应变能力。

长久地俯视之后，恍然觉得有些头昏脑涨，因为在那片田字框布局的灌木丛之外，另外依据地势的起伏，设置着一条弯弯曲曲的干涸小溪，呈一个不规则的圆形围绕在灌木丛外。小溪的外围还有四条五彩鹅卵石铺成的羊肠小道，似断非断地将小溪裹住……

越看下去，越对谷野的东瀛遁甲术之高深吃惊不已，小来说过的十二道屏障仍旧少算了，在我居高临下看来，至少有十七道才对。任何一个进入枫割寺的人，要想接近谷野的屋子，先得突破这十七道屏障。

以上计算的只是静态分布的格局，还没算计到一旦遁甲术阵式发动产生的变数。或许敌人侵入大阵之后，真正厉害的变数才会发作，如同一个环环相扣的迷宫，绝对将任何轻易发难的敌人困死在里面。

“上面的人听着……火速下来说话，否则格杀勿论……”

迤逦而来的“火蛇”停在塔下的广场上，有人仰面大叫着。在北海道这个风景如画的地方，似乎每个人都忘记了日本是个彬彬有礼的法治社会，有问题该报警才对，“格杀勿论”是古时候强盗经常露出来的切口行话。

小来玩世不恭地笑着：“枫割寺这群和尚，武功还算马马虎虎，不过要论到枪械交手，我一个人足够应付下面这一大群人了……”

他低头看着广场，粗略一数，抬头向我笑着：“四十五个，看来大部分人还在‘洗髓堂’按兵不动，准备用意念力救醒那个女孩子呢！风先生，咱们下去看看？”

唯一感到遗憾的，是没带高倍望远镜过来详细观察一遍谷野住的屋子。如果张百森与邵家兄弟不过来，这些奇门遁甲的变化还真有些麻烦。

我们缓步下塔，从一层的门洞里走了出来。

带队而来的是狮、虎两僧，神情暴怒，身后跟随的僧人全部手提两尺长的黑铁戒刀，来势汹汹，仿佛我跟小来闯下了滔天大祸一样。

“两位夜闯枫割寺，杀伤了寺里防守的弟子，现在请跟我去见主持大师，听候发落。”狮僧冷着脸，煞有介事地把这项罪名扣在我们头上。

我不想理他，只是回头看着第一层塔身，暗自猜想：“是不是关宝铃也曾站在这里面合掌祈祷？她会祈祷什么——是要大亨身体健康、日进斗金、高枕无忧吗？”

一想到这些，我心里立刻像针扎一样地疼。

无用的王江南在关宝铃失踪后，自己悻悻然地回寻福园休息去了。他这样的人，完全像世界上大多数男人一样，只看到女孩子的“美丽”，只想着尽快美人在抱，却没耐性为了自己喜欢的人一直默默付出。

大亨呢？他对关宝铃是不是也是这种心思？半生风流成性的大亨恐怕不可能永远对关宝铃着迷，特别是一个已经 ED 的男人，可以想象关宝铃的未来绝对是一片晦暗。

“风先生，咱们……咱们要不要跟这群人去见神壁大师？”我想得太出神了，直到小来出声提醒，才如梦方醒一样举步向前。我的确是要去见神壁大师，准备破釜沉舟地试试那句耶兰留下的咒语。

杀伤枫割寺僧人的，肯定是刚刚使用“滑翔衣”的朝鲜人。这就引出了另外一个疑惑的问题——杀伤寺僧之后还不赶紧逃走隐匿，怎么还要一直逃到塔顶上去？不会是塔顶有什么隐藏的秘密吧？

我扭头向“亡灵之塔”顶上瞄了几眼，根本看不出有什么值得关注之处。

“洗髓堂”的房子已经修葺一新，果真还有二百余名老少僧人疲惫不堪地坐在院子里，一边打着哈欠一边数着佛珠念经。夜里这么冷，几乎超过一半的人都被冻得瑟瑟发抖，但没有人退缩逃走，只是闷着头念经。

北屋的纸门半开着，一缕香烟袅袅飘出来，散发出好闻的正宗红檀香气息。

不等狮僧禀报，我已经大步走向门口，大声自报家门：“我是风，求见神壁大师！”那句背了几千遍的咒语在我舌根下面翻滚着，再过一分钟，或许就是验证它的真实性的时刻了。

“请进。”神壁大师沙哑着在屋里应答。

我一步跨进屋子，满地都是摇曳的烛光，至少有数百根白色蜡烛纵横交错地插在屋子中间，被我踏进来的劲风带动，火焰急骤颤抖着。

“呵吗吐喃呢……呵吗吐喃呢……呵吗吐喃呢……”神壁大师大喝三声，双臂上举，激发出另外一股柔和的力道，把劲风全部融化掉，令摇曳的烛光静止下来。

此时，他与象僧盘膝坐在藤迦的棺材头尾位置，也相当于是在蜡烛阵式的核心。

我向旁边横跨了一步，背靠墙壁而立。

蜡烛排出的阵形是个长短不齐的五角星的样子，其中最长、最锐利的那个角指向正北。记得这间房子的后墙连着那座奇怪的树屋，高僧布门履大师此刻应该仍在树屋里。

“风先生，杀伤寺中弟子的不会是你，这一点我能肯定。你来此地的目的，莫非也是为了寻找失踪的关宝铃小姐?”神壁大师抬了抬眼皮，左手捏着胸前的硕大褐色念珠，露出一副高深莫测的样子。

我又横跨一步，找到“五星招魂阵”的入口，不无忧虑地冷笑着：“神壁大师，别的都不必论述辩解了，我来这里的目的，寻找关小姐只是其一；第二个，我已经找到了唤醒藤迦小姐的办法，那是一句咒语，一句神奇无比的咒语。给我一秒钟，我或许就能让她重返人间……”

门外的狮僧忽然嗤笑起来：“一句咒语，嘿嘿，一句不管用的咒语……”

他的声音很大，神壁大师跟象僧同时抬头，厌恶地向门外望着。

狮僧“呀”了一声，应该是为自己说错了话而后悔不迭。那一瞬间，我看清了象僧脸上明白无误的杀气。

我觉得有些不对劲：最先得到耶兰咒语的是渡边城，从“双子杀手”交谈中也听得出她们曾经来寺里试过这句咒语。狮僧说出这句话，难道他也知道“双子杀手”来过的事情？这样岂不等于说明枫割寺与渡边城根本就是一家人？

“狮，你该下去休息了。”神壁大师冷淡地吩咐着。

我希望同样站在门外的小来能记下狮僧的尴尬表情，如果渡边城与枫割寺真的在狼狈为奸，我可要认真小心提防了。

我走到棺材前，凝视着昏睡中的藤迦，陡然吸了一口长气，让自己的精神高度集中。

“醒来吧”这句话用埃及语表达，统共有十二个音节，我确信自己已经把这句话练得比土生土长的埃及人更正宗。

“醒……来……吧……”我低声念出了咒语，并且强迫自己的意念完全集中在藤迦脸上。忽然之间，她的眼皮似乎跳动了一下，嘴唇似乎也动过，等我揉了揉眼睛，一切又都恢复原样，好像根本就没动过一样。

这一次类似于错觉的感受让我突然有了信心，伸手按在棺盖上：“神壁大师，先将你的‘五星招魂阵’暂停一下，我有办法能唤醒藤迦小姐——”

我绝对感到了藤迦的心灵感应，她像一个溺水多日的人，期待着我的拯救。

“哈哈，开玩笑！你在开玩笑！”象僧跳起来，不理会神壁大师哀恳的目光，大踏步走向门口，一路踢飞了十好几支燃烧的蜡烛，四处乱飞出去。

我走向棺材顶部，伸手推开了玻璃盖，一股久违的“千花之鸟”的香气袅袅浮上来，一直传遍我的五脏六腑，真是痛快极了。

藤迦仍闭着眼笔直地躺着，尖削的下巴、挺直的脖颈、圆润的肩膀共同构成了青春女孩子的美好曲线。我一定要唤醒她，但此事跟她的公主身份绝对无关。

“醒来吧……醒来吧……”我的双掌掌心按向她的额头，同时运足全身的内力反复重复着这句话，期待收到“醍醐灌顶”的效果。当我弯下腰去的时候，半边身子都覆盖在棺材上，越来越浓烈的“千花之鸟”香气钻进我鼻子里，整个人都觉得飘飘然起来。

忽然，藤迦的身子开始了奇怪的扭动，像是睡梦中的孩子做了噩梦一样不停地动弹。

神壁大师情不自禁地叫出声来：“呀！她动了！藤迦公主的身体……动了！”

“嚓”的一声，纸门几乎被人大力拽掉，门外的象、狮、虎三僧一起抢了进来，脚下连踩带踢，又有四五十支蜡烛被毁掉了。

他们全部集中在棺材边，目不转睛地盯着我。

我更加汹涌地催动内力，双掌贴住了藤迦的左右太阳穴，源源不断地把自身内力灌注进去。对于一个昏迷中的人来说，无论她的武功高低，直接通过刺激太阳穴来令她清醒，是中国所有内家武术门派的不二施救法则。

她只是在动，嘴始终紧闭着，没发出任何声音，哪怕是一声痛楚的呻吟。

啪—— 一颗汗珠坠落下来，打在藤迦鼻尖上。连续催发内力的情况下，我的身体迅速出现了乏力虚脱的前兆，冷汗从前额上一串串滑下来。我自己清楚，自己再拼命发功，也坚持不了两分钟了。

灌输向藤迦的内力稍微减弱，她的身体扭动频率便慢了下来，这也说明内力的输入能直接刺激她的脑神经，促使她由深度昏迷向浅层昏迷状态转换着。

“我来了！”神壁大师低喝一声，右臂一甩，啪地按在我后心上，一股奔腾汹涌的巨大阴柔内力冲过来，犹如大海怒涛，经过我的身体传输，直接灌入藤迦的太阳穴里。

我松了口气，自己此时只是担当传输导体，丝毫不必发力，总算能稍微歇一会儿了。不过我随即发现，藤迦扭动的频率骤然降低，并且半分钟后又恢复了静止不动的状态。

“她怎么了？藤迦公主怎么了？”神壁大师困惑地收回了自己的手掌。

经过了刚才的激烈扭动后，藤迦的头发已经非常凌乱，有几绺甚至绕在耳朵上打成了结。我不知道发生了什么，抬手慢慢把她的头发理顺，然后翻开她的眼皮看了看，顺手再探探她的鼻息。很奇怪，她根本没有醒过来，刚才的扭动仿佛只是噩梦里的挣扎，我不过是做了些徒劳的无用功而已。

小来一直站在门外，此刻拍打着自己的后脑勺，慢慢踱进来。

“有什么发现吗？”我问他，因为他眼睛里已经流露出狡黠的笑容。

“风先生，你修炼的武功与枫割寺的高僧风格迥异，两种不同的内力传入藤迦小姐体内之后，让她如同倒悬于水火之间，不但救不了她，长久下去，水淹火炙，弄不好还有生命危险呢！”

这个问题我早就想到了，只是想证实一下藤迦能不能敏锐地感受到内力冲击的刺激。以内力震醒她或者用电击器“电醒”她，都是殊途同归的方式。

经过这次试验，明天完全可以找一副电击器来试试——

天气这么冷的情况下，藤迦的身体有一半裸露在空气里，肯定不会好受。幸好，这棺材里是通有恒温系统的，在一筹莫展的情况下，神壁大师也从没忽视过对她的照料。

我离开棺材，在屋子里来回踱步，顺便活动着自己酸痛不已的手臂。

“年轻人，你做得很不错啊！有时间咱们好好切磋一下，让我看看你的‘小周天轮回功’到底练到了何种地步。唉，这种功夫的修炼心法据说半世纪前就失传了，真想不到在你手里重新施展出来……”

有人在用“千里传音”的功夫对我说话，我的耳朵敏锐地捕捉到了声音的来源，就在北墙后面，当然也就是树屋里的布门履大师无疑。

我向北墙靠近，对着墙壁深深鞠躬：“大师，我听不懂您的意思，而且我的武功也不是什么‘小周天轮回功’，家师把它叫做‘天山炼雪功’。”

布门履突然呛咳起来，顾不得再用“千里传音”，而是直接发出了惊骇的狂笑：“什么？什么什么……你在说什么……”

我面前的墙壁无声地向左边移进去，一股无影无形的巨大吸力劈面而来，将我拉进了黑暗的树屋，紧接着，墙壁在我身后重新移回，把我阻隔在这片深沉的黑暗里。

既然什么都看不见，我索性缓缓闭上眼睛，仅凭感觉面对着布门履所在的树洞。

“咳咳、咳咳……咳咳，年轻人，你懂什么叫‘天山炼雪功’？简直一派胡说八道！如果你懂得这种功夫，中国大陆的所有武林高手，恐怕都得尊称你一声‘前辈’。知道吗？这是号称‘天下第一’的武林怪侠夏君侯在中国大唐开国之初独创的功夫……你竟然说自己施展的就是这种功夫……可笑！太可笑了！我活了一百三十七年，这真的是有生以来听到的最好笑的一件事……”

我不想辩解，因为在真正的武林高手面前，越是争辩这个问题，便越容易陷入被动的僵局。目前的问题焦点是把藤迦救醒，而不是争论某某人的武功门派归属。

如果咒语是有效的，我下次发功时施展“兵解大法”，发挥我身体里的全部潜能，竭尽全力出手，或许能创造神奇的效果。现在，我太累了，浑身的每一个关节都酸痛难忍，恨不得马上找张床躺下来。

“大师，如果您没有别的吩咐，我想告辞出去了。”我向着树洞方向恭敬地又鞠了一躬。

“年轻人，你过来，或许我能帮你什么……”

我还没来得及做出反应，那股吸力又出现了，令我凭空向前滑出了十几米，脚尖“噗”地一声踢在树身上。同时，一只枯瘦的手掌无声地压在我的头顶百会穴上，动作轻快到极点，根本不容我闪避。

百会穴是人身上最致命的穴位之一，也是武功高手最注意保护的地方，但现在我的内力根本没有恢复，手臂还没有上翻遮挡，已经被布门履拍中。

隔得这么近，但我听不到对方的喘息声，即使当那只手掌上有一股山呼海啸般温暖的力量传过来时，黑暗中的布门履仍旧无声无息，丝毫没有急促的呼吸声响起来。

“什么都不要想，假想自己正泡在北海道最富韵味的温泉里，春风习习，美女如云，心旷神怡，乐不可支……”

那股力量冲人我体内之后，忽然化成千百条涓涓细流，依附于我身体的奇经八脉之中，并且这种“依附”与“堆积”的过程是持续不断的，温暖柔和的感觉从头顶一直传到脚底，身体果真像泡在温泉里，舒坦无比。

不知过了多久，应该是五分钟到十分钟的时间，我眼前忽然一亮，竟然能够在黑暗中看得清清楚楚了。

面前就是被盖在屋子里的大树，树洞里的人保持着盘膝打坐的姿势，但身子却是悬在半空的。他身上的灰色僧袍颜色斑驳，落满了尘土，仿佛一件尘封了几百年的老家具。

“啊，你的身体真是……令人吃惊！你到底……到底是不是地球人？”布门履的声音终于开始变得急促喘息了，长时间的内力灌输，就算是当代无敌的内家门派大宗师都受不了。

我感觉自己的身体轻快得无以复加，仿佛一阵风吹过来自己就能随风飞翔似的。

他收回了自己的手，身子重重地落下来，激荡起树洞里的尘土，呛得我们两个同时“阿嚏、阿嚏”了十几声。

这棵树的直径真是粗大得叫人咋舌，能容下一个人的洞穴只占了树身的三分之一不到。当然，大树仍旧生机勃勃地生长着，从树皮的坚固程度便能判断。

“我不是地球人？嘿，不是地球人能是哪里人？总不会跟土裂汗大神一样是土星人吧？”听惯了这种莫名其妙的惊骇的话，反而觉得产生这种怀疑的人才不是地球人。

如果说我的武功、内力、智慧的确与地球人不同的话，那得感谢我的师父……

盗墓之王 肆

第五部　海底惊魂

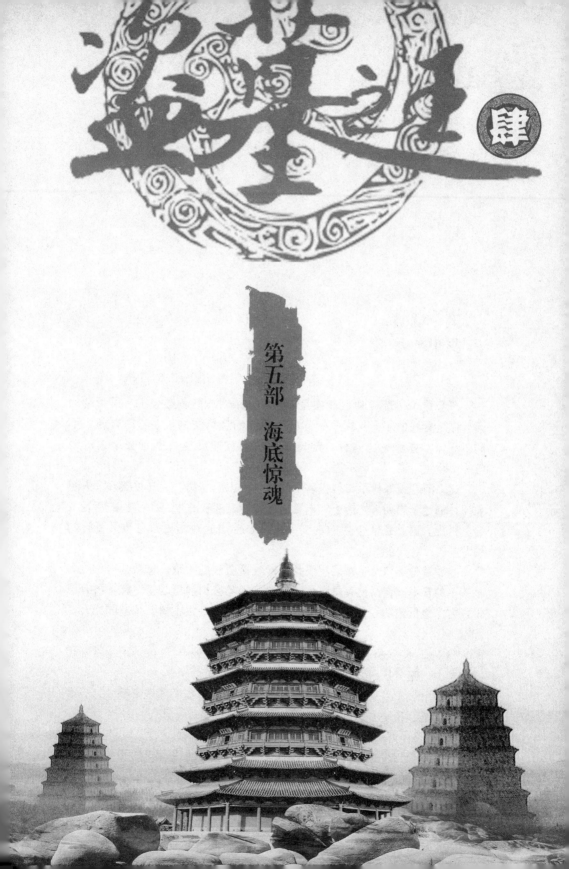

第一章 阴阳神力

“我传了一部分功力在你身体里，如果对救醒藤迦公主有所帮助的话，那是最好的了。年轻人，你的……你的经络结构很明显跟普通人不同，任脉、督脉无比强悍，奇经八脉的运行速度也几乎是普通人的两倍……我想不通……想不通……”

这个问题就像他不相信我运用的是“天山炼雪功”一样可笑，没人想象一种创建于唐朝、失传于宋末元初的武功，能在一个二十出头的年轻人身上再现。这就是活生生的现实，比精心排演的戏剧更富有千回百转的情节。

我看着他那双几乎被层层叠叠的皱纹掩盖住的眼睛，忽然觉得这位名扬天下的日本高僧活得真是可怜，把自己囚禁在树洞里苦修，就算再有盖世威名、绝世武功、救世才华，最后的下场不过是跟古树、尘灰同朽，一起灰飞烟灭。

“你……相信藤迦……公主能苏醒过……来……吗?”他的声音越来越微弱吃力，完全是用力过度、急骤虚脱的样子。

“我相信。”我说的是心里话，寻找大哥的线索需要藤迦来接续，只要有一线生机，我便会不遗余力地把救醒藤迦这件事进行到底。

“好好……好……”他侧身在树洞的角落里摸索着。

我能感觉到生命力正急速从他身体里流逝着，自己面对的是一个随时都会结束生命的垂死老人。

“年……年轻人……这里的两颗‘极……极……极火丹’你拿……去，吃下它们，能……把身体的……潜能提高……三倍……救醒公主……救醒她……”

他手里握着一个巴掌大的黑色织锦袋子，里面鼓鼓囊囊的，想必是他说的什么“极火丹”。

这些只有在武侠电影里才出现的桥段，又一次让我亲历了——提高三倍潜能？可能吗？日本高僧能有这么大公无私的好心？我半信半疑地接在手里，此时他的身子已经颤抖得无法控制，像是一片被卷入湍流的树叶。

陡然间，他发出一阵龙吟虎啸一样的大笑：“好……好！我的宿命终于结束，原来我存在的使命就是为了等待你的到来……从现在起，马上就可以转入轮回重生了，哈哈哈哈……哈哈哈哈……”

我的耳朵被这笑声震得嗡嗡作响，身不由己地向后退了出去。令我感到惊诧的是，自己只不过是匆匆后退，身子竟然一下子便退到墙边，重重地撞在墙壁上，肘部、臀部感觉到一阵难言的剧痛。

“你不是……地球人……真的不是、真的不是……你不是地球人……”他伸手指向我，额头、眉梢、下巴、脖颈上的皱纹倏地拉伸得平平整整，脸上的肌肤更像是刚刚采摘下的红富士苹果一样光鲜动人。

笑声未歇，“噗”的一下，树洞里升起了橘红色的火焰，瞬间将布门履盘坐的身躯笼罩住。

这种毫无预兆的人体自燃，只有在古代高僧得道“坐化”时才会出现。

哗的一声，我身后的隔墙被人粗暴地拉开，象、狮、虎三僧疾步冲了进来，同声大叫：“大师！大师！大师……”

虎僧脾气最是急躁，竟然回头向门外叫着：“快去弄水来……快去弄水……”神壁大师跟了进来，向布门履屈膝下拜，神情无比虔诚。

虽然眼睛里看到布门履的身体在燃烧，但空气中根本没有烟熏火燎的味道。

我手里仍旧握着那个黑色布袋，还没来得及往口袋里装，象僧已经叫起来：“等一等，你手里拿的什么?”一边大步走过来，摆出一副明抢的架势。

火焰已经没过了布门履的头发，把他全身都包住。起火前后，我是唯一在场的人，很明显，象僧已经把矛头对准了我。

“这是‘极火丹’——”我冷笑着，故意把袋子在他眼前晃了几下。武林中人，最迷信服食这些神奇的丹药，并且愚蠢地相信药物能增强自己武功中的杀伤力，却不能定下心来想想，药只是药，管一时，怎么能管一世？

这一下，连正在跪拜磕头的神壁大师也一同惊叫起来：“是大师留下的圣药！他怎么会……交给你？”四个人的眼睛同时闪闪发亮起来，盯住我手里的袋子。

象僧大手一伸，带着一股呼啸的风声切向我的右腕，根本不给我解释的机会。狮僧、虎僧则是脚下滑步，绕向我的侧后方，与象僧一起形成合围之势。

小来见势不妙，伸手拔枪，却被神壁大师的双掌拍中肩膀，顿时双臂无力地垂落下来。

为了两颗“极火丹”，枫割寺里这仅存的四名老一辈高手，竟然不惜撕破脸皮明抢，简直是让人大跌眼镜。

我的右手五指松开，袋子向下跌落，恰好跌在我的脚面上，而我空出来的右掌轻轻向前一推，已经印在象僧的胸口。其实我并没有如何发力，他的身子已经飞旋着跌出去，轰地一声撞在树洞侧面，接着发出“咔嚓、咔嚓”的骨骼碎裂声。

狮僧、虎僧的身子也已经扑过来，但在我眼里，他们的出手速度实在慢得惊人，直到我的双掌同时拍中他们的肩头，他们发出的拳脚也仍没有贯足力气。

令我感到怪诞的是，我双掌发出的力道并没有什么不同，他们两个的身子飞旋出去之后，却是一个顺时针跌到门外院子里，发出“骨碌骨碌”滚动的声音，久久不绝，又顺带砸倒了四五个打坐的年轻僧人。另外一个逆时针旋转，砸在侧面墙壁上，一声不吭地跌落在地昏厥过去。

神壁大师跳起来，“啊”的一声大叫，再也不敢轻举妄动。

小来迅速跳在一边，咬牙忍痛拔出冲锋枪：“风先生，您太厉害、太威风了，这是什么功夫？”

我也不知道是什么功夫，因为自己突然发现接受了布门履的神奇内力后，出手时变得举重若轻，速度也奔放到了极点，比原先本身的武功强出了好几倍。脚尖一挑，布袋便落进了我的西装口袋里。

“这是……大师的‘阴阳神力’，咱们枫割寺数代以来，几乎每一个习武的僧人都渴望得到布门履大师的指点，哪怕只是一句话、一个字。风先生，你真是……有福……”神壁大师仰面长叹，身子颤巍巍的，失望之极。

练武之人，毕生对高明的武学趋之若鹜，这是人的贪婪天性。无意中得到布门履的内力传授，此时我觉得胸口膻中穴至小腹丹田之间，似乎有一团巨大的火球在熊熊燃烧着，并且越来越炽热。低头看着双手，手心里竟然有两道隐隐约约的红光在跳跃闪烁着。

我走回藤迦的身边，低声重复着：“醒来吧……醒来吧……”虽然不能预知她什么时候醒来，但我心里有种强烈的预感，藤迦马上就会醒了，犹如有一层薄薄的窗户纸，就等我伸手轻轻把它捅破。

当我凝视她的眼睛的时候，觉得也许下一秒钟，那双眼睛就会睁开，昏迷中的藤迦也会重新变成在沙漠里时那个高傲漂亮的女孩子。不管她是什么身份，我只想知道《碧落黄泉经》上的秘密。

我的双掌又一次慢慢贴在她的太阳穴上，这一次身体里澎湃火热的内力充沛无比，正好可以竭尽全力地灌输给她。

“醒来吧……醒来吧……”

“醒……来……吧……”

她的眼皮又开始动了，犹如一个熟睡的人即将醒来时的前兆。

满地的蜡烛已经被踩得东倒西歪，仍旧亮着的不到三分之一。所有的僧人都被我刚才出手击倒象、狮、虎三僧的暴烈功夫震慑住了，没人敢走进来，更没人敢轻举妄动。小来平端着冲锋枪，站在距离棺材五步以外的地方，替我压阵。

布门履为什么要把内力传给我？难道满寺里这么多弟子竟然没有一个可以传授衣钵的吗？况且我是中国人……

我惊喜地发现，自己内力提升非常明显，已经可以一边胡思乱想，一边游刃有余地向藤迦体内源源不断地传入内力。这种状态持续了十五分钟之后，我发现藤迦并没有像预想中那样醒来，而是恢复了深度昏迷，眼皮也不再颤动。

“风先生，好像有什么地方不对劲！您能不能暂停一下？”小来的话很有道理，我收回手，身体并没有任何疲惫的感觉，引得神壁大师不住地回头看我。

时间过得真快，看看腕表，已经到了凌晨一点钟。

小来翻翻藤迦的眼皮，敲了敲自己的后脑勺，若有所思地皱着眉。

突然，我觉得一股强烈的杀气正从屋顶上传来，立刻仰面向上望去。枫割寺的多事之秋，不知道有多少势力在蠢蠢欲动，明里暗里监视着这边的 举 动。

小来反应极为迅速，嗖地跳出门外，脚尖在石凳、院墙上连踩，已经飞速上了屋顶，随即大叫：“谁？别走——”脚尖点在屋瓦上的“喀喀”声响个不停，一直向东面追过去。

杀气如此激烈，我怕小来应付不下，正想跟着追出去，神壁大师已经在树屋里急促地叫我：“风先生，这里……这封信，你来看一下……”

他手里捧着一只方方正正的黑色铁匣子，盖子已经打开，满脸都是苦涩。

那封信是写在一块刮平的白桦树皮上，墨迹陈旧，至少有十年以上的历史，所用的文字有三种，分别是日文、中文、英文。我只扫了一眼，那行中文写的是：“‘阴阳神力’与极火丹，有缘人得之。有缘人必将到达‘海底神墓’的中心，他是枫割寺的未来希望，满寺弟子必须全心全意侍奉他，不得有违。”

“有缘”二字真是奇妙，因为无论古今中外的地球人最讲究“缘分”这两个字，仿佛任何人一旦遇到“缘分”，便具有了无上神力，跟满天神佛平起平坐。

如果我真的是有缘人，就先让我把藤迦救活好了——记得耶兰转述龙的话时，也慎而又慎地提到了这两个字。

白桦树皮大概有四十厘米见方，恰好满满当当地平放在盒子里，不留一点缝隙。

神壁大师抱着盒子停顿了片刻，忽然转身，向着我扑通一声跪倒：“风先生，布门履大师遗命，我们必当遵守，从今天起，您就是枫割寺的主人，全寺四百二十二名僧人，全部听您调遣支派。”

这真是天大的玩笑，我连连摆手，向后退了好几步。

神壁大师双手把盒子举过头顶：“请您接受布门履大师遗命，破解‘海底神墓’，振兴枫割寺，让‘日神之怒’的光芒照遍大海。”神情和语气越发恭敬。

我醒过神来，搀住他的胳膊拉他起来，确信他不是在开玩笑，连声苦笑：“神壁大师，我又不是僧人，怎么可能领导枫割寺？这件事以后再慢慢商议好了，当前最要紧的，还是救醒藤迦小姐!”

如果莫名其妙地做了日本寺院的主持，这场麻烦还不知要拖到什么时候呢……

神壁大师走向门口，提高了声音：“寺中弟子听着，风先生承接布门履大师的衣钵，即日起便是本寺主持，所有弟子谨记、谨记!”

前后不过几个小时的间隔，我已经由枫割寺的嫌疑犯变成了领导者，这世界的变化真是令人意想不到。

陡然间，一阵“嗒嗒嗒嗒”的冲锋枪扫射声从东面传来，毫无疑问，那是小来开枪射击的声音。

我没时间再理会神壁大师，跃出门嗖地上了屋顶，向东飞奔。轻功本来就是我最擅长的强项，而借助于布门履传授的内力，奔跑速度更是达到了难以想象的程度，十几个跳跃起落，脚尖落地时只发出极轻微的“嚓”的一声——

越过最后一重屋脊之后，前面是一片光秃秃的山坡，几棵枝叶稀疏的银杏树孤零零地耸立在夜色里。

“小来——”我放声大叫，穿过银杏树空隙，已经到了“冥想堂”外围的鹅卵石小道。

小来横躺在地上，冲锋枪抛在三步之外的枯草丛中，而四周却空无一人。

我扶起他，还好，只是暂时的晕厥，出手的人发力恰到好处，只是在他颈上砍了一掌，并没有故意杀人的意思。看来，那么重的杀气，只是冲着我来的。既然小来是向这个方向追过来，逃跑的人当然是进了“冥想堂”的范围。

雾气正在鹅卵石小道上缓缓飘荡着，前面的白屋看起来似乎近在咫尺，只要越过小道，几个起伏就能到达门口。

“谷野神秀先生，我是您弟弟的朋友风，能不能赐见一面?”我跟死在埃及沙漠的谷野神芝应该算是“朋友”吧？毕竟一起经历过土裂汗金字塔内部的蛇海生死战，我还奋不顾身地出手救过他。

白屋静悄悄的，雾气受到声波的震荡，似乎打开了一个形状怪异的洞口。

小来呻吟了一声，反手摸枪，此时我们惊骇地发现，那柄刚刚发射过一梭子子弹的冲锋枪已经扭曲得不成样子，像一块被粗暴毁坏的橡皮泥作品，枪口已经弯过来，别在手柄的侧面。

“这……这……”小来瞠目结舌。

发挥高深的内力扭折钢铁这种功夫，只有空前绝后的内家高手才能做到，而谷野无疑就是绝顶的神秘高手。

“我看见一个枯瘦的夜行人伏在屋檐上，本以为是‘赤焰’的人马，追到这里之后，相隔不到十米便开枪警告，但对方突然倒飞回来，一掌砍中了我的后颈，然后我就昏过去了……”小来用力揉着自己的脖子，丢弃了那柄破枪。

夜行人逃入了谷野的势力范围，我们有必要面见谷野——但突破这些复杂的埋伏是件难事，特别是在昏暗的夜色里，更是东瀛遁甲术最容易发挥神鬼杀伐的最佳时刻。别看面前是普普通通的鹅卵石小径，一踏过去还不知道会发生什么样的怪事呢！

在我身后响起一阵杂沓的脚步声，神壁大师率领着十几个干练的年轻僧人赶上来，看到我跟小来只是站在小径外面，先拍打着胸口松了口气：“风先生，千万不要擅自越过小径，那是……被下过诅咒的阵势……千万别过去……”

他们停步的地方至少距离小径二十步，那些年轻僧人脸上已经露出了惊惧的表情。

“我们没想过去，只是有人伏在‘洗髓堂’屋顶偷听，然后又逃到了这里。”接受布门履内力这件事，恐怕会让枫割寺的人记恨我一辈子了，毕竟别人觊觎了十几年的宝物，被我不费吹灰之力拔了头筹，放在谁身上也不能轻易忍了这口气。

“偷听？一个什么样的人？怎么会逃向这里？”神壁大师奇怪地问。

小来歪着头，略加思索：“是个又矮又瘦的人，轻功非常好，腾跃时候的姿势，有点像只不停弹跳的青蛙或者澳洲袋鼠。”

神壁大师马上摇头：“不可能，枫割寺里没有这样的人和轻功，而且逃向这里的话，早就被围绕在‘冥想堂’四面的阵势困住，生不如死……”

他指向一段干涸小溪的低洼处，非常严肃地接下去：“看那里……前年夏天时曾有个偷东西的小贼被寺僧追赶，误入那里，结果突然就陷在里面了，一动不能动。没人敢进去抓他或者救他，结果几场暴雨下来，小贼活活地被蚊虫叮咬而死……小兄弟，我可以负责任地告诉你，没有谷野先生的解禁令，任何人擅自闯入，只会成为一堆枯骨……”

小来耸耸肩膀："是吗？有这么厉害？哼哼哼哼……"

在我印象里，中国古代的鬼谷子与抱朴子两位大师，才是真正的奇门遁甲术的创始人。日本人抱残守缺地学到了些皮毛之后，专往阴险晦暗的方向发展，才变成了近代江湖上近乎"下三滥"忍者遁甲术。更可恶的是，忍者公开号称自己的本质就是"暗杀"，不择手段地置敌人于死地，这一点，早就违背了鬼谷子与抱朴子创立奇门遁甲术的初衷。

犹如中国人发明火药之后，西洋人用来制造火枪火炮杀人一样，实在背离正轨太远了。

小来低声嘟囔着："这个有什么了不起，等张大师过来，破除这些乱七八糟的玩意儿，不过是举手之劳!"

的确如此，作为中国特异功能大师的张百森，已经成了中国奇人、异人的领袖，本身功力高强，何况还有邵家兄弟跟随，如果以这样的阵容构成还不能破解谷野布下的奇门埋伏，中国的五行奇人们也就把面子给彻底丢尽了。

神壁大师低声下气地向着我："风先生，夜深了，请您去'洗髓堂'休息可以吗？那个院落一直是本寺主持专用的，希望您能在那里度过一个愉快的夜晚。"

小来饶有兴趣地看着神壁大师，不明白对方态度的突然转变是如何发生的。

一直到我们回到"洗髓堂"，神壁大师的态度始终恭恭敬敬的。

我指着藤迦的棺材，谦和地向神壁大师笑着："大师，今晚我希望睡在棺材旁边，或许能得到一些藤迦小姐的意念启迪，参悟救人的奥秘。"其实我的真实意思是害怕夜行人再来生事，眼看藤迦有希望被救醒，我可不想再次节外生枝。

每个人都有自己的私心，我也毫不例外。

盖被就寝时，腕表已经指向凌晨三点，枫割寺上下，一切归于寂静。

僧人们都撤了出去，因为神壁大师已经向大家说明，藤迦公主自然会醒，不必大家劳神参悟了。从明天起，所有的僧人继续各司其职，按部就班地完成各自工作。

藤迦的呼吸声不停地钻进我的耳朵里，尽管已经困倦不堪，我仍然坚持瞪着双眼，仔细地思考着从第一次见到藤迦直到现在的一切环节，包括在金字塔内部的那口深井里将她救上来时的每一个细节——

既然土裂汗大神根本没吸收到她身体里的能量，又是什么原因让她昏迷？还魂沙的力量是存在的，配合那句咒语，应该有希望突破那层微薄的窗户纸……

铁娜一直没给我来电话，或许她还在为如何应付新闻记者们喋喋不休的询问而焦头烂额吧？把土裂汗金字塔改造成地下旅游景点，所花费的金钱和时间绝不在少数，弄到现在这种地步，劳民伤财，肯定要被埃及国内的反对派谩骂弹劾……

苏伦呢？目前在干什么？继续那个莫名其妙的“阿房宫寻找之旅”吗？

还有萧可冷，今晚会不会惦记我……

第二章
转生复活

越来越多的古怪想法反复在我脑海里缠绕着，蓦地耳边响起“咯”的一声，仿佛是某个钟表的机簧铜弦在响。

恍惚之间，我觉得自己仿佛又置身于寻福园二楼的客厅里，所听到的就是青铜武士抱着的座钟发出的声音。据我所知，“洗髓堂”里是没有钟表的，至少我没发现。

“咯、咯”又是两声，很明显是从树屋里传出的。

刚刚僧人们已经清扫了树屋，将布门履烧化的残骸装进黑瓷骨灰坛子里，准备择日下葬。除了那两棵年代久远的大树，屋里早就空了，怎么会有钟表的动静？

我挺身坐起来，掀开被子，藤迦的呼吸声依旧粗浊沉重，门外的夜色正是黎明前最黑暗的那段时光，万籁俱寂，没有一丝人声。隔着北墙，我又一次听到了“咯咯”的动静，仿佛指针被牵绊住了的钟表，正在努力不停地企图挣脱这束缚。

我迅速起身走到北墙边，双手扣在把手上，等到动静再次响起的时候，哗地一声把墙壁向左侧推开。一股淡淡的血腥气在树屋里飘荡着，那是被我击飞的象僧重伤后吐血留下的痕迹。

屋里一片昏暗，什么都看不到，但我凭着感觉一直走向布门履打坐的那个树洞，因为声音就是从那个方向传来的。

布门履坐化自焚后，除了骨骸，什么都没留下，并没像满院僧人期待的那样出现什么“佛舍利”之类的东西。树洞已经被清扫干净，可惜空间这么小，只怕今后再没有人能在里面打坐修行了。

我站在树前，伸手按在树身上。随着又一次声音响起，我觉得自己的掌心受到了轻微的震动，那只发出声音的钟表，就在树身里。略想了想，我取出了一支电筒和袖子里的战术小刀，准备在树身上动手挖掘，看里面到底藏着什么。

年代久远的树皮散发着浓郁的木香，让我觉得用小刀来割伤它简直就是犯罪。所幸，刀子只割下去三厘米左右，便“叮”的一声响，已经碰到了某种金属的物体。

我迅速扩大了战果，在树身上掏了一个三十厘米见方的洞。电筒照耀下，树干上的纹理像是最美妙的抽象画，令我赞叹不已，但我的惊人发现并不是这些，而是一个成人手掌大小的青铜钟表。

钟表完全是手掌形状，顶上的五根手指铸造得一丝不苟，连皮肤纹路、指甲盖这些细节都很妥帖地表现了出来，绝对是一件难得的精致工艺品。它的表盘使用的应该是水晶玻璃，无瑕透明，闪闪发亮。

奇怪的是，这只钟没有指针，表盘里面空荡荡的，只有从一到十二这些阿拉伯数字符号。

我使劲摇了几下，它很沉，接近二十厘米的厚度，肚子里肯定全都是优质的卷轴铜弦，所以即使深埋在树皮后面，仍然能发出清亮的卷轴拨动声。

一只没有指针的钟？埋在古树的树干里？布门履竟然会如此无聊，弄出这些名堂来？

我把钟表翻来覆去地看了十几遍，没有任何发现，当我从背面的上弦孔向里面张望时，能看到各种机件发出黄澄澄的铜光。

龟鉴川与布门履两个修行几十年，到底参悟到什么？那张白桦树皮上写的“有缘人开启海底神墓”的话又是什么意思呢？我握着它，感受着它里面蕴藏着的急于摆脱束缚的挣扎力量——没有指针的钟，就算上满弦重新跑起来，又有什么用？

回到藤迦的棺材边，我重新躺下来，听到外面有早起的公鸡已经开始打鸣了……

一觉醒来，已经是上午十一点，门外阳光灿烂，耀得人眼睛直发花。

躺在被窝里，我又取出了那只钟，它的尺寸比我的手略微大一些，给人的感觉简直就是高度现代化工艺制造出来的仿真艺术品，可惜是个残废——它的底座下面居然镌刻着几个细小的汉字，仔细辨认之后，是“穿越永恒者永恒穿越，就在时间的轴线上”这么两句古怪的话。

我冷笑起来。不知道又是哪位日本高人从中文哲学书上生搬硬套下来的名句。

这种看似哲理深厚但细细研究起来却完全词不达意的废话，是中国很多文学青年最喜欢的调调，跟以前的“颓废流”、“废话流”的写作群体有异曲同工之妙。

小来一直守在门外，见我睡醒了马上跑进来报告：“风先生，刚刚接到十三哥的消息，他把关小姐失踪的事通过国际电话报告了大亨，结果大亨当时在电话里就翻脸大怒，并且将在第一时间赶到枫割寺来。”

我暗笑王江南的愚蠢，在关宝铃失踪案没有结果的情况下，贸然把事情捅给大亨，简直是在开玩笑。不知道神枪会的人最后会怎样为这件事买单，得罪了大亨，连孙龙的日子恐怕都不会好过。

“我知道了。”寻找关宝铃的事，神壁大师肯定会帮忙进行，这一点不必担心，只要她还在枫割寺的势力范围内，就一定能找她出来。就算发生了诡谲的怪事，如果不是人力所能决定的，别说是大亨，就连美国总统来了也没办法。

我俯身凝视着藤迦，她一动不动地保持着跟昨晚相同的睡姿，呼吸平稳，神色木然。

小来叹了口气要退出去，神壁大师已经快步走进来：“风先生，风先生，今天藤迦公主能不能醒？东京方面……东京方面有很重要的电话打进来，询问关于公主的消息……”

对于藤迦的身份，我仍有很多不明白之处，以后有机会我会仔细向神壁大师请教。

我点点头：“我尽力而为，不过什么都不敢保证。神壁大师，我的朋友关宝铃小姐昨天在寺里失踪了，相信你也知道。麻烦你找几个干练的僧人陪小来再彻底搜索一遍，事关重大，处理不好的话，从今天开始，枫割寺就要不得安宁了。”

昨天，王江南与霍克带人折腾了半下午，神壁大师不可能不知道。

他无奈地叹气：“风先生，昨天已经找过几遍，毫无下落。既然您吩咐下来，我们尽力去找就是了。我会拨一百名年轻僧人出来，全力以赴地找这位关小姐。唉，只怕结果还是会令您失望……”

我更相信关宝铃的失踪缘于“非人”的力量，她来枫割寺数次，如果有人要暗算她，早就动手了，不必等到现在。

小来与神壁大师离开之后，我握住了藤迦的右手，仔细探察她的腕脉。她的手很凉，皮肤嫩滑，脉络跳动忽快忽慢，忽强忽弱。

藤迦小姐，醒来吧……还魂沙的力量，难道还不能把你的灵魂唤醒吗？我把自己的左掌贴在她的右手掌心上，试探着催动内力，向她体内灌输。

直觉上，她像是一块坚固的冰，需要我用内力凝成热流，一点一点把冰层融化掉。

幸好有布门履无偿赠送给我的内力，否则连续发功的情况下，我早就油尽灯枯，脱力而亡了。

外面传来寺僧招呼列队、分派任务的吆喝声，真的是一大群人同时展开行动，现在我的身份不同了，说出的每一句话神壁大师都会当正事来办。无意中收服了这么大的一群力量，真是……真是飞来之喜——“或许我真的是什么有缘人？”

“咯”的一声，扔在枕头边的那只奇怪的钟又在响，并且这一次一气响个不停，似乎一时半会儿没有停下来的意思。

藤迦的手指突然动了，一下子扣住我的五指，力度大得惊人。

“藤迦……藤迦……”我大声叫她的名字，只觉得她的整只右臂都僵直得像生硬的木棍，只是手指上的力量如同一只钢钩，无止境地抓住我的手。我身体里自然而然生出力量，迅速传递到左掌中，与她抗衡。

“醒来吧……醒来吧……”我在嘴里、心里不停地重复着这句话，期望这一次能出现奇迹。

“啊……啊……”藤迦突然叫出声来，跟那只钟的“咯咯”声混杂在一起，她的头也开始剧烈地摆来摆去。

我长吸了一口气，急速伸出右手食指，“噗噗、噗噗”几声，连点了她头颈、上身的几处穴道，防止她在昏迷之中的无意识动作咬伤舌头。

她的眼睛倏地睁开了，精光闪烁，同时松开右掌。

我的点穴功夫，虽然不是太好，但至少刚刚点中她上身的四个穴道，应该能令她暂时失去腰部以上的行动能力才对，没想到一点都不起作用，她的手臂仍旧能自由活动。

“终于……我终于回来了。风先生，谢谢你为我做的一切。”她的语气仍旧高傲无比，仿佛这几个月来的昏迷前后只不过是一秒钟的衔接与停顿。

反倒是我，在极度震撼下，自己的思想意识一下子变得模糊起来。之前，日本人已经做过了力所能及的一切努力，都没有把她唤醒，已经成了医学上的巨大难题，而我做过什么竟然轻而易举地让她复活了？——是还魂沙的力量吗？还是布门履的“阴阳神力”，抑或是这只奇怪的钟表在冥冥中起了什么作用？

我后退几步，又是惊喜又是惊诧：“你确定……藤迦小姐，你确定自己已经正常了？”

她发出一阵可爱之极的笑声：“当然，不过你最好能暂时回避一下，我需要整理一下衣服……”说到这里，她的两颊上倏地出现了两抹红霞。

我尴尬地退出门去，并且仔细地将门扇关好。

藤迦醒了，很多问题马上就能问个明白，比如她的神秘消失、谷野神芝的死、经书上的秘密……

我在门前走来走去，脑子里全都是兴奋之极的疑问，而苏醒后的藤迦就是打开一切疑问的钥匙。

萧可冷的电话也就在此时到了：“风先生，大亨要来，嗯……事情有些糟糕，十三哥、霍克先生、张大师等人马上就会去枫割寺，并且已经第一时间通知了孙龙先生……”

唤醒藤迦的巨大喜悦充满了我的全身，所以对于大亨的兴师问罪，我并没有感到太头痛，反而对着话筒兴奋地大叫：“小萧，藤迦醒了！藤迦醒了你知道吗？她已经彻底醒了，很快我就能了解《碧落黄泉经》上的秘密……”

我叫了足足有半分钟，才忽然明白，话筒那边是萧可冷，而不是苏伦。埃及沙漠里经历过的事，萧可冷什么都不明白，只有苏伦才会与自己有深刻的共鸣。萧可冷仍是外人，比起我跟苏伦的感情判若云泥。

“我知道。”萧可冷果然没有太大热情，语气平淡郁闷。

我哑口无言，毕竟藤迦的苏醒跟关宝铃的失踪相比，后者更令神枪会头痛。

背后的拉门轻轻一响，藤迦换了一身灰色的僧衣，腰间紧紧地束着一条白色布带，勒得她的腰似乎一只手就能握过来，绝对就是古人用“纤腰一握”来形容的古典美人。她的脚下踩着一双白色木屐，赤着脚，脚背上肌肤如雪……

虽然仍在跟萧可冷通话，但我的视线早就被容光焕发的藤迦吸引了过去。

“小萧，我已经发动寺里的僧人掘地三尺去找，这一次，我怀疑……”

萧可冷迅速打断我，口气变得很不耐烦：“不不，风先生，您还相信她上次说的鬼话？我把那件事向十三哥等人说了，没人相信！没有一个人相信！还有戒指的事，一切根本没有合理的解释。所以，霍克先生怀疑，关小姐只不过是有人故意放出的诱饵，旨在挑拨大亨与神枪会的关系，一旦大亨与山口组联手，神枪会在日本的力量将会遭到重大打击……”

我听不下去了，王江南与霍克的所有思想都是基于政治斗争、黑道斗争、地盘斗争，根本没人设身处地为关宝铃想想。

“不要把一切突发事件都归结为山口组与神枪会的战斗，小萧，你并不完全是神枪会的人，何必硬要把自己跟他们绑在一起？我来北海道，是为了追查另外的事，对两大黑道势力交手根本毫无兴趣，而我也绝不会被什么‘美人计’所迷。关于戒指，我可以很认真地告诉你，这一只根本就是瑞茜卡手上戴的那只，我会马上找到她，要她证明给你看，再见——”

我狠狠地按键收线，对萧可冷感到无比失望。

如果喜欢卷入黑道杀戮的亡命生涯，早在三年之前我就可以轻易加入全球范围内任何一个黑道组织，何必等到现在再献身去为神枪会卖命？萧可冷真是糊涂透顶，时时处处把自己真的当成了神枪会的人。

黑道江湖，踏进去容易，再想退出来，至少得扒三层皮，最后奄奄一息，剩半条命也未必能彻底断开以前的恩恩怨怨。几百年来，多少妄想通过“金盆洗手”的这一盆水洗白身份的江湖人，最后仍旧死在仇家刀剑暗算之下。

看多了江湖血腥仇杀之后，我对黑道上的事厌恶无比，躲都躲不开，怎么会惹火烧身？

一刹那，我很想念苏伦，她的处事应变能力跟我息息相通，根本是萧可冷无法相提并论的。

藤迦挥袖扫净了一张石凳，缓缓坐下，手指夹着一根红色的丝带，轻轻把乌黑的长发束起来。几个月的昏睡并没有让她变得痴痴呆呆，反而更显得精神饱满，眼波每一转动，都仿佛带着凛凛的寒光，比在沙漠里第一次见她时更加冷清孤傲。

“我一直都醒着，不过，我的‘醒’，只是思想明澈，听觉、嗅觉正常，却不能动、不能说，犹如被封闭在一只大箱子里。所以，你不必解释事情的所有经过，一切都是我亲身经历过的，我会解答你所有的疑问，不过现在有件事最是紧急——有个人失踪了，就在……‘亡灵之塔’下面，我们必须在下一次‘神之潮汐’到来前解救对方，否则……”

我一时并没有领悟到她说的“人”就是关宝铃，立刻脱口而出：“什么？还有人失踪？还是在塔下——塔下有什么？是通往‘海底神墓’的秘道……”

被萧可冷气糊涂了，脑子似乎突然梗住，无法深度思索，只是一个劲地没头没脑地乱问。

“风，看着太阳，答案就在里面，让太阳照彻你的灵魂与智慧，当思想中的阴影被阳光逐散时，你会得到答案，因为每个问题的答案都在你心里……”她抬手指向太阳，灰色的袖子滑到肘弯，手臂上的肌肤白得发亮，完美无瑕。

我仰面向着太阳，双眼眯起来，觉得“万物生长靠太阳”这句话真的是永恒适用的真理。在阳光照射下，浑身暖融融的，凝固的思想又重新开始灵活流动起来——失踪的人只有一个，必定就是关宝铃。那么她……她是怎么进入塔下的？秘道？遁术还是虫洞？

在太阳的万丈光辉下，长久以来枫割寺带给我的沉重与压抑，开始慢慢消退，并且能唤醒藤迦——姑且不论是不是因为我的咒语而令她复活的，总算把压在心里的一块大石头移走了。

这样的好消息，应该第一时间通知苏伦才是。

我低下头，双手在脸上用力揉搓着，像是做了一个舒服之极的日光浴。

身着僧袍的藤迦看起来清新脱俗，孤傲的眼神中又带着令我惊艳的淡淡微笑：“其实，不必通知别人，只要与你有心灵感应的人，必定能感知到你的痛楚与喜悦。我们走吧——”她向南面一指，那是“亡灵之塔”的方向。

激动与兴奋消散之后，我变得重新冷静：“藤迦小姐，你在昏睡之中也能感知到外界的一切？你能确信关宝铃进入了塔下面？我有什么理由相信你？”

两次进入“亡灵之塔”的第一层，我都仔细搜索过地面上铺砌的石块——相信任何知道“塔下便是‘海底神墓’”这条消息的人，都会像我这么做。在所有人的想象中，如果真的存在秘道，必须先得找到入口，这是天经地义的道理。

宝塔第一层的地面上没有任何松动的痕迹，也就是说秘道根本不存在。

藤迦笑了笑，起身向院门走，轻飘飘的如行云流水一般。她的确不需要向我解释什么，因为世界上的很多事，只可意会，不可言传。在我们没有心灵沟通之前，她说的任何古怪事情，我都不会轻易相信。

因为藤迦的复活那么美丽鲜活，一瞬间似乎挤掉了关宝铃在我心里占据的位置。此时此刻，我并没意识到大亨的发怒是件多么可怕的事，只以为他还能给神枪会一些面子，可以温和地协商解决任何问题。

我赶上藤迦，一同转入长廊，迎面遇见一队匆匆忙忙的僧人，东张西望地跑过来。他们肯定是受神壁大师差遣满寺寻找关宝铃的其中一部分，一看到藤迦的脸，走在最前面的一个年轻僧人突然间变得呆若木鸡，大嘴猛然张开，做出一个无声呐喊的口型，但却没能发出任何声音。

接着，人群中爆发出一声尖叫：“啊——”

更多的尖叫和惊叹声此起彼伏地响起来，一阵嘈杂纷乱过后，这群人全部扑通、扑通跪倒，向藤迦不停地叩拜着。

我实在不知道藤迦的身份竟然如此尊贵，能令别人毫不犹豫地顶礼膜拜。

藤迦淡淡地挥了一下手臂：“免礼。”此刻的神态，绝对是高高在上、傲视天下的公主，让我不由自主地感到有些自惭形秽。

越来越多的尖叫声传遍了近处的殿堂、走廊、天井，神壁大师气喘吁吁地冲进了走廊，远远地瞪着我跟藤迦，抬起双手，狠狠地揉着自己的双眼。

看起来，藤迦的复活对于枫割寺的意义至关重大，当神壁大师跪拜下去的时候，长廊里已经跪满了人，满眼都是灰色的僧袍和青光闪烁的光头。

“公主万岁！公主万岁！公主万岁……”不知从谁开始的，数百僧人振臂高呼，声音在走廊里山呼海啸一样回荡着。

我悄悄退开，因为在这种群情激昂的场合下，所有人眼里只有藤迦公主，我变成了附着在她袖子上的微不足道的尘土，何必强留在这里?

绕过长廊之后，穿过三道月洞门，便到达了“亡灵之塔”的天井。

小来站在宝塔一层里，面向西南，合掌在胸，弯腰成九十度的样子，正在虔诚地祈祷。这已经是两天来第二次看他祈祷了，他心里似乎也有什么事瞒着我。其实，每个人心里都藏着秘密的，不管尊卑，无论善恶，都会有自己的隐私空间。

从这个角度观察宝塔，它看上去朴实无华，似乎像一个拙劣木讷的工匠一砖一石垒砌而成的，只求敦厚结实，不求哗众取宠。与其说它是佛塔，还真不如说是一座粗大的烟囱或者比那座白房子更高大的石灰窑，完全不符合亚洲佛教建筑艺术提倡的“富丽堂皇、珠光宝气”的原则。

纵观日本所有的大小六百多座寺院佛塔，它可能是最寒碜的一座了。

小来祈祷完毕之后，向我挥了挥手，不好意思地笑着。

我走到塔边，绕着它走了一圈，刻意地仔细巡视着塔基上的砖石缝隙，仍旧无法想象藤迦说的话。进入塔下?关宝铃有什么超能力可以穿越这些坚硬的石块?她该不会像藤迦的遭遇一样怪诞离奇吧?

宝塔的年岁太久远了，所以构成塔基的石头已经开始风化崩坏，面临着与其他建筑一样的朽化问题。

八角形的塔基，每一边长为八米，的确是座巨大宏伟的建筑，但是这些乳白色的石块本身，似乎不足以蕴藏太过高深的秘密。就算曾经有秘密在里面，历代考古学家、历史学家、人文学家也早将它们挖掘殆尽了，绝不会给后人留下捷足先登的机会。

第三章 大阵势

“风先生，这次的事恐怕有大麻烦了，连孙龙先生也正抓紧时间从纽约赶过来，并且一再叮嘱王先生不得轻举妄动……我觉得怕是要出大事，难道一个女人对于大亨来说，就那么重要?”

小来苦着脸，取出裤袋里的手枪，卸下弹夹，谨慎地检查着。枪械是他的防身武器，但经过昨晚的事，他应该明白，在枫割寺的范围内，再精良的射击技术都不一定能保住自己的性命。

“据说，大亨有很多女人，至少在全球三十六个国家里建有自己的豪华别墅，固定拥有的各种肤色的女人超过三百个，唉，难道他偏偏对关小姐能重视到这种地步……”小来心烦意乱地嘟囔着。

大亨的风流本色是尽人皆知的事，所以当他已经 ED 的传闻散播出来之后，很多情场失意之辈都在拍手称快，毕竟有他那样优秀的男人存在，对任何男人而言都是一种潜在的压力。

“大亨真的要来枫割寺?”我不置可否地问了一句。

“千真万确，一个半小时后，他的私人直升机便会到达枫割寺门口。”

关宝铃的影子重新在我脑海里活跃跳动着，这一次，我倒真希望看看大亨能拿出什么绝世妙计来找回关宝铃，找回他最珍惜的大美人。

看来，枫割寺里所有的僧人都簇拥到长廊里去了，藤迦的苏醒对他们而言，犹如天神重生，那边一直传来鬼哭狼嚎般的尖叫声、诵经声，一浪高过一浪，引得小来不住地伸着脖子张望。

空气中传来香烛燃烧的古怪味道，小来笑起来："怎么？这群和尚有什么值得庆祝的大事吗？大白天好好的又烧的什么香？"

我淡淡地回答："藤迦小姐复活了，当然要好好庆祝一下。"

小来"啊"地一声跳起来，手里的弹夹、子弹稀里哗啦跌了满地："什么什么？风先生您……您真是……太伟大了，您真的把她唤醒了……怪不得那些文章报道把您吹得那么神！我现在信了，百分之百信了！"

他盯着我，像看着三头六臂的外星人一样惊诧。

世界上没有不可能的事，比如我第一次听耶兰说出咒语时，气得几乎吐血，以为一句普普通通的埃及土语根本不可能成为救醒藤迦的关键，并且"双子杀手"也试过这句话，一直无效。现在呢？经过一系列纷乱的误会、巧合、打斗之后，百岁老僧布门履自焚坐化，而藤迦也真的被唤醒了……

世界瞬息万变，其实我们不必一刻不停地去问为什么，只要以一颗谦卑的心坦诚接受既定的事实便好了。

长廊那边，短短几分钟后竟然响起了钟鼓铙钹的敲打声，僧人们似乎打定主意要在那里做一次大规模的水陆道场，一时半会儿，藤迦是没法分身过来了。

我拍打着冰冷的石墙，心里一直存着困惑：关宝铃果真是在这里消失的吗？当我再次凝视地面时，觉得"塔下有人"的说法真的是匪夷所思得令人头痛。关宝铃真的藏身于塔下的话，一旦那些神秘的水流再次渗出来，她不是鱼类水族，岂不要活活淹死在水里？

小来收拾好自己的武器，抬手看了看表，略带紧张地说："王先生他们就快到了，大亨要他们在寺门前等着。"

大亨不仅仅有钱，而且有势，在黑白两道上都有大批人马与好友鼎力支持。小股势力无须重提，美国方面有确凿消息称，大亨跟美国国防部长称兄道弟已经很久了，就连后者就任国防部长这个职务，也是拜大亨所赐。

从海湾战争开始前，大亨便与美国总统府保持着密切联系，连续三任总统都曾是他在纽约豪宅的座上嘉宾……

正因如此，他才在华人世界里睥睨一切，不把任何华人社团放在眼里。

小来身为神枪会的人，单独跟我出来办事，近似于"叛帮"，已经违背了江湖规矩。

我很理解他的紧张，拍着他的肩膀安慰着："别担心，我会跟孙先生说明情况，以你的工作能力，肯定会有升任地方分会负责人的机会。"

假以时日，小来的应变能力肯定超过王江南。这个世界是属于年轻人的，超过三十五岁还没能大成的人早就该偃旗息鼓撤退才对。

小来叹息着："谢谢风先生，不过，我的心愿是像您一样做个洒脱风光的独行侠，不受任何人管辖支派，纵横江湖，闯荡出自己的事业……"他很崇拜我，看来铁娜雇佣的牛皮满天吹的枪手写出的文章还算管用，颇有蛊惑人心的力量。

我摇摇头，对小来的盲目崇拜觉得好笑，如果我现在的名声就值得年轻人钦佩崇拜，那么大哥杨天当年岂不是到了人人敬仰的地步？

我跟小来并肩向寺外走，绕过"通灵之井"时，下意识地在井台旁边停了停，向小来转脸："最近有没有人潜水探测过这里？"

从一九九八年开始，日本政府便正式下令不许私人探测"通灵之井"的秘密，一旦发觉，以"危害国家安全罪"论处，严惩不贷。这条禁令，从另一个方面说明了日本人欲盖弥彰的愚蠢。

小来摇头："没有，现有的关于井下情况的描述，还是印度人荷难宁在一九九七年春天所写的一份长达五万字的详细报告，但您肯定知道，那份报告与其说是科学资料，毋宁说是抒情散文加神话想象，被所有的科学界人士斥为无稽之谈的狗屁文章。"

一说到这个话题，小来的心情明显有了好转。

荷难宁的荒诞报告最终成了全球考古盗墓界的笑谈，这个人也在交出五万字的报告后突然不知去向，成了探索"通灵之井"事件的略显神秘的尾声。

印度政府曾经发出公开辟谣声明，说荷难宁患有严重的妄想狂躁症、间歇性失忆症、重度梦游症，他所发表的一切学术文章都属于荒谬透顶的谣言，印度政府将为这些混淆视听、扰乱世界人民正常生活的话，向日本人民道歉。

荷难宁的消失，后来演化为几十个令人啼笑皆非的版本，最搞笑的一个是说他已经被好莱坞电影公司请去，做斯皮尔伯格的编剧助理，因为他编纂出的连篇谎话，足以令好莱坞最有才华的编剧也黯然失色。

我跟小来同时大笑，就在此刻，尖锐的急刹车声音在寺门外骤然响起，并且不是一辆，而是至少有二十辆之多。

小来一愣："咦？这么多车，不可能吧？咱们神枪会的力量急切之间不可能有这么多人到场。"

他抢先一步出了月洞门，留下我一个人守着水波荡漾的"通灵之井"。井水至清无比，像是一块庞大的透明水晶，连人的影子都照不出来了。

荷难宁的水下探索报告，我至少看过四次，其中一些诡异好笑的情节我甚至能原原本本地复述出来。他所用的下潜工具来自苏格兰的威灵威尔兄弟公司，那是一套价值十一万美金的专业潜水系统，从水镜到蛙蹼、从氧气含嘴到面罩……任何一个细节，都是百分之百的专业。

他很有钱，当然这些取之不尽、用之不竭的钱都是来自于沉船打捞与水下盗墓所得。这个人的公开身份是印度远洋海难打捞公司的顾问，真实身份则是独来独往的"盗墓水鬼"。他在盗墓界的名气，远远大于在海事打捞上的名气，成就也跟名气绝对成正比。

"借助工具，我可以变成一条无所不能的鱼。"这是他的名言，事实的确如此，水下盗墓这一行里，他是绝对前无古人、后无来者的一位前辈先驱，无人能及。

报告上说，他向"通灵之井"里下潜了一百七十米，之后便与井边守候的助手突然断掉了无线电联系。足足过了四个小时，也就是他随身携带的压缩氧气可支撑的时间的极限，终于重新浮上了水面。

"井里有另外一个世界，有奇异的航天器残骸，有技术无比先进的武器系统……"借助于他的两个苏格兰潜水助手的话，足以证明荷难宁当时的思想有多混乱。水底下可以有任何东西，不过那都是在神话故事里才可以任意编排的情节，而当时是在二十世纪末的地球，科技高度发达，哪有人相信他的胡扯——

"风先生……"寺门边响起小来的低呼，随即他已经蹑手蹑脚地退了回来，神色慌张，双手各提着一柄手枪，但却一直抖个不停。

"外面很多人马，不过却不是……咱们神枪会的，要不要避开一下？"手枪的保险栓已经打开，但他这种状态，没开战已经彻底输了，枪也成了累赘的东西。

我暂时收回了关于荷难宁的记忆碎片，走近门口，借着寺门的遮掩向外望着。

门外台阶下面，整整齐齐地停着两排黑色的别克商务旅行车，所有车的后门都高高掀起，露出速射机器的黑洞洞枪口。我能清晰看到黄澄澄的子弹带沉甸甸地悬挂在弹仓旁边，全部是七厘米长的铜头破甲弹，足以穿透低端坦克车辆的装甲。

每辆汽车旁边都恭恭敬敬地站着六个黑色西装的年轻人，头发梳得一丝不苟，双手垂在两侧裤线位置，挺胸抬头，目视前方。

两排车子是一左一右分开排列的，只留下道路的中间位置。一百二十个年轻人像是一尊尊泥塑木雕的神像，一动不动地站在阳光下。

“风先生，不是山口组的人——这些人都是生面孔，应该是……大亨的人马……”

小来的底气彻底泄光了，大亨还没露面，单单摆出这样的阵势就够震撼人心的。外面这群黑衣人的后腰部位都高高隆起一块，暗藏的武器必定是大口径手枪，浑身散发着无穷无尽的杀气。

王江南等人还没到，“鸿门宴”已经摆放妥当。

我不想躲，也没必要躲，真正该远远躲避、心惊胆战的该是动了大亨的女人的王江南才对。我甚至是抱着“幸灾乐祸看好戏”的心情等待神枪会人马出现的，因为这次王江南的面子果真要丢到家了……

小来一直尾随在我身后，身子也一直紧张得发抖，他的电话偏偏在这个要命的时候响起来，在一片寂静的寺门内外显得格外响亮。不过，外面的黑衣人根本没往这边看，仿佛门里发生的任何事都与他们没有丝毫相关。

“是十三哥来的电话……”小来苦着脸，像是握着一个烫手的山芋，无可奈何地接电话。

我听到王江南心如死灰一样沮丧的声音：“小来，对方的人马是不是已经到了寺门?”

要来枫割寺这边，必定会经过寻福园南面的三岔路口，担任警戒的瞭望哨一定早向王江南汇报过。

“是，到了，二十辆车，一百二十人，每辆车上都配备了美式速射机枪，事情有点糟糕……”小来语无伦次，但仍旧能训练有素地报告出敌方的情况。

王江南一声长叹，隔着无线信号，我也能想象出他脸上愁云密布的样子，心里一阵极度的畅快：“耀武扬威的王先生也会有今天！跟在关宝铃后面献殷勤的劲头儿哪去了?”

“小来，风先生在不在？请他听一下电话……”

小来犹豫着把电话向我递过来，我怀着胜利者的高傲心情接过电话，冷淡地“嗯”了一声。

王江南在话筒那边艰难地呼吸着，还不得不赔着笑：“是风先生吗？有件事拜托你，如果……如果今天我出什么事的话，请你一定追查关小姐的下落，一定找到她。”

我平淡地答应着：“好的，她曾是寻福园的客人，我也有责任寻找她，好给大亨做个交代。”

王江南苦笑起来：“大亨不需要交代，他只要自己满意的结果……呵呵，他的辣手……只有久在江湖的人才知道，不过这件事太诡异了，找不到关小姐，就算我死了都不会甘心……”

话筒里响起汽车喇叭声，他应该是在向这边赶来的车上。

我只能保持沉默，早知道大亨的女人是碰不得的，谁敢想入非非简直就是自寻死路。以王江南的做法，就算没有关宝铃神秘失踪这件事，也会遇到别的麻烦，到现在后悔是晚了，只能看他自己的运气能否过得了大亨这一关。

“风，一切拜托你了，我熟读过你在埃及古墓时候的所有行动记录，其实咱们可以成为好朋友、好搭档，一起探索‘海底神墓’的秘密，可惜……可惜……”

我在心底里冷笑：如果不是大亨兴师动众地讨伐，你能把我这种无名小卒放在眼里？

王江南轻轻咳嗽起来，我听到霍克的声音：“十三哥，你没事吧？孙龙先生正在联络大亨，这只是个误会，只要他们说清楚就没事的！”

这些曾在江湖上声名鹊起的神枪会人物，一旦遇到大亨这种江湖巨头，根本束手无策，没有丝毫抵抗力，只能任人宰割。我可怜王江南，比以前看他被欲望迷住了双眼时更可怜他。

王江南的咳嗽声渐渐加重，相信昨晚他并没有睡好。

“风，总之，拜托了。关小姐在我心里如同天上的仙女一般，我不希望看她受到任何伤害……”这种时候，他仍然没忘记保持情圣本色，可惜我不是关宝铃，这些话对我说已经是莫大的浪费。

他挂了电话，公路尽头已经出现了神枪会的黑色汽车。

小来挠了挠头皮，困惑不已地问：“风先生，您说关小姐去了哪里？怎么会一直找不到呢？刚才虽然没有真正掘地三尺，却是已经里外搜了个遍，七十五间佛堂、僧舍、客厅，包括寺院最后面的厨房、柴房、仓库、练功房，总共一百五十间房子，通通扫荡了一遍。说真的，除了谷野先生修行的‘冥想堂’之外，我们已经搜遍了枫割寺的每一个角落，却没有任何发现——关小姐那么个大活人，能去了哪里？能藏在哪里？”

我如果告诉他，关宝铃进入了塔下，保证他能惊骇得跳起来。很多事，在普通人看来会是“奇闻、奇观、奇谈”，但明明就在世界上存在着。

神枪会的车子共来了三辆，依次下来的是王江南、霍克、萧可冷、张百森，后面则是十个胸前抱着微型冲锋枪的年轻人。十支冲锋枪，比起大亨的手下那二十支速射机枪来，犹如蜉蝣撼树一般渺小。但这十个人脸上都带着视死如归的悲壮表情，仿佛抱着必死的决心而来。

小来一直不停地叹气，重新检查着手枪的弹夹情况。

我拍了拍他的肩膀：“小来，待会儿千万不要冲动，这次纠纷自然会有孙龙先生跟大亨交涉，轮不到下面这些兄弟盲目拼命。”

小来咬着牙，腮帮子上的肌肉不停地抽搐跳动着：“风先生，话虽然这么说，但那些人都是我的兄弟和朋友，如果当着我的面被别人射杀，我该怎么办？”

微型冲锋枪对抗速射机枪，结果显而易见，那十个人的命运已经被死神无情地选中。

我只关心萧可冷，看着她的短发被山风吹得乱七八糟地飞舞着，忍不住取出电话，拨了她的号码：“小萧，进寺里来，我就在‘通灵之井’这边。”

如果在枪林弹雨之下，我还能有保护一个人的能力，就一定是她。

萧可冷向王江南低语了几声，向寺门走过来。

黑衣人庄严肃穆地矗立着，对神枪会的人根本视如未见，仿佛来的只是神人脚下可怜兮兮的蚂蚁，任踩任杀，根本不算是自己的同类。

现代战争，枪械精良与否，至少能左右战局的七成以上。从装备对比上，也能看得出神枪会在日本的人手并不充足，也就是说，神枪会并没把日本当作自己的主要占领目标。

只要有足够的钱，在日本可以买到任何最先进的武器，从高射速、高精度的手枪到可以轻易摧毁重型坦克装甲的火箭筒，从适于巷战的美式M系列武器到阵地战中的“上帝之手”三百六十度旋转机关炮——甚至武装到牙齿的悍马装甲运兵车、生化武器……什么都能买到，一昼夜时间就能轻松组建出一支强悍的轻型突击队，但很明显的，王江南等人什么都没做，完全处于任人宰割的状态。

这种故意“示弱”的行径，让我很不理解神枪会的应急策略。

萧可冷快步走进寺门，满脸愁云密布，看不见一丝笑容。

这次的麻烦完全是关宝铃惹下的，如果她没有出现，现在大家大概都平安无事，喝茶喝酒，自由自在，也就不会有王江南的动心动情，弄出现在被大亨讨伐的窘迫局面。

“风先生，找人的事进行得怎么样了?”没有柔情寒暄，所有言辞都只围绕着目前的困境。

我迅速摇头，在藤迦那边有确切表示之前，我不可能做任何不负责任的承诺，那样只会把事情向更恶劣的境地推进。再说，大亨还没出现，不必急于把所有的底牌通通亮出来。

萧可冷连跺了三四次脚，无可奈何地苦笑：“那么，这次糟了！孙龙先生跟大亨通过电话，结果……大亨把所有的过错都推在十三哥头上，要取他性命，根本不给神枪会辩驳的机会。怎么办？怎么办？怎么办……”

她连问三声，幽然长叹，不停地来回踱步。

小来“喀”的一声将弹夹推入弹仓里，闷闷地回了一句：“大不了拼命！十八年后又是一条好汉！”

“拼命”两个字是江湖儿女最常挂在嘴边上的，仿佛一踏入江湖，自己的生命便成了随时划燃、随时燃尽、随时丢弃的一根火柴。为朋友拼命、为钱财拼命、为女人拼命……我悲哀地看着小来，如果全球九亿华裔年轻人都抱着这种“拼命”的想法出来闯荡江湖，那么中国的未来便岌岌可危了。

一阵直升机螺旋桨的轧轧转动声从东南天空传过来，所有的黑衣人齐刷刷地向天空仰头，那是一辆漆着联合国标志徽章的飞机，并且机腹上还喷着一面鲜艳的紫荆花旗帜。

萧可冷低声叫起来：“是大亨的私人飞机，一切……终于到了图穷匕见的时候了！”

我发出一声冷笑：“不是荆轲刺秦的‘图穷匕见’！我倒觉得应该是‘三堂会审’才对……”

这就是江湖，江湖人自有江湖人的规矩，执行审判、执掌生杀的不是戴发套的白衣法官，而是一呼万应的江湖巨头。

轧轧声越来越响，缓缓降落在寺门前的空地上，螺旋桨搅动起来的风，将所有人都吹得衣衫飘飞。

小来紧张得牙齿咯咯乱响，不住地在袖子上擦着手心上冷汗。

萧可冷一声接一声长叹，根本拿不出任何办法。只有我，抱着坐山观虎斗的态度，看看神枪会怎么解开这个死结。

螺旋桨停了，一个穿着黑色紧身皮衣的中年人开了舱门跳出来，拉下活动舷梯。

首先踏上舷梯的是个身着烟灰色风衣的中年女子，金色短发，带着白色边框的太阳眼镜，神情孤傲冷漠。

我看过她的照片，那是跟随大亨已经十一年的首席私人助理海伦小姐，一个聪慧过人、手段高明的中美混血儿。只要大亨出行，她总会不离左右，如同大亨的影子一般。

第四章
劫

原以为接下来大亨就会出现，但舱门又出人意料地缓缓关闭了，也就是说驾临现场的只有海伦与黑皮衣男人。

海伦手上带着同样烟灰色的皮手套，脚下穿着烟灰色的长靴，右手指间夹着一支燃到一半的香烟。

王江南向飞机前走过来，表情尴尬之极。在众目睽睽之下，他必须得厚着脸皮向大亨讨罚，这是江湖人物最难忍受的耻辱。

“王先生？你肯过来面见叶先生最好了，我替叶先生谢谢你。”海伦的国语说得字正腔圆，极富韵律，不过这并非让人心宽的好兆头，因为黑道杂志上对她的评价是——“笑里藏刀、笑脸杀人、笑不如骂！”

她对谁客气，往往谁就该彻底倒霉了。

王江南向海伦拱拱手，又向紧闭的舱门拱拱手，当时跟在关宝铃后面献殷勤的时候，他大概没想到今天会面临如此丢人的境地。

海伦摘下眼镜，露出精心修饰过的大眼睛，修长卷曲的长睫毛比芭比娃娃的睫毛更富弹性，随风轻轻颤动着。

王江南苦涩地笑了笑：“叶先生在飞机上吗？有些误会，我想当面向他解释，请海伦小姐通禀一声——”

海伦哈哈一笑，颇为俏皮地把眼镜在手指上甩来甩去，轻轻抛了个媚眼：“叶先生不太开心，不想见你，但他跟贵会的孙龙先生说过了，要借王先生一条胳膊，作为对关宝铃小姐照顾不周的薄惩，你看怎么样？”

小来呼地松了口气："一条手臂？还好还好，至少十三哥的性命能保住了！"

这样的条件，对王江南来说太残酷了，毕竟他现在只剩一条手臂，一旦失去，双手全部换成铁手，还有哪一个女孩子愿意接受这样一双手的抚摸呢？

王江南跟着仰天大笑："很好的惩罚手段，不过我需要面见叶先生，等这误会解释清楚了，别说是一条手臂，王某人身上任何东西都可以任意割舍……"

"啪啪"两声，王江南脸上突然挨了两巴掌，是那个黑皮衣中年人鬼魅一样忽进忽退，打中王江南之后又重新回到海伦身后，面无表情地站在那里。

"叶先生不喜欢跟人谈条件，你可以选择自己动手或是让我们来动手，解释的话，孙龙先生自然会跟叶先生说，还轮不到你来说话。"海伦不耐烦地摇动着眼镜催促着。

王江南的两颊很明显地肿了起来，突然扬声大叫："叶先生，关小姐失踪的事，我会给你一个交代，请听我说——"

中年人又冲了上来，王江南虽然早有准备，仍旧被当胸踢中一脚，猛地张嘴咳出一口鲜血。中年人的武功非常高明，连我都不一定能应付得了，王江南又岂是人家的对手？

机舱里静悄悄的，黑色的天鹅绒把客座的位置遮挡得严严实实，从外面什么都看不到。

"王先生，我只好再重复一次，咱们中国人有句老话，饭要一口一口吃，事要一件一件做。你自断一条手臂，下一步才是你的解释时间！"

"风先生，您看怎么办？能不能您出面一次，手术刀先生与大亨是知交好友……"萧可冷用哀求的眼神看着我。

我身不由己地苦笑着："出面可以，不过你看，海伦小姐根本不给任何人面子，我贸然出去，只怕仍旧连大亨的脸都看不到！再等一等，看看有没有新的变化……"这种场面，如果神枪会方面没有压得住阵的大人物出现，王江南的胳膊肯定是保不住了。为了一个还没有得以亲近的关宝铃失去一只宝贵的手臂，这是命运与王江南开的最夸张的玩笑。

"风，外面什么事？大亨已经到了吗？"藤迦的声音响起来，挟带着满满的佛门檀香味道，塞满了我的鼻腔。她的脸上已经开始冒汗，眉心与额头都挂着亮晶晶的汗珠，庆祝她复活的仪式差不多维持了半个小时还多，足以表明枫割寺里的僧人对她的尊崇。

萧可冷与藤迦打了个照面，彼此偷偷打量着，带着女孩子与生俱来的警觉与醋意。

我点点头，退后几步向着藤迦耳语：“关宝铃的下落你能否百分之百肯定是在‘亡灵之塔’下面？救她出来，会不会很曲折复杂？”

藤迦先点头肯定，接着又摇头否定，同样跟我耳语：“‘神之潮汐’来临的时间一点都不固定，而塔下秘室的入口又是不定期开放的，所以明知道她在那里，也得等机缘巧合才营救得出来。我不能肯定到时候看到的是个活人还是死人，如此而已。”

我的脑子飞快地运转着：目前关宝铃只是失踪，已经惹得大亨兵临城下，准备血洗神枪会了，万一将来还给他一个死掉的关宝铃，只怕连枫割寺都会被他连根拔起，毁为废墟，而我、藤迦包括所有的僧人都会被牵扯进来。算了，还是先由王江南独力应付一阵好了，千万别把寺里无辜的和尚们再牵累进来！

现在，我的生命并不属于自己，可以像小来那样豪气万丈地说“十八年之后又是一条好汉”。在有生之年里，寻找大哥杨天才是我最重要的目标，似乎没必要为了神枪会的人树立强敌。

藤迦望着我，嘴角带着淡淡的微笑，我猜她能看懂我的思想，便突然为自己的自私而脸红起来，不过随即在心里为自己开脱：没什么好脸红的，我又没做错什么！王江南将关宝铃弄丢了，每个成年人都应该坦然面对现实、面对自己犯下的错误……

我扭回头去看波光荡漾的“通灵之井”，恨不得外面的一切争斗马上结束，就算王江南丢一条手臂来化解双方剑拔弩张的局面，也跟我毫无瓜葛。

藤迦忽然问：“风先生，我想咱们最好马上去‘亡灵之塔’才对，你是有缘人，说不定会改变‘神之潮汐’异变的发生频率，早一些把人救出来。没有人喜欢看流血牺牲，中国人不喜欢，日本人也不喜欢。”

这句话博得了萧可冷的微笑——

我们低声交谈的时候，霍克与张百森已经一左一右跟了过来，扶住王江南的胳膊。

“手铐，大家又见面了！”张百森向着那个黑皮衣中年人扬着手臂打招呼。

萧可冷“嗯”了一声之后，准确地报出了“手铐”这个人的历史资料：“三十九岁，前英国皇室贴身保镖，再之前为美国海军陆战队某部执行队长，精通二〇〇四年之前出厂的任何枪械武器，身具亚洲多国传统武功，智商超过任何测试标准。”

“手铐”的大名，二〇〇四年之前曾屡屡出现在各国的军事杂志上，成为军队精英们的效仿目标，但现在看起来，他显得过分沉默，仿佛舞台上所有亮丽的灯光都被典雅华贵的海伦抢尽了，而他只是黑暗里的配角。

手铐无声地笑了笑，露出雪白的野兽般锐利的牙齿。

“张大师也在？不会是神枪会的说客吧？这是江湖黑道上的纠葛，张大师碍于自己的半官方身份，好像没必要站在大亨的对立面，是不是？”海伦轻描淡写的两句话把张百森张口要说的话噎回喉咙里。

他的身份的确属于半官方的，如果公然插手调节黑道矛盾，一旦给牙尖嘴利的新闻记者抓到，自己说都说不清。

“海伦小姐的话锋太犀利了——我只是很长时间没见老朋友的风采，想借机会多亲近亲近，难道大亨并没亲自过来？”每个人都对大亨赔着小心，包括“国宝级专家、教授”身份的张百森也不例外。

海伦花枝招展地笑起来，重新戴好眼镜，避实就虚地回答：“大亨也很想见老朋友，但很多事当着老朋友的面不方便处理，而张大师也知道的，这个世界上有很多明里称兄道弟的朋友，暗地里却总是给大亨拆台，弄得他心情很不好，比如——”她伸出尖细的小指，向枫割寺这边指了指。

张百森尴尬地笑了笑，连瞥了两眼别克车上的黑洞洞的枪口，无奈地闭了嘴。

霍克还算聪明，知道自己在这种场合没有开口的机会，索性不说话。

小来探出头，嘴唇翕动着数了数，缩回头，表情复杂地向着我：“风先生，我们一共有十七个人，十七对一百二十二，拼一下试试行不行？”

他算得真是清楚，把我跟藤迦直接划归到神枪会的阵营里。

藤迦冷笑了一声，回头走到“通灵之井”旁边，挥袖一扫，款款落座。

萧可冷“哼”了一声，愠怒地低声呵斥：“小来，你胡闹什么？一百二十二人？你没推测过那架直升机的重量吗？如果飞机上低于十二个人，会有这么沉重的吃风力度?”

的确，北海道的冬季风力强劲，刚才直升机坠落的时候非常稳当，可以判断飞机的载重量至少超过一吨以上，那恰好是十个彪形大汉的身体重量。大亨的能力像北冰洋里成群结队的冰山，露在外面的只是微乎其微的冰山一角。

像小来这样容易冲动，冲出去就只能说死路一条。

“王先生，时间宝贵，我们还得进寺里去搜索关小姐，请尽快动手吧!是好汉的，别连累了自己的兄弟——”海伦伸出左臂，有意无意地向王江南身后的那十名神枪会枪手挥动了一下，似笑非笑，令人突然间感到毛骨悚然。

“丁零零——”霍克的手机响了起来，他接起电话，只听了一句，立刻肩膀一颤，脸色阴沉到了极点。

萧可冷倒吸了一口凉气：“坏了！肯定是紧急调派过来的人马出了事!”

我敏锐地意识到一个关键问题，目前日本国内的黑道力量主要分为山口组与神枪会两大派，几乎涵盖了黑道上的一百多个薄弱组织。大亨要带人马过来，不可能从这些人范围内挑选，而只能是——美国人在日本的驻军。

在此之前，《朝日新闻》曾有文章影射冲绳岛上的美军那霸空军基地士兵向黑道社团非法提供武器。这一次，如果大亨有了五角大楼方面的电话授权，就算抽调人手参与黑道事务，也是绝对可以做到的。

当我再次仔细分析那一百二十人的站姿、手势时，几乎可以肯定他们明显带着美军海豹突击队的特征。

以精锐军队围剿黑道人马，这是一场“石头砸鸡蛋”的游戏，就算神枪会把全亚洲的会员都集中在北海道，也只怕真应了“以卵击石”的老话。美国驻军在日本国内闲得手脚发痒、子弹生锈，恰好可以有个大显神威的机会。

不知道萧可冷能否想到这一点，大亨的威力一旦凸显出来，根本不给对手以反抗的机会，就算此时此刻孙龙站在这里，恐怕也阻止不了王江南即将断臂的事实。

“看来，只有牺牲十三哥的手臂了!”萧可冷下了结论，嘴唇一霎时苍白失血，神色怆然。

海伦望着神情黯淡的霍克冷笑着："死心了吧？不过请大家放心，你们的人只是暂时失去了抵抗能力，如果王先生肯合作，我可以保证所有的人都能够毫发无损地回家去。"

在一系列的对抗变化中，机舱里一直保持着绝对的沉默。不知道是大亨没有亲自到场，还是到场之后保持身份没有轻易露面。

藤迦忽然开口了："风，这一劫，竟然也包括了枫割寺在里面，真是……飞来横祸啊……"她的手垂在井水里，眼睛也一直凝视水面，一眨不眨地看着。

我心中一动，迅速走到她身边，看着幽深的井水。不知为什么，此刻井水变得有些浑浊了，虽然仍有阳光斜照，很明显的，翻翻滚滚的水波显出一种古怪的浅灰色，犹如掺进了无数细微的灰色尘粒。

水肯定很冷，藤迦探入水中的右手，手心手背都冻得发红，但她无暇顾及，只是不停地扭动着手指，仿佛要从水里打捞出什么。

水底不时有米粒一样细小的水泡升上来，有时是几颗，有时是一长串，有时是十几串。好多水泡附着在藤迦的手背上，但随即一个连着一个不住地破裂着。

"我们必须……找到失踪的人……她很重要……对任何人都很重要，尤其是对你。我还是弄不明白，她是个极大的变数，此前绝没有在《碧落黄泉经》上出现过，并且她的运行轨迹竟然有百分之九十以上与你重叠……她能进入塔下秘室，是不是预示着也能进入'海底神墓'？谁能告诉我？谁能告诉我？"

藤迦不停地自语，手指在水中搅动的速度越来越快。

井水越来越浑浊，渐渐地，阳光再也无法穿透水面而入，视线所及之处，水面变成了灰色的米汤一样。蓦地，我的眼神似乎被什么东西刺痛了一下，猛然一眨，再次睁开后，发现水面上出现了一颗巨大的七角星——不，不是一颗，而是"两半"。在这颗体积有脸盆大小的星星中间，竟然有一条五厘米宽的直线裂缝，犹如一柄快刀，把星星分为两半。

星星是灰色的，像是一幅古怪的立体黑白画，在水面上平整地铺开。

我屏住呼吸，心里有扑上去把星星攫住的冲动，但脚下稍微挪动，藤迦已经急骤地开口："别动！别动，那只是幻觉——万年枯骨，化粉为灰，孽债怨杀，皆为泡影。"

我猛然醒悟，的确，星星只是水面上的幻觉，一下子扑过去，星星抓不到，我也会变成水底亡魂。

“这就是水的力量，万源之母，万物载体，宇宙之间，还有比它更伟大的物质吗?”藤迦抽回了自己的手，水面也渐渐恢复了宁静清澈，仿佛一锅煮沸的水，釜底抽薪之后，水就会慢慢凉下来。

我向后退了一大步，再次凝视这口神异的“通灵之井”时，对关于它的种种神奇传说已经有了崭新的认识。

寺外陷入了死寂，仿佛所有的冲突打斗都被牢牢定格了一般，包括不断流逝着的时间，听不到海伦的笑声，也听不到王江南苦涩的分辩。

“很多人……数以万计甚至十万、百万计的人，都被幻觉束缚住了，义无反顾地投井而亡。井是没有底的，所以再跳进去十万人、百万人，它仍是冷漠的井，不见涨也不见落。只是，每多一颗亡灵，它的温度便会低一分，直到有一天凝结为冰……”

藤迦的神情一下子变得说不出的古怪，仿佛历经了尘世间所有的苦难伤痛之后积淀而至的大智慧、大淡定。通常，这种表情只有在悲悯俗世大众的佛门高僧脸上才能看得到，而她不过是个二十岁上下的女孩子，怎么可能体会到那些深刻的苦难?

她解开了红丝带，任黑发披泻到胸前，发梢几乎垂落到水面上。

我深深地呼吸了三次，把躁动惊惧的心情压制下来，交叉握着拳头反问:“按你说法，有几百万人死在这口井里，哪怕每死一人，温度下降千分之一摄氏度的话，到现在为止，这水也该凝结成冰块了，但是现在你看，这明明是液态的水，哪里是固态的冰?”

藤迦抬起头:“在地球人的知识里，水只有气态、液态、固态三种存在形式，那么你有没有想到，其实宇宙中也存在着液态的冰、固态的气甚至更多无法想象的形式。二百倍显微镜下的水分子与两万倍显微镜下的水分子有什么不同?与两亿倍显微镜下的呢……”

这个时候，实在不适合谈这些虚幻的科学问题，我只是想弄明白她说的水下亡魂的真相而已。世人往往为幻觉所迷，做出很多莫名其妙的动作，比如溺水、坠崖、撞车，在坊间便被编纂流传成“水鬼、山精树怪、路妖、鬼打墙”，比如刚才我要是真的淹死在水里，肯定又会成为“水鬼杀人”的又一俗套版本。

“你的意思，‘通灵之井’里的水跟地球上另外的水是性质截然不同的?藤迦，告诉我，怎样才能找到失踪的那个人——关宝铃关小姐，她才是化解这场劫难的关键!”扪心自问，除了化解劫难之外，我心里难道就没有一点小小的私心吗?

外面，是大战一触即发的死寂，山雨欲来风满楼的宁静，只要王江南拒绝海伦的断臂要求，一场血腥屠杀瞬间就会开始，当然是美国人对神枪会人马的屠杀，并且丝毫没有反击的可能，只是无条件地被杀。

我似乎已经能看见速射机枪喷发出的道道火焰、叮叮当当跌落的黄铜弹壳……

萧可冷终于拔出了自己的枪，并且将一副短筒的十字瞄准镜“喀吧”一声卡在枪筒上方。射人先射马，擒贼先擒王，她的用意很明显，大战真的发生之时，她的第一颗子弹便是取海伦的性命。

她不是神枪会的人，但却基于江湖道义，跟神枪会有千丝万缕无法切断的联系，所以也只能被迫拔枪参战。

“你很关心她?风，你心里牵挂太多的人，所以自身的悟性才会被蒙蔽住。要知道，做任何事，非得割舍一切，就像修行参禅的出家人，剪断三千烦恼丝，才能拨云见日，得见佛性。”

我深吸了一口气，来不及回味这些话的意思，只是在掂量自己该不该卷入这场战斗里去。

“风，你是一个很奇怪的人，我希望能跟你有一次深切的长谈，你的名字就在那部经书上明明白白写着，以及一切来龙去脉……师父……东渡时，已经预见了所有的未来，可惜无力扭转乾坤而已……他的希望，全部都在你身上……”她的声音渐渐低沉模糊下来，我听到“东渡”的句子，却无暇深思。

“藤迦，你再肯定地回答我一次，关宝铃会不会死?能不能活着等到咱们去救她?”

既然“通灵之井”刚刚发生过异变，我真怀疑“亡灵之塔”四周的神秘水流也会随时漫延上来。虽然不明白藤迦说的“塔下”到底是个什么样的地方，我却在心里一遍一遍回味着关宝铃上次说过的那种幻觉——她去过的地方，是个可以自由呼吸的“水一样的世界”，能感觉到波浪的存在……

“我不知道……我真的不知道……”藤迦把双手插进自己的黑发里面。

记得在“洗髓堂”第一次看见她时，头发曾经剪短过一些，但现在看起来仍然飘逸无比。

“经书里并没有关宝铃的记载，我不明白到底现实世界的变数会不会影响到预言的正确性……我不知道……”她眉心里的左红右黑两颗小痣都在急骤地跳动着，很显然正在调集所有的心神苦苦思索。

“那么，一切问题的症结都在那套《碧落黄泉经》上吗?”我不知道自己为什么偏偏要在这个紧急关口追问经书的事，或许是预感到时机将会迅速错过吧？藤迦醒了，明明马上可以解开满腹疑团，但我心里依旧沉甸甸的，仿佛觉得最终谜底似乎并没有这么容易就一下子揭开。

经历太多变数之后，我开始对触摸胜利的兴奋感极度陌生。

第五章
大亨

如果不能肯定关宝铃能“得救”或者“生还”，我不敢贸然跳出去接招，毕竟一步走错，带累的是整个无辜的枫割寺。当然，王江南算是条好汉的话，自己应该把关宝铃失踪这件事的责任全扛下来，免得拖累神枪会兄弟，但前提是——他能扛得了吗？他的命能抵得过关宝铃的命吗？

“王先生，我们的耐性、时间都是有限度的，所以，我只能给你十秒钟的倒计时，十秒钟一过，不好意思，就只好由叶先生来替神枪会执行家法了——十、九……”

海伦的话没人敢反对，因为在百分之九十九的场合，她的话直接代表了大亨的意思。

相信此刻，神枪会属下每一个人握枪的手心里都满是冷汗，包括已经举枪向海伦瞄准的萧可冷在内。

“六、五……”海伦不紧不慢地计数，空气仿佛要冷漠地凝固住了，下一秒钟，无论哪一方先发难，都会是场不死不休的屠戮。

最后一次，萧可冷向我望着，满眼都是哀求与期待，不说一个字，所有要说的话都渗透在哀恳的眼神里。

或许在我的自传里，作家们已经把“风”这个人物描写成惊天地泣鬼神的无敌英雄，像超人、奥特曼、蝙蝠侠一样，来去如风，拯救万民于水火倒悬之中，所以那么多人提到“风”，才会寄予如此高的期望。

“三、二……”训练有素的黑衣人齐刷刷地向后退去，每一组都有一人跳上车，伏在速射机枪后面，其余人则把右手探向后腰，握在黑沉沉的枪柄上。这么多高手击杀王江南一人，犹如猛虎全力搏兔，他能继续生存的机会已经等于零。

“一……”

海伦吐出这个字，只占了一秒钟的三分之一，手铐蓦地发动，左手肘上弹起一圈银光，那应该是一柄极短而又极其锋利的弯刀，直扑王江南。

子弹上膛的“喀啦”声、手枪保险栓弹开的“咔咔”声全部混杂在山风里，大亨的人马有备而来，就算是神枪会来的人再多十倍，也会尽在人家的掌控之下。

有一瞬间，我的思想突然失去了控制，几乎是不由自主地掠了出去，穿越从“通灵之井”到台阶下的广场这三十多米的距离，出现在手铐向前冲的必经之路上。

“嗤、嗤、嗤、嗤”，手铐的弯刀连闪，一连挥出了十七八刀，同时右手掌心的一柄短小的银色左轮手枪指向我的小腹，毫不犹豫地扣下了扳机。

我不是刻意要救王江南，但总不能让萧可冷失望，就在海伦喊出最后一个数字的时候，我的心突然被萧可冷的目光融化了……

我只做了一件事，左手小指突然填进了左轮枪的扳机下面，控制住了扳机的所有自由行程，让撞针根本没有击发的机会。近在咫尺，我能闻到手铐衣领上淡淡的阿迪达斯男用香水的味道，从前他在江湖上横行无敌的种种传说也闪电般涌上我的脑海。

刀锋很冷，鼻子里迅速闻到优质的阿拉伯冷钢铸就的月牙形弯刀上淡淡的血腥咸味，只有千锤百炼、杀人过千的利刃才可能留下这种“杀气”的味道。

刀锋已经迫近我的眉睫，但一刹那它又倏忽远去了，因为我的右拳准确地击中了手铐的左肩，发出“咔嚓”一声脆响，应该已经击碎了他半边肩胛骨，这条胳膊已经废了。

“噗噗”两声，我左肩上的衣服陡然翻卷起来，像一只被撕裂了的巨型蛱蝶，衣服下的皮肤也感到一股剧烈的灼痛。那是两颗无声手枪的子弹，并不是我闪得快，而是开枪的人已经手下留情。

海伦向着手里的枪口轻轻吹了一下，脸上现出无声的冷笑：“果然好身手，埃及人的杂志倒也不全都是在吹牛。怎么？你想挑战大亨的权威，替神枪会出头？”

一个能始终留在大亨身边的女人，必定是万里挑一的高手，无论是在床上还是床下。刚才她拔枪速射的动作，快捷、凶狠、洒脱、漂亮，简直可以做手枪设计类军事教材里的经典模特图片。

我的血无声地沿着腋窝流下来，既然已经出头，根本就没有退路了，更何况我还打伤了大亨的第一保镖。

手铐被我击中之后，倒退了足有六米远，脸上的全部肌肉都在狰狞痉挛着。他们既然要打神枪会的主意，肯定早就把可能遭遇的王江南等人的抵抗考虑周到，而我，却是这个计划里的变数，没被任何人计算在内。

“海伦小姐，我不想得罪任何人，但我要说，关小姐只是暂时失踪，似乎不必急于一时地惩戒任何人。记得很多江湖前辈都反复地训诫后辈，要‘以德服人、厚德载物’，大亨是我最崇敬的前辈之一，想必他对这些话有更深刻的认识吧？”

血越涌越快，我身上的半边衬衫都被洇湿了。从海伦高深莫测的冷笑里我突然明白，她的手枪里安装的是美军的“锯齿形切割子弹”——这种子弹每一颗弹头上都涂满了长效溶解血小板的特殊药物，一旦撕裂目标的皮肤之后，伤口在二十四小时内无法自然凝固。如果得不到有效的药物治疗，最终会导致血液全部流尽。

她不必有进一步的杀伤动作，只要慢慢拖延时间，十五分钟内，我就会因大量失血而昏厥。

“以德服人？我已经对神枪会网开一面了，就算死一千个王江南，又怎么能抵得上关小姐的一根头发丝？”

听到这句话，不知道王江南会怎么想？是不是羞愧得要挖个地缝钻进去？

作为神枪会日本分会的老大，在大亨的视线里连只蚂蚁都比不上，哪还有脸跟在大亨的女人后面献殷勤？

在一百二十名黑衣人的虎视眈眈之下，我想全身而退也不是什么容易的事，除非能抢先一步，抓住海伦做挡箭牌，但事情非要发展到那种糟糕地步吗？毕竟从手术刀方面的渊源来细数，我跟大亨也算是间接的朋友关系，没必要弄成生死对头。

“对，关小姐的失踪，所有人都很着急，从昨天中午到现在，几乎是一刻不停地在找。请海伦小姐再给次机会，我们一定能找到她……”

我相信藤迦的话，无论生死，她都能带我找到关宝铃。这一注，我押的是“生”，至少有百分之五十的机会。

“我怎么才能相信你——你的保证？埃及人崇拜你，把你奉为‘沙漠无敌勇士’，但在叶先生眼里，上下五百年，似乎没有一个人能再令他正眼看第二次。所以，你的保证毫无说服力！”

王江南在我身后颓唐地低声问：“风先生，你真的能找到关小姐？如果那样，我情愿丢一只胳膊——”

我对他的冥顽不灵开始恼火了，现在的关键不是他的胳膊或者性命。大亨要杀他，只是激怒之下的泄愤，对找到关宝铃丝毫没有帮助，倒不如留着他，对搜索关宝铃下落还有一定的帮助。

“你的胳膊要不要、扔不扔，与我无关，关小姐不是你自己一个人的朋友。”我冷笑着，如果关宝铃能看上这样木讷的男人，简直是老天瞎眼了。

“要做保证的，还有我，还有枫割寺所有僧人的性命，怎么样？”

藤迦出现在台阶上，双掌合十，灰色的僧袍随风而飞。她的华贵傲气一下子便把海伦比了下去，带着凛然不可侵犯的堂堂正气。

海伦愣了愣，藤迦又是一个变数，并且是刚刚产生的，绝对在大亨掌握的所有资料之外。

现场的气氛正在发生变化，海伦从震慑全场的驾驭者，变成了应接不暇的参与者，而藤迦的出现，更是令她失了方寸。

“你……你不是……埃及运回来的植物人……”

媒体方面刊登过很多关于“植物人”藤迦的报道，小报记者更是把这件事当作一棵摇钱树，毫无节制性地渲染臆造。至少截止到今天凌晨三点前发行的所有报纸，都没有“植物人”复活的消息，这种怪事活生生出现在海伦面前，怎能不令她惊骇？

藤迦走下台阶，此时寺里涌出了四队灰衣僧人，手里握着的不是戒刀禅杖，而是一色的俄罗斯突击步枪，接近二百人的队伍，杀气腾腾的阵势与大亨的人马不相上下。

这种意想不到的变化，让我也真的摸不着头脑了。

藤迦是枫割寺的精神力量，从她醒来后寺僧们的顶礼膜拜便能看得出，但寺里藏了这么多精良武器，并且可以训练有素地迅速投入战斗，这就不能不说是一件佛门趣谈了。

“告诉大亨，我们会全力以赴搜寻关小姐，如果他对‘海底神墓’的事感兴趣，直接坦白说出来就好，不必假手于任何莫名其妙的理由。”

藤迦月视着海伦，眼神咄咄逼人，此刻，她完全没有一个二十岁女孩子的生涩，从眼神到气势，绝对是称霸一方的江湖人物风范。

海伦干笑了一声：“什么？大亨富甲天下，还会觊觎子虚乌有的‘海底神墓’？就连你们日本的天皇见了他，都得客客气气地奉茶让座……”一旦气势被压制住，海伦便失去了惯有的优雅谈吐，说出的任何话都显得苍白无力。

藤迦向那群黑衣人扫了一眼，不屑一顾地：“大亨如果真的高明，就不会借助于美国人的军队。”

海伦脸色变了，因为藤迦掀开了这群人的底牌，一旦传扬出去，又是一场国际舆论的口水战。

神枪会的存在已经变得不重要了，藤迦成了应对大亨的中坚力量，而我的贸然杀出，成了藤迦不得不出手的引子。

直升机的舱门啪地弹开，一个中年男人探出身子，向藤迦招了招手。

海伦与手铐一见了这个人，马上表情严肃，身子挺直，恭敬之极。

那就是大亨，一个成名于亚洲、商业帝国覆盖全世界的奇才，更是全球男人的榜样、女人的偶像。

“藤迦小姐，请来飞机上谈一谈可以吗？”大亨的声音宽厚而有磁性，脸上的笑容比奥斯卡影帝们更优雅动人。

他有一头浓密的黑发，眼睛极其明亮，双眉修剪得整齐熨帖——曾有香港的著名相师说他“天庭圆极、地阁方极、眉峰锐极、目色亮极”，是最难得的“三世帝王之相”，只要努力，三代之内必定成就一国之君。

从大亨上数三代都是普通商人，所以这种骇人听闻的预言只能向后推，也就是说大亨如果不能称帝，则他的儿子、孙子、重孙必定能够当国家总统。

每次从报章或者新闻上看到大亨，相信很多人心里都会把这个伟大的预言温习一遍。

即使是一个简单的挥手动作，也像是被精心设计过，既表现出了大亨的温和宽容，又隐约蕴涵着江湖巨头无处不在的威仪。

藤迦点点头，缓缓走到舷梯边，仰面向上望着。

大亨收回眼神时，有意无意向我扫了一眼，但却一瞟而过。

我无意借手术刀之名沾光，或者跟大亨攀什么密切交情，只要他能放王江南一马，我也算是没令萧可冷失望。血仍在流，渐渐地我开始有点头晕目眩了。

大亨向藤迦伸出手，依旧温和地笑着："把手给我，我来帮你。"

如果我是个女孩子，只怕也会给大亨迷住了，有钱、有貌、有势，对女人有标准绅士派头的尊重。另一方面，大亨在传媒记者的文章里，又是一个极懂得情调的男人，很多交际场上经验丰富的女孩子，都免不了轻易地被他的眼神俘获。

又一次，我的心被针尖刺痛了：关宝铃……是不是也这样被他俘虏的？被他看上并且一夕缱绻的女孩子，是不是每个人都感到荣幸之至，犹如后宫佳丽被君王宠幸一样？

现在的大亨名义上不是一国之君，但他的权势足足顶得上十几个非洲国家的总统相加之和。

"海伦，给他……止血吧。"

大亨握着藤迦的手，扶她进入机舱，就在舱门再次关闭之前，向海伦说了这么一句。然后，舱门缓缓关闭，重新隔断了所有人的目光。

虽然只是昙花一现般的露面，大亨已经一下子把全场汹涌的杀气暗潮震慑住，每个人都垂下了自己的枪口，特别是霍克脸上，忽然显出嫉妒、羡慕、尊崇、嫉恨的种种复杂表情，望着紧闭的舱门，像是一只即将发狂的野狼。

在神枪会，霍克已经是个被赞誉、崇拜的光环紧紧笼罩的人物，事实上，当他到达寻福园时，无时无刻不带着这种故作谦逊的优越感。只要他愿意，除了孙龙，可以对任何人发号施令，并且身边有数不清的甘愿投怀送抱的漂亮女孩子，包括美国、欧洲、亚洲娱乐圈里的很多新出头的女影星、女歌星——

在江湖上，霍克是风头最劲的"后起之秀"，几乎每一位江湖前辈都看好他，毫不讳言他将是神枪会未来的领袖，是孙龙的接班人。但这一切比起大亨来，岂止是小巫见大巫？简直就是用米粒与宇宙星球相比，只会惹人耻笑。

我理解他，因为当我看到大亨时，也会有这种感受，只是没像霍克一样如此外露。江湖上只有一个大亨，也只有一个杨风，我不会妄自菲薄，直到将来成为像大哥那样的"盗墓之王"，成就自己的梦想。

大亨会跟藤迦谈什么呢？藤迦既然无所不通、无所不能，会不会有破解“黑巫术”的捷径？

“关宝铃……关宝铃……关宝铃……”她已经成了我心里的死结，而且是一碰就让我心痛的那种。

“风先生，这是止血的药……”海伦掌心里托着一只橄榄大小的玻璃瓶，远远地向我亮了亮。

我故作轻松地一笑：“不必，听说‘锯齿形切割子弹’留下的伤疤像一条人工文刻的美洲蜈蚣，谢谢海伦小姐的大方馈赠，将来有一天我定会回报一点什么。”不能跟大亨相提并论，至少我还可以跟对方比比骨气，失血再多，也不可能接受对方的施舍。

“哈哈，好，年轻人有骨气不是坏事，但如果一味逞强，那就变成愚蠢了！”海伦收回了药瓶，她身边的手铐咬牙切齿地盯着我——击碎了他的肩胛骨，弄不好会害得他终身丢了饭碗，但刚才硬碰硬出击的情况，出手力道根本无法控制。我不伤他，必定被他的弯刀所伤，权衡利弊，也只能先顾全自己再说了。

这就是江湖，如果不想被野兽所伤，最好的办法就是先把自己变成野兽。

衬衣湿透后，黏糊糊的血液越过腰带，向裤子漫延着。我曾经运用内功，企图压制住伤口的血脉，但只是适得其反。

“风先生，我觉得那两颗‘极火丹’会对你的伤势有好处，何不试一试？”是神壁大师的声音，他混杂在僧人队伍里，避开了海伦警惕的目光。枫割寺还不想公然挑衅大亨的权威，不敢惹也惹不起。

放着“极火丹”的袋子一直放在我的口袋里，我对它们的功效并不抱太大希望，毕竟妙手回春的灵丹妙药大部分只存在于神话传说中。

我解开袋子上的丝带，里面共有两颗被乳白色蜡纸层层包裹的圆球，一层层地揭开蜡纸，露出的只是一颗普普通通的暗红色药丸，散发着淡淡的莲花清香，体积如一只鹌鹑蛋。既然布门履那么郑重地把它交给我，又惹得象、狮、虎三僧拼死出手抢夺，应该能证明它的价值。不管对我的伤势有没有帮助，暂时活马当死马医好了。

我把药丸掰开，在海伦略带惊诧的嘲笑表情里，大口咽下肚子里去。

莲花的清香刹那间充盈着我的所有味觉器官，一阵清凉之极的感觉由喉管一直向下滑落，直冲到胸口膻中穴，然后又化成无数条更微妙的清凉细线，分散向奇经八脉。到达肩头伤口的那一路凉意感觉尤为明显，灼痛感立刻消失，几分钟之内，伤口便不再流血。

海伦远远地盯着我，嘴角带着不屑的嘲弄，或许觉得我只是在装腔作势地硬撑门面。

在场的所有人都忘记了时间的流逝，都在看着那扇紧闭的舱门。我听到自己的肚子在咕咕乱叫，早餐、午餐都错过了，太阳西斜，很快又该到晚餐时间了。

这场剑拔弩张的大混战，最终演变成无声无息的等待胶着状态，一切结果，都得等大亨重现拉开那扇舱门才见分晓了。

王江南、霍克、张百森始终是站在一起的，我不清楚他们三个之间的关系以及各自的立场，是否跟所站的位置一样紧密稳固。

自古黑白不能同路，张百森是半官方的人，公然在黑道械斗中出现，这是官方的最大忌讳。这次，他与邵家兄弟态度鲜明地站在神枪会的立场上，非常出人意料，这样的消息传出去，只怕对亚洲各国的防务格局，又是一次不小的震荡。

舱门终于打开了，大亨先走下来，殷勤地回身扶着藤迦的手臂，最终两个人并肩站在直升机前，迎接着所有人期待的目光。

“今天，很荣幸见到美丽的藤迦公主，可惜俗务缠身，不能去寺里打扰了。寻找关小姐的事，便拜托给您，请多费心。”

大亨的态度友善得让人心疑，藤迦只是淡淡地笑着点头，一个字都不说。看得出来，他们谈得很融洽，并且藤迦也顺利地说服了大亨，把现场一点即燃的火暴气氛消弭得无影无形。

我松了口气，至少王江南的胳膊保住了，不会让神枪会颜面扫地。

黑衣人与枫割寺僧侣都垂下了手里的枪械，满场里只有咬牙切齿的手铐与满脸嫉妒的霍克仍旧没有放松下来，特别是手铐，眼光像条寻隙而进的毒蛇，不停地向我这边扫视着。

“喂，风，请过来一下好吗?”大亨转身向我扬手，并且脸上带着温和大度的微笑。

所有的视线从大亨身上一下子跳落到我这边，我愣了愣，大步走过去，经过手铐身边的时候，故意耸着肩膀向他冷笑着。

手铐不是什么好人，正派邪派里都有人死于他手，到目前为止，被他杀死的有据可查的人命大概有数百条，并且全部是在江湖上闯荡过大风大浪、大江大河的高手。如果今天一战，彻底把他的武功废掉，相信他恐怕没机会活着离开日本。

海伦的态度转变得极快，千娇百媚地低声笑着：“风先生，大水冲了龙王庙，得罪了。”

幸好有“极火丹”对抗“锯齿形切割子弹”的杀伤力，否则，就算她肯向我示好，我也早失血过量昏迷过去了。

第六章
鉴真门下千年灵魄女弟子

走到大亨身前五步的时候，迎面已经感受到他身体里散发出来的磅礴气势，犹如大海里岿然不动的巨礁，千年屹立不倒，足以抵抗任何海潮的冲击洗刷。

他向我伸出干干净净的手，既没有腕表，也没有戒指，毫无低俗炫耀之处。

如果不是有关宝铃的事引发冲突，相信在其他任何场合见到大亨，我都会表现出江湖后辈应有的尊重。大亨出道以来，做过很多大气魄、大手笔的生意，也在暗地里走私军火、贩卖毒品，但现在，他已经脱离原始积累的阶段，高高在上，睥睨天下，此刻的身份，的确值得世人尊敬。

我不卑不亢地伸出手，跟他的手握在一起。

“风，手术刀向我推荐过你，今天开始跟我干吧，亚洲区缺少一个商业执行总裁，那个位子——”他停下来，海伦马上善解人意地接上去：“是，风先生的资历完全胜任，并且我建议经过几个月的磨合考察阶段后，提升风先生为亚洲区首席总裁——”

那是一个高不可攀的职位，即使是对资深职业经理人而言，也绝对没有机会一步登天成为大亨商业帝国中重要的一环，何况是我？

我笑了：“谢谢叶先生，不过在下懒散惯了，只怕毁了您公司的形象，恕难从命。”

当着这么多人的面，他肯聘任我，已经是天大的面子，想必能让别人嫉妒眼热得发狂。但我毫不犹豫地拒绝了——我要做亿万人景仰的“盗墓之王”，而不是大亨麾下的一枚棋子、一根狗尾巴草。

大亨扬了扬下巴，看着我的眼睛：“嗯？你不愿意？这可……有点让我为难了！”

当他的眉尖上挑、眼睛睁圆的时候，两边鼻翼上闪出两条深刻狭长的皱纹，从鼻梁一直延伸到下颏。这种纹路被相士们称为“权势斗杀纹”，有着这种皱纹的人，心机城府深不可测，并且残忍嗜杀，冷血无情。

“对，多谢费心，我有自己的事要做。”

拒绝大亨的邀请，等于拒绝了一步迈入百万富翁行列的大好机会，但我并不觉得做他的属下有什么好，并且手术刀遗留下来的财产，足够我与苏伦挥霍一辈子的了。

“哈哈、哈哈哈……”大亨拍着手笑起来，眼神阴晴不定。

山风蓦然凶猛呼啸起来，挟带着大亨浑身骤然散发出来的狂傲杀气，迎面急扫过来。自古大权在握的人物，都信奉“顺我者昌，逆我者亡”的古训，大亨也不例外。看以前的例子便能明白，如果某个人才不肯为他所用，很可能就莫名其妙地在圈内消失掉，永远没有出头的机会，甚至连自己的性命都保不住。

他是大亨，更是强悍的黑白通吃的大鳄。

“风，手术刀说，你是个聪明人——聪明人当然要做聪明的选择。不必急，你可以有很长的时间考虑，随时都可以打电话给海伦。亚洲区总裁的位子永远给你留着，想必你不会令我等太久吧？”

他洒脱地向藤迦点点头，走上舷梯。

海伦与手铐也进了机舱，收起舷梯，然后直升机发动了引擎，螺旋桨缓缓地转动起来。

这场战斗，以大亨与藤迦的友好谈判做了最恰当的结尾，实际等于藤迦给神枪会帮了大忙。

直升机盘旋着升空，一直飞向东南。黑衣人也钻进车里疾驰而去，寺门前只留下神枪会的人马与偃旗息鼓的寺僧。

“风，我已经答应大亨，定会把关宝铃完整地送回去，这一次，咱们得祈祷上天，千万让‘神之潮汐’尽快涌上来才是……”藤迦衣袖飘飞，一派仙风道骨。她的转生复活，给了我最大的鼓舞，如果借此知道《碧落黄泉经》里的秘密，我心里的疑团就真正全部解开了。

夕阳西下，随着神枪会众人的离去，寺门前黯淡冷清下来。

或许萧可冷很想留下，但没有枫割寺的邀请，她根本找不到留下的理由，只好随王江南的车子离开。

藤迦在前，我在后面尾随，穿过弯弯曲曲的游廊，一路走向“亡灵之塔”的天井。我心里突然有了极度放松后的安逸感，因为所有的答案都写在藤迦的心里，我成了仔细听讲的学生，只用记，不必想。

“风，我们接下来要做的事，只怕会有些意想不到的危险，你担不担心?”我们站在宝塔的一层中心，藤迦站在原点上，仔细地调整自己的角度，让身子不偏不倚地面向西南，恰好在“一箭穿心局”的行进路线上。

她的后背对着谷野的“冥想堂”，门户大开，毫不设防。

我知道她身上必定蕴含着很多神秘的讯息，现在只是屏住呼吸看着她的动作，当她牢牢地站稳双脚之后，呼出一口悠长的浊气——“藤迦小姐，请问关宝铃是怎么进入塔下的？难道她像你一样，心里藏着很多秘密?”

我相信关宝铃什么都不懂，所以上一次她在寻福园消失后重新出现，根本说不清自己到底去过什么地方。这不是别有用心的袒护，而是确凿的事实，因为她的眼神已经说明了一切。

寺院最后面的厨房方向冒出了袅袅炊烟，一股木桶蒸饭的香气悄悄地弥散遍布着每一个角落。一天都没进餐了，我现在却丝毫没有饿的感觉，每次呼吸喘气，唇齿间都是淡淡的莲花香气。

藤迦笑着摇头：“不是‘进入’，而是‘空间变换’。”

我眨了一下眼睛的空当，便明白了她的意思：“关宝铃突破了空间？你说的那个塔下秘室，根本没有门扉可供开启，而是……以某种特定的形式存在，就像……四维空间一样?”

藤迦点点头：“差不多，但地球上的物理学理论——不管是‘虫洞论’还是‘时空顿挫、时空逆转’，都不足于说明这种情况。我只能说，她在‘里面’，是通过‘水’作为媒介达到这个过程的，但‘那里’是什么？‘那里’通向什么地方？我根本无法解释清楚。”

我在她绕口令一样的解释中有些头昏脑涨，但至少有一个问题得问清楚：“关宝铃去‘那里’到底要做什么？她能够做什么?”

如果是为了破解大亨所中的“黑巫术”，似乎她该与大亨同来，自然就无往而不利了，何必一个人跑到这里备受艰辛？回头想想，当寻福园响起那种神奇的水泡声时，别的人并没失踪，偏偏只有她不见了，又是为什么？

我很期待水流再次出现，有藤迦在这里，比这再诡谲十倍的事我也不会担心。但是，天不遂人愿，越是盼望发生某些怪事，就越没有一点动静。

“藤迦小姐，难道咱们今晚就这么干耗下去，你看过的《碧落黄泉经》里，有没有如何打开‘海底神墓’的捷径？”

藤迦若有所思地轻轻背诵起来：“天地之间，沿一线升降；潮起潮落，以口对口；当你飘浮，时间不再。”

她接着苦笑：“这就是前人留下的进入‘海底神墓’的捷径，师父把经书从东土大唐带过来，为的是找到一处具备‘三花聚顶、五根之水’的清静之地，彻底领悟书里的秘密，找到那颗蛊惑人间的‘日神之怒’，可惜……”

我这已经是第二次听她说“大唐、师父”这样的字眼，忍不住低声笑着问：“藤迦小姐，你的师父是谁？你说的大唐又是哪里？”

全球华语词典里，提到“大唐”，几乎所有的人都能联想到历史上由李渊、李世民父子开创的几百年唐朝盛世。

“大唐，就是中国大陆的唐朝；我的师父……呵呵，说出来怕你会不相信，是——鉴真大师。”

我“啊”的一声怪叫，腾地向后跳了一大步，身子紧紧贴在冰冷的墙面上。其实此刻我的心被震撼得几乎不能顺畅跳动，因为这几句话绝对是我在二〇〇五年听到的最诡异的言论。

鉴真大师东渡的时间是唐天宝十二年，即公元七五三年，距离现在一千三百年。藤迦能是他的弟子吗？

藤迦目光炯炯地仰望着远方：“没有人会相信这一点，所以当我四岁进入枫割寺的藏经阁阅读古代佛经时，所有的人都感到惊骇无比。那有什么了不起的，很多佛经都是师父当年从梵文里编译出来，由我亲自誊写的。读那些充满佛性智慧的文字，犹如当年在灯下一笔一画地抄写誊清的心情——”

藏经阁在“洗髓堂”的西面，里面有日本最古老版本的佛经两万多卷，都盖着历代天皇的私人玉印，属于国宝级的文物。

“你的意思是——古代人的灵魂附在你身体上？”

藤迦笑了："是这样，但不确切。我的法号叫做'定寂'，出家于东都洛阳宝相国寺，是师父门下唯一侍奉左右的女弟子，身份特殊之极。天宝十二年，随师父东渡，百年圆寂后，灵魂一直蛰伏在藏经阁的一只蝉蜕里，直到转生为新的肉体。"

我张着嘴说不出话，一切都太诡异了，面前的藤迦明明是个柔情似水的女孩子，但却是古代高僧的灵魂转生？

藤迦寂寞无比地笑了："当我的灵魂重新被唤醒之后，才发现已经过了千年。师父带来的那部《碧落黄泉经》只有我能看得懂，无敌最寂寞，虽然身边环绕着无数善男信女，还有寺里的几百名僧侣，处处阿谀奉承，把我捧得像天上神仙一样，但我宁愿只是当年藏经阁里日日抄写经书的定寂。每次夜深人静的时候醒来，回味别人叫我'公主'时的语气，都会令自己毛骨悚然……"

我真想仰天长啸，把心里的郁闷浑浊之气尽情发泄出去，如果苏伦、铁娜知道藤迦的真实身份后，不知道该怎么想？还有偷走经书的唐心、老虎、宋九，谁能知道曾经面对的是一个灵魂不死的怪人？

"风，在土裂汗金字塔里，我几乎以为自己的末日到了，觉得这种不明不白的日子结束掉也好，省得每天都在自寻烦恼，只是师父的遗命还没完成，那是最大的遗憾。"

我也在回想金字塔中心深井里救人的那一幕——"藤……鉴真大师东渡是为了传播中国佛教理论，普度众生，难道还有另外的目的？"我虽然救了藤迦，却没有阻止后面所有悲剧的发生，包括谷野神芝的死、手术刀的死。鉴真东渡已经是很古老的佛门佳话，我并不觉得翻这本陈年老账有什么意思。

"当然，当年的扶桑岛荒凉寂寞，人口稀少，师父有什么必要非得历尽艰辛苦难渡海过来？而且除去历史记载的六次东渡之外，还有十一次不成功的渡海过程。他是佛门高僧，单单为了传经授道的话，随便派我的十个师兄过来就可以了，根本不必亲自冒险。"

"哼哼……"我低声笑着。

佛门高僧也是人，也会死，当然不应该亲身犯险。所以，宋元明清四代的人乃至现代的史学家，都不明白"鉴真东渡"到底有什么必要性。这不像玄奘取经的过程，玄奘是"取"，而鉴真是"送"，两者同为唐代高僧，所做的事却是绝对迥然不同。

夜色里升起了浅淡的白雾，寺院的庭堂楼阁渐渐变得模糊起来。看藤迦的姿势，仿佛要一直站在这里，等着“神之潮汐”出现。这种等待，似乎是没有任何意义的——比起枯燥的等待，我更想看看《碧落黄泉经》上写了些什么。

“师父东渡，是要找一样东西，经书的第二十二页上曾说‘当天神被叛逆者射中，身体碎为七块，随风雨坠落，而双目神光不灭，化为日月。天神的武器陨落，钻入扶桑树下，而后贯通陆地与深海。至于天神的灵魂也永远沉入地下，蛰居万年，永生不散，直到重见天日’。我读懂了上面的每一个字，但始终不明白那些话的意思。所以，灵魂被执著的欲望包围，才无法随肉体一起消弭。”

我开始听不懂藤迦的话了，本来一切佛教使用的语言就都是晦涩高深的，充满了深邃的隐喻，而此刻藤迦复述的，似乎就是梵语天书《碧落黄泉经》上最直接的翻译，不联系前言后语，根本猜不透其中的含意。

两个年轻的灰衣僧人笨拙地穿过月洞门进来，每个人手里都捧着一个木制托盘，那应该是我跟藤迦的晚饭。

在“神之潮汐”没有出现之前，一切生活还得照旧进行，只是不知道被困在“塔下”的关宝铃饿不饿、有没有东西可以吃？

僧人对藤迦的态度恭敬到了极点，开口之前必定双掌合十，鞠躬超过九十度，只恨不得行“五体投地”的大礼。

我们就这么一直等着？几天几夜地等下去吗？我不想把精力不知所谓地浪费在这里。

“对，直到‘神之潮汐’出现。要想找到她，必须这么做。”

我用力跺着脚下的地面，不相信地问：“这里……就是进入‘塔下’的门户吗？那么下面到底有什么？不会就是存放‘日神之怒’的宫殿吧？”虽然这么问，我知道答案是否定的，如果那颗伟大的宝石就这么肤浅隐藏着，也不至于弄得全球的考古学家们神魂颠倒了。

藤迦摇头：“我说不出来，关宝铃的出现，是这件事里的变数，令我的预知能力大打折扣，什么都看不透。否则，我也不会只知道在这里等了，不过有一个人，大概能帮到咱们！”她向东面指了指，围墙那边就是“冥想堂”所在的山坡。

“你是指谷野神秀？”我冷笑着，打伤小来的人进了谷野的势力圈，不知道会不会是谷野本人？

藤迦点头，同时凝视着脚下，忽然抬头问："风，你不觉得关宝铃很特别吗？为什么别的僧人会在'神之潮汐'到来时被无名之火烧化成灰，而她却比任何人都更幸运地进入了那里。我想她身体里必定含着某种特质某种……与水中世界特别容易融合的特质……"

她已经无数次提到"水"的魔力，就像土星人运用"黄金"的力量一样。或许我们地球人真的对地球上存在的亿万种物质了解得太少了，一切资源都在不知不觉中被我们以堂而皇之的理由浪费着、消耗着。

我耸耸肩膀："藤迦小姐，目前最关键的是要救她出来，然后慢慢研究不迟——你说谷野神秀能帮我们，要不要去拜访他一下？"

从这里去"冥想堂"，不过一公里路程，步行五分钟就到了。

藤迦无奈地苦笑起来："不，他不见外人的，就连我也很久没见过他了——他在修炼一种……武功，可以借遁术穿越时间的武功……"

我不由自主地瞪大了眼睛："穿越时间？遁术？他把自己所有的武功与智慧灌输给自己的弟弟，一切重新开始，竟然是……那是什么武功？"

按照物理学上的观点，如果某种物体的运行速度超过光速，便可以随时进入时间的逆流或者顺流，达到穿越时间的目的。谷野该不会是在修炼一种超级轻功，企图借身体无限快速的运行来穿越时间吧？

作为盗墓界的绝顶高手，谷野的成就是全球瞩目的，几乎没有人能望其项背。当然，大哥杨天例外，在手术刀的叙述里，谷野永远都不可能超越大哥杨天，只有杨天才是当之无愧的"盗墓之王"。

"你想错了，事情绝不是人类的思想能够正确理解的。那是遁术，而又不是通常意义上的五行遁术，远远超越了五行遁术的含意。风，谷野过去的成就，比起现在他正在做的事不过是九牛一毛，我知道他会成功，他会超越一切前人的成就，一定能揭示'海底神墓'的意义，并且成功地进入……"

她抬起双手，双眼凝视掌心，随即掌心出现了淡淡的红光，闪闪跳动着，像是划着了一支短短的火柴，把双手全部照亮了。

这种掌现红光的功夫，我曾看见谷野神芝使用过，但我不太理解她刚刚说过的话。

"谷野神秀，我想知道下一次'神之潮汐'出现的大概时间。"她低声对着掌心说话，语气不容抗拒。这一瞬间她的威严表情，才符合自己"公主"的定位。

日本人的等级尊卑观念非常强烈，对于中国古人的“三纲五常”，他们学习并且严格遵守。

没有人应声，难道她掌心的红光竟然是一种我闻所未闻的通讯方式？比“千里传音”、“传音入密”更为玄妙神奇？

我突然很想去拜访一下谷野，看看他的比“时间机器”更神秘的遁术，但是对于“冥想堂”外设置的五行阵势却没有顺利闯过的信心。

大亨驾临枫割寺时，邵家兄弟并没有出现，难道他们留在寻福园里还有别的事情？

目前寻福园里聚集的人没有什么凝聚力，真是可惜——背面的月洞门响起了脚步声，雾气里忽然出现了神壁大师的影子，表情严肃地向着这边走过来。

“咳咳，公主……应该是在十六个小时之后，不过，变数很大……我感觉不到时间的正弦波浮动规律，跟此前的探索结果明显不同。”那是谷野的声音，跟死在沙漠里的谷野神芝完全相同，甚至连这种咳嗽声都像。

“变数有两种，一种在‘那里’，一个进入那里却仍然不断发出能量信号的人；一种在您身边，我相信是来自风先生。当变数出现时，所有的探索行动都仅供参考。公主，请您珍惜身体，不能轻易犯险，而且咱们以前试验过无数次了，如果不借助能量强大的外力，您、我、龟鉴川、布门履都无法进入——‘那里’……”

谷野的声音很低沉，语言却很隐晦，几次提到“那里”。

“谷野先生，‘那里’究竟是指什么地方？”我忍不住大声问。

“‘那里’就是‘那里’。风，如果我能用人类词典里的句子描述它，何必绕这些圈子？你可以想象那是一个神秘的空间——哦，对了，如果你不能进入‘那里’，就算知道再多的理论都没有用。在地球人的记载里，只会把关于‘那里’的传说当作笑柄。”谷野对我说话时的口气很冷淡，声音就是从藤迦的掌心里传出来的。

我摇摇头，吹散飘到脸前来的白雾：“神秘空间？”我不想再追问下去了，按照我看过的谷野神秀的资料，他非常“敝帚自珍”，把日本人“吝啬保守”的特性几乎发挥到极致。他所经手的任何一个重大考古发现彻底完结之前，总是守口如瓶，不走漏一点风声。向这样一个具有葛朗台式“吝啬癖”的人询问消息，只怕很难。

“谷野，我仍想最后试验一次，或许……埃及之行能够改变我身体内部的分子结构，会有意想不到的结果。我可以穿越……为什么不能穿越……”

藤迦的话变得吞吞吐吐，故意把最关键的词汇隐去，这让我心里很不舒服。在他们用手掌红光交流的时候，完全把我当成了外人。

我轻轻退出塔外，既然他们的对话不想被外人听到，我何必如此不识趣？

第七章
谷野神秀

“风先生，要不要先去休息?”神壁大师对我的态度还算客气。

我苦笑了一声：“不必，找不到关小姐，大亨还会再来。今天睡了，明天后天不知道还有没有机会继续睡!”

这一次，大亨来去如风，在我和藤迦连番阻挡下没能制造屠杀血案，下一次还能这么幸运吗？那么，藤迦到底对他说过什么？我的手放进口袋里，突然触到了一件冰冷的东西，那是属于瑞茜卡的黑银戒指。

“嗯，神壁大师，有一个《探索》杂志的美国女记者，叫做瑞茜卡，是不是来过枫割寺?”

我记起了她，飞机上偶遇的漂亮美国女孩子。

“是，曾经来过，但是……很快就离开了，在这里停留了不超过五小时。”他的回答有些不自然，当然逃不过我敏锐的观察。

在我冷峻的持续注视之下，神壁大师略带紧张地向塔里指着：“兵见曾经向我报告过，瑞茜卡小姐在这里拍过许多照片，还拍过‘通灵之井’，甚至从塔顶拍了几十张‘冥想堂’的外景照片，然后就离开了。”

说这些话的时候，他的眼皮不停地跳动着，在测谎专家眼里，这是标准的“强直性非惯性撒谎”的明显特征，也就是说他在撒谎。

我取出戒指，捏在拇指和食指之间，“噗”地吹了口气。戒指上嵌着的琥珀石在夜色里泛着晶莹的光芒，吸引住了神壁大师的目光。

“大师，兵见已经死了，不过在他临死前，我给过他几百美金，你该明白我的意思吧?”

虽然还不明白神壁大师为什么要撒谎，我隐隐约约感觉到瑞茜卡好像也出事了——兵见已死，神壁大师把一个死人说的话当作挡箭牌，很明显是在隐瞒一段事实。

神壁大师脸色大变，拍打着自己的衣袖，故作镇定：“我不明白，我没见过那个女记者，寺里的采访接待工作一直都是由兵见处理。当然，为了扩大枫割寺的宣传力度，他总喜欢编造一些骇人听闻的传说，我已经责罚过他很多次……”

他又在撒谎，因为他看到黑银戒指后的惊讶神色已经说明了一切。如果只是听了兵见的汇报，他是不可能对戒指如此忌惮的。

关宝铃失踪引起的轩然大波还没有消散，我不想再听到瑞茜卡失踪的消息，但事实证明，她也出事了，否则神壁大师不会抵死否认见过她。

“啵”的一声，藤迦手心里的红光骤然加亮，谷野的声音也变得响亮了很多：“神壁，那件事瞒不过风，你说出真相吧！即使美国大使馆追问起来，枫割寺没有做过什么，美国公民在这里神奇失踪，让他们的秘密特工们随便调查好了。”

四周的雾气越来越浓重，海腥味也越来越强烈，刚刚还能清晰看到的月洞门，现在已经模糊不清了。

雾气环绕着宝塔，飘浮在我们两个人的脚下，如同演出舞台上释放出的干冰效果。

我的预感再次得到了证实——瑞茜卡失踪了，似乎还在关宝铃之前，捏在手里的黑银戒指猛然变得沉重起来。

“唉——”没开口之前，神壁大师先长叹一声，伸手抚摸着自己的光头。

作为枫割寺的主持，他的智慧和悟性的确捉襟见肘，在闲云大师携张百森闯寺时，他处理问题的能力已经左支右绌，方式极不恰当。接着发生了关宝铃失踪、大亨震怒的种种变化，肯定更会让他脑袋发涨、心力交瘁。

“我见过瑞茜卡，她来的时候是由我亲自陪同的，毕竟日本政府对‘世界文明遗产’这个称号看得很重。在经济日益发展壮大的今天，政府方面最希望被全球各国承认的，就是日本的形象问题……”

我冷冷地“哼”了一声，心里暗想：“形象问题？难道日本政府对自己的面子看得那么重？怪不得总是不肯承认二战时期那段既定的事实呢！”

神壁大师又在摸自己的光头，谷野忍不住大声催促：“快说快说！枫割寺传到你这一代，真是……真是……”听起来，谷野费了好大力气才忍住没有骂人。

真是奇怪，谷野神秀的年龄比神壁大师要低，何以谷野斥责起对方来，像是长辈在训诫晚辈呢？

“是是，我简短说——就在塔边，瑞茜卡给我拍照之后我有事先离开，而且瑞茜卡说想自己走走。二十分钟后，我还没回到这里，兵见就飞奔着来报告，说宝塔神水又出现了，结果……结果从那以后就再没见到她。”

某些人会在“亡灵之塔”里消失，这已经是枫割寺方面毫无办法的事，他们又不敢正式向日本旅游局方面提交报告，怕被政府方面斥责为怪力乱神、损害国家形象，所以一直都在隐瞒。

“风，那个女孩子好像已经消失了，就像此前失踪过的很多人一样，在我的意识中，失去了能量活动的迹象，基本可以判定为死亡。”谷野很平静地做了结论，仿佛瑞茜卡的死不过是一只昆虫、一只蝴蝶从这个世界消失。

戒指仍在闪光，但她的主人已经不在了，我不知该说些什么，只好自嘲地把戒指放回口袋。在大自然的神秘力量面前，人的生命脆弱如蚁，只能任凭摆布。

“谷野先生，我想……试试能不能参悟进入‘那里’，两位大师一走一亡，我觉得自己的思想突然发生了极大动荡变化，也许到了能为枫割寺做点事的时候了……就算发生意外，枫割寺可以挑选更聪慧的弟子主持大局，请成全我……”神壁大师踏上几步，一直走到藤迦身边。

现在基本可以确定，进入“那里”不是件容易的事，而且会很“危险”，那么关宝铃呢？就算谷野说她仍然活着，会不会像上次藤迦在金字塔里发生的怪事一样，活着——但是以“植物人”的状态存在？

交给大亨一个“植物人”关宝铃，他一定会气得发疯，接着倒霉的将是神枪会跟枫割寺。

我摇了摇一直不停发涨的脑袋，越来越发现找回关宝铃变得无比困难了。

“神壁，你怎么还没领悟我的意思？”谷野的声音露出明显的失望。

在所有的对话过程中，藤迦的双脚始终没有挪动过，仿佛牢牢地在地上生了根。渐渐地，她的全身都被笼罩在雾气中，只有扎着头发的红色丝带还在随风飘动着。

"'穿越'和'进入'是一件物理意义上的事，而不是佛教上的'顿悟'与'白日飞升'。你在枫割寺超过五十年，只是在'读死书'，慧根日渐愚钝。算了，你还是安心做自己的主持工作，至于'海底神墓'的秘密，自然会等待有缘人来发掘，你可以走了!"

谷野又在咳嗽，情绪有些激动起来。

神壁大师受了打击，困惑地对着藤迦掌心里的红光，根本不肯离开，深吸了一口气，再度开口说话时，两边太阳穴已经深深凹陷，像一个竖直摆放的酒碗，这是内家高手内力炉火纯青之后又开始韬光养晦、周而复始的一种奇特现象——"我想试一试，这是最后一次了！公主对枫割寺很重要，如果可以代替她，我宁愿牺牲自己。"

"哼哼，代替？算了吧！你没有慧根，硬要做什么，只会是盲目送死，对整件事丝毫无补。没有人可以帮助公主做决定，你还是走吧!"谷野已经变得不耐烦了。

藤迦既然跟天皇之间有复杂神秘的关系，又是唯一能读懂《碧落黄泉经》的国宝级人物，更是古代高僧灵魂的寄居体，任何一种身份都能让枫割寺上下肃然起敬，谷野等人当然没权力决定她的行动。

神壁大师陡然指向我："他！他可以代替公主！对不对？他是有慧根的，并且曾经两次救过公主……"

他的手指一动，空气里忽然起了隐隐的风雷激发的动静，并且一股无影无形的劲风直扑到我眉睫上。他的武功真的高不可测，随便举手投足，已经构成了变幻无方的杀招。

"我？"我冷笑，觉得他这一指明显不怀好意。

"那里"似乎是个有去无回的死亡陷阱，救关宝铃固然重要，但"寻找大哥杨天"的事情没有彻底尘埃落定之前，任何事都要为这件事让步。

"对，是你。我知道你在埃及沙漠里做过的一切事，有胆量、武功高强、悟性过人，并且有超强的坚忍不拔的意志。在日本，很多人已经把你比喻成幕府时代的著名忍者柳生射杀丸，这在我们国内都是很少看到的。还有，你曾救过藤迦公主，在国民心中已经披上了一层'勇者'的光辉。我相信你，在'亡灵之塔'你必定还能够无往而不利，再次成名……"

神壁大师的话带着无穷无尽的蛊惑人心的力量——幕府时代的"暗派

杀手之王”柳生射杀丸，最擅长于沙地荒漠里的伏击杀人，征战江湖十一年的时间里，死在他“柳生剑”下的著名将军、贵胄不计其数。

我不想把自己的形象塑造成只知道一味疯狂屠戮的杀手，并且被日本人尊崇，似乎也不是什么太光荣的事。

“‘那里’，是什么地方？就是我们的脚下吗？深度是多少？难道没有另外的途径进入，非得等待‘神之潮汐’？”

我再次跺着脚，把膝盖以下的冷雾驱散。

神壁大师与藤迦对视了一眼，两个人同时露出困惑的表情。

“如果有其他途径，不必你说，我们也早就着手进入了，何必跟大亨对阵？”藤迦一直没有明说自己跟大亨到底谈了些什么，竟然能够将大亨的满腔杀气转换为春风化雨。

谷野补充着：“或许是在我们脚下，或许是在北海道下面深不可测、遥不可知的某处深海海沟里。从北海道县志上有‘神之潮汐’的记载以来，总共有四百六十人失踪在‘亡灵之塔’里，但没有一个人重新发回消息，说明那里到底是什么样子。希望你是第一个，马上改写‘亡灵之塔’的历史，改写枫割寺的历史……”

我喃喃地重复他的话：“脚下？海底？”同时蹲下身子，伸出双手抚摸着脚下湿滑冰冷的石板。

北海道之行的两个任务已经完成一个，藤迦苏醒，我在埃及沙漠那段经历的心结已经解开。剩下的时间应该全力以赴探索寻福园的秘密，为追寻大哥杨天的踪迹而努力，那么，我该去接受谷野的邀请冒这个险吗？关宝铃在我心里的地位，是不是已经到了可以为她不顾一切牺牲的地步？

一瞬间，我的思想产生了又一轮混乱，突然感到无法选择。

可惜这样的问题没法求教于苏伦，对于关宝铃，我到底存在着一种什么样的感情？她是大亨的女人……难道我可以为了大亨的女人而冒险，为他人做嫁衣裳，就像尴尬的王江南一样？

继续在关宝铃的妩媚里沉沦下去，王江南必定就是我的前车之鉴。

“风，你在想什么？”藤迦根本无视神壁大师的存在，目光直视着我的眼睛。

“我脑子里很乱，需要到塔顶上去吹吹风——”我不想把自己跟枫割寺的“私事”混为一谈，他们要振兴发达、要一统天下、要为日本争光，通通跟我没有任何关系。我之所以三更半夜站在这里，只是为了找到关宝铃。

我的脚步变得非常沉重，因为按照谷野的说法，就算想救关宝铃也不一定能顺利到达“那里”；到达之后，根本无法保证还能重新回来，之前根本没有顺利进出“那里”的先例。

去救，可能大家都完蛋！不去救，关宝铃自己死，她不会一而再、再而三地有重新出现的幸运了吧？

每一层楼梯是十九层，转弯向上再过十九层，才能到达宝塔的第二层。我漫无目的地向上登去，很快便听不到谷野与藤迦的对话声了。

我一直走到了顶层，靠在栏杆边。此时电话已经握在手里，我突然有给苏伦打电话的冲动。进入寻福园之后，因为时空的阻隔，似乎我跟苏伦之间出现了难以琢磨的裂痕，每次在电话里的探讨都是不欢而散。在我心里，苏伦的影子正在逐渐被关宝铃取代。

如果关宝铃不是大亨的女人，我会努力赌一把，看能否把她留在自己身边。看到王江南在她身边殷切守候时，我心里除了冷笑、鄙视，更多的是嫉妒，无论自己承认不承认，这都是不争的事实。

夜这么冷，天地昏暗，白雾弥漫，向塔下面望去，所有的房屋建筑都笼罩在雾气里。向南面看，寻福园方向白茫茫一片，什么都看不到。

我扶着栏杆绕了一圈，只见雾气，不见人影，于是坚决地拨了苏伦的号码。

苏伦的声音依旧疲惫：“风哥哥，今晚刚接到小萧的电话，跟大亨对敌的事我都知道了。”

我微笑起来，想必萧可冷已经把我的英雄事迹原原本本告诉了苏伦。

“风哥哥，你太鲁莽了些，大亨的势力暴露在外面的只是冰山一角。跟他对敌，没有好处，只有无穷无尽的危险。还有，关宝铃是大亨的女人，王江南已经做了前车之鉴，你千万不要重蹈覆辙。大亨的霹雳雷霆手段，昔日哥哥还在的时候，不止一次讲给我听过，每一件都足够令人惊心动魄。比起中东小国的暴君，那些人的手段简直就显得太仁慈、太幼稚了……”

我心里渐渐发凉，虽然并不预期得到苏伦的表扬，却也不想劈头盖脸遭到一阵训诫。

“你在听吗？风哥哥？”苏伦停住了滔滔不绝的叙述。

“我在听，我懂你的意思！”我只能保持沉默，并且后悔打这个电话给她。遇到关宝铃又不是我的错，全世界男人都知道她是大亨的女人，何必单独重复给我听？

隔阂正在无休止地加强、加宽、加深，苏伦也意识到了这一点，换了轻松点的口气：“风哥哥，你猜我们现在到了哪里？”

我闷闷地“唔”了一声，去川藏边界的路跟一路上的村庄，根本在地图上没有清晰标示，即使是当地驻军的军事地图里，也只是笼统地用近似等高线来表示。那个地方根本没有固定的路线，或许一场暴雨、一场山洪就能截断山里所有的通路，然后再开辟出无数条新的羊肠小道来。

“我们在一个叫做‘落凤坡’的小镇，据说是三国时候刘备的军师‘凤雏’庞统被射杀的地方。呵呵，这边的人喜欢胡诌八扯地跟古人攀亲戚，听说再向前去还会遇到一处名为‘八卦阵’的遗址，花一块钱人民币就可以在石阵遗址里骑着毛驴钻半个小时。”

提到这些，她的语气变得轻松而愉快，我很想知道她是跟谁在一起的，是不是那个该死的生物学专家？

藤迦苏醒的消息想必她也知道了，我忽然没有了跟苏伦讨论的心情。

“风哥哥，你听起来不开心？”

她还记得照顾我的情绪吗？我冷笑，伸手在栏杆上拍打着，犹豫要不要把谷野神秀与藤迦的讨论内容说给她听。

话筒里出现了一个男人的声音：“苏伦，这是今天的电脑分析资料，请把修删意见明天日出前拿给我，晚安。”

我的火气勃勃地开始在胸膛里爆发出来，压抑着怒火：“苏伦，我要挂了，关宝铃失踪的事有了最新进展，我必须得参加，详细情况以后再说吧！”

她已经激起了我的醋意，现在我才明白，原来男人也是很容易吃醋的，只是看有没有合适的机会。

“风哥哥，千万不要冒险，你得对自己的行为负责，别忘了去北海道的首要任务是——”

苏伦的声音骤然提高，非常不满，只差要对着话筒咆哮了。

我成功地用“吃醋”回击了她的“吃醋”，但就在此时无意识地向塔下一望，蓦地发现雾气已经全部散尽了，塔外的天井里，所有的地面都像一面巨大无比的水银镜子一样在闪闪发光。

我“唑”的一声长长地倒吸了一口凉气，雾气的确散了，地面上之所以会发光，是因为突然有了水，那些都是动荡不安的水光。

“是‘神之潮汐’，是……”我不知该如何描述此时的心情，明明在谷野的推算下还有十几个小时才能出现的怪事，提前出现了。

“风哥哥，你说什么？你有没有在听我说话？”苏伦的声音再次提高。

我倚在围栏上，不停地做着深呼吸，虽然电话仍在嘴边，我却已经顾不得再跟苏伦对话。水已经漫延到天井四面，把亡灵之塔无声地包围起来。

“风哥哥——”苏伦还在叫。

我抹了抹额头上突然涌出来的大颗大颗的冷汗，身子骤然弹起来冲向楼梯。“神之潮汐”出现，藤迦进入“那里”的试验马上就要开始了，不管我想不想参与这件事，都得亲眼看看宝塔一层的神奇变化。

我的轻功已经发挥到极限，几乎每段楼梯都是一跃而下，到拐弯处脚尖一旋，然后继续跃出去。连续纵跃加上精神紧张，我觉得自己的心脏正在拼命地汹涌跳动，浑身的血流速度也在不断加强。

六层、五层、四层……我的耳朵里什么都听不到，只有热血鼓动血管，汩汩跳荡着。

藤迦能到“那里”去吗？她是日本的公主，一旦在枫割寺里再出了事，天皇肯定震怒，不把枫割寺翻过来才怪！谷野呢？这个把自己关在古怪房子里的人，难道另有其他隐秘的目的？他要参悟“海底神墓”的秘密——他到底知道些什么？他把所有的武功智慧传给谷野神芝，又是什么道理？

我希望藤迦能成功，无论如何，她进入“那里”与关宝铃在一起，至少给关宝铃做个伴。

在我印象里，关宝铃是个柔弱的女孩子，需要有人时刻关注她、照顾她。当然，不是王江南那样惺惺作态的江湖人，而是从心底里喜欢她、娇宠她的人——大亨是吗？坐拥权柄，富甲天下，这样的男人还有余暇去珍惜一个女孩子？

三层、二层……

我清醒了些，听到塔外的水轻轻拍打着塔基，发出轻微的“噗、噗”声。

“风哥哥，回答我，你在做什么？”苏伦的声音变得惶急无比，或许是我急速跳跃中的风声灌进听筒里，她能感觉到我在紧张无比地快速奔跑着。

顾不得回答她，我迅速跳下最后一段台阶，已经到达了一层。

没有人，没有藤迦，也没有神壁大师，一层的空间就这么大，没有任何可供藏匿的地方。视线所及，看不到一个人影。

“藤迦小姐！藤迦小姐！”我叫了两声，猛然发现左手边还有一路向下的楼梯，一下子自嘲地笑起来：“噢，天哪！还没到一楼，当然不会有人！”举步向楼梯走下去的时候，我觉得自己的脑子还算清醒。

十分钟前，我从一层到了塔顶，现在是从塔顶下来，沿着楼梯前进，肯定能回到一层。这是显而易见的道理，我在楼梯上，楼梯的尽头就是藤迦跟神壁大师站着的一层。

第八章
悬浮秘室

听筒里没有声音，可能是苏伦发怒挂断了电话。

我收起电话，以后有时间见了面慢慢解释吧，现在一个在川藏交界的原始森林里，一个在古怪的枫割寺里，再长的通话恐怕都没法顺利沟通。

又下了一层，当我站在空荡荡的地面上，仍旧没有发现藤迦的影子。

怎么？难道是我计算错误，从塔顶下来数错了层数？左手边还有楼梯，我下意识地飞奔而下，因为自己的思想并没有认真地停下来想想到底是怎么回事，只以为楼梯的尽头就是“亡灵之塔”的第一层。

在几次绕着“亡灵之塔”观察时，只发现了通向塔顶的楼梯，于是自己已经种下了“楼梯只是从一层通向塔顶”的顽固印象。

连续下了三层，我的脑子里开始混乱起来，仿佛一脚踏进了无边无际的噩梦里。再怎么算，我也该到达一层了，而不是无休止地在楼梯上前进。

我停下来，大口大口地深呼吸，希望自己能冷静下来想想到底发生了什么。

脚下的楼梯似乎跟原先不尽相同，发出隐隐约约的白光，包括墙壁也是如此。我靠在墙壁上，额头紧贴冰冷的石块，过了大概有五分钟，觉得自己的心情平静了些，继续沿楼梯向下，一步一步地慢慢走。

楼梯里没有人，每一层里也没有人，仿佛“亡灵之塔”里只剩下我一个人。此时我心里唯一的信念只剩下一句：“走到底，走出这座塔！”

我不知道发生了什么，上下塔顶几次，从来没有发生过这样的情况。现在，走在楼梯上犹如进入了一个永远不可预知的迷宫，向下永无尽头。

又转过一个弯，视线里突然出现了一个人，背对着我，坐在楼梯上。她的头伏在紧并的膝盖上，头发随意地向下披垂着，一直拖到地面，就那样无声无息地坐着，一动不动，根本看不出呼吸的迹象。

一个……死人？我扶着墙壁，非常小心地向下走，一直走到她身后。鼻子里钻进法国香水的味道，并且她苗条的细腰也让我感到无比熟悉，她身上穿的是一袭黑色长裙，上身罩着一件又短又轻柔的纯黑狐裘——是关宝铃！是她，肯定是她！我开始变得狂喜，轻轻从她身边走过去，然后转身向上蹲下来。

她仍旧一动不动，像是沉沉地睡着了一样。

我慢慢伸手，握住了她的一绺黑发。她的头发那么柔软顺滑，像是握着一匹质地最优良的绸缎。一瞬间，我忘掉了自己在哪里、在做什么，只想让这一刻永远停住。

没有风、没有水声、没有海腥味——什么都没有，只有这段隐约发光的楼梯、墙壁，还有两个人。

她赤着脚，十个小巧的脚趾略微有些红肿，鞋子却不知去了哪里。很显然，她曾在某段时间里不停地走来走去，为了走得快些，才扔掉了鞋子。

我的鼻子忽然有些痒痒的，用力捂住嘴，扭过脸去轻轻打了个喷嚏。

她被惊醒了，蓦地抬起头，黑发一甩，全部回到背后去了。

“关小姐，是我，风。”我抱歉地向她笑着，但看到她眼里流露出无限的茫然与困惑。

“你能再次回来，我真高兴！”这是真话，关宝铃再次出现，可以平息大亨所有的责难，神枪会与枫割寺都会平安无事，并且我心里悬着的一块大石头也终于放下了。

“又是幻觉吗？”她伸出手，冰冷的手指按在我的额头上，不停地滑动摸索着，动作轻柔得像一个重度梦游症患者。

我静静地蹲着，任她的手在自己头上、脸上、肩上滑动着。她的脸色苍白憔悴，下巴也突兀地尖削着，本来就瘦削的肩膀不停地颤抖着。

“不是幻觉吗？真的是你？”她的嘴唇哆嗦着。这副样子，不再是镁光灯下千娇百媚、万众景仰的华人第一女星，而只是寂寞困顿里孤苦无依的可怜的小女孩。

“是我。”也许我该伸开手臂，给她一个温暖的拥抱，因为现在看起来她又累又冷，的确需要有人给她温暖。

关宝铃收回了自己的手，忽然向前一扑撞在我怀里，随即身子一颤，双臂紧紧箍住了我的腰。

我呆呆地抱着她，幸福的感觉潮汐一样袭遍了自己的全身。这一刻，我真真实实地抱着关宝铃，这个曾经让自己魂牵梦绕的“大亨的女人”。她的身子很轻、很柔软，让我想起小时候自己抱过的小鸽子和小猫，小心翼翼地抱着，生怕她会受惊扰跑掉。

“谢谢你，我真的很害怕，这个地方又冷又静，或许就是人间地狱吧……我不知道自己到底做过什么，上天要这么惩罚我。”她在我胸口呢喃着，泪水打湿了我胸前的衣服。

我轻拍她的肩膀：“没事没事，已经没事了，你已经回来了，就像上次在寻福园别墅里，你不是平安无事地回来了吗?”

这只是很平常的安慰的话，但她一下子坐起来，放开我的腰，不停地眨着眼向四周望着。视线所及，都是散发着隐约白光的石阶、石壁，应该没什么特别怪异的地方。

“回来？不，不，我们还是在这里，怎么会‘回来’？你不觉得这些石壁、石阶都很古怪吗？而且、而且……下面有更怪异的东西……”她伸手向下指着，指尖上的火红色蔻丹亮得逼人的眼。

我的思想仍旧没有转过弯来，或许是刚刚那柔情万种的一抱，让我的思想和灵魂都飞到九霄云外去了吧？根本弄不明白她在说什么。

“下面？我知道藤迦跟神壁大师都在一层，我们下去吧！知道你已经脱离危险，他们不知道会有多高兴呢!”我还在犹豫该不该告诉她大亨曾经来过枫割寺的消息，生怕她听到大亨的消息后，立刻把我抛开。

一旦陷入情感漩涡，每个人的思想都会混沌不堪，无论是贫贱如乞丐还是高贵如皇室贵族，统统是一个道理。如果放在平时，我该早想到事情的怪异——无限增长层数的楼梯、怪异的会发光的石阶石壁、关宝铃的惊恐……

“我们走吧?”我扶着她的手臂，慢慢把她搀起来。

“走？向下还是向上？到底哪里才是出口?”她苦笑起来，眼角忽然流出两串晶莹的泪珠，沿着腮边滑下。

“当然是向下，你需要好好休息一晚，等明天醒来，一切都会恢复正常，别担心。”我扶着她，沿楼梯向下。她的身子颤得厉害，不住地叹气流泪。

再下了一层楼梯，如果我没算错的话，从塔顶下来，这已经是第十三层。

下面出现了白色的光，或许是神壁大师带来了某种照明工具？

我兴高采烈地叫起来：“藤迦小姐、神壁大师！你们看看，我找到了谁?”

没有人应声，下面一片死寂安静，连水声都听不到了。

关宝铃苦笑，伸手按在墙上，不肯再向下走：“我好累，不想再向前走了。你先下去，我休息一下再过来。”她的长睫毛痛苦地扑扇着，泪珠一串一串不停地滚落。

我想了想，迟疑地说：“我不能把你一个人留在这里……我抱你下去好不好?”因为我不想再次功亏一篑，不想再生出什么变化，一定要亲手把她带出“亡灵之塔”。

“你……你难道不觉得这里很怪异吗？为什么一定要下去？我很怕……”她的话语无伦次。

我弯腰抱起她，大步走下楼梯，心里充满了英雄救美的豪放感。比起王江南，我的运气应该好上几千倍。关宝铃从他身边消失，却是被我亲手找了回来，足以证明王江南的能力只配领着神枪会的人打打杀杀，根本照顾不了她。

至少在精神上，我已经完全战胜了王江南，一分钟后，我将成为枫割寺里的英雄，就像上次在金字塔深井里救回藤迦一样。

“天——”

等我真正站在宝塔的第一层里，思想却陡然变得极度混乱、恐惧、惊骇——地面是透明的，我们犹如站在一个透明的玻璃地面上。这里只有一个塔门，却是黑漆漆一片，外面什么都看不到。

我抱着关宝铃，转动着身子向四面看。这里绝对不是原先的宝塔第一层，当然也就找不到藤迦和神壁大师。

“我们……是在哪里?”我的牙齿控制不住地开始发抖，就在地板外面，一条身子柔软颀长的鳗鱼满不在乎地扭动着游了过去，身上的红色斑点散发着幽幽的荧光。鱼是不可能游动在空气里的，我看得出，外面全部是水。

“我不知道。”关宝铃无奈地垂着眼帘，长睫毛颤动着。

又是一条鱼游过来，身子扁平，五颜六色的背鳍像是一排长长的飘带。像刚才的鳗鱼一样，它们都属于海洋鱼类，由此或许可以断定，我们是在海水里。

我看着脚下，隔着透明的地面，我看到了一大群胖乎乎的大马哈鱼，扭动着灰乎乎的身子穿行在大蓬大蓬的海藻之间。到处都有星星点点的荧光在闪烁，这种情形，跟我以前在欧洲做深海潜水时看到的景物一模一样。

“这是一场梦！”我哈哈大笑，放开关宝铃。她的黑色镶钻高跟鞋就在右面的塔门旁边，我大步走过去弯腰捡起鞋子，突然想从门里跨出去。既然是梦，走到哪里都不会受伤害的，大不了惊惧万状地醒来就好了。

我的脚抬起来，关宝铃蓦地大叫：“不要！不要！外面都是水，你会没命的……”

脚停在半空，我犹豫了一下，慢慢向前伸手，穿过漆黑的塔门。果然，指尖先触到了冰冷的水，接着是手指、手掌、手腕，外面真的是水，并且是立体的水，自己的手是从水的侧面插进去的，犹如进入了一块巨大无比的果冻。

“咝——”我听到自己牙缝里不停地倒吸冷气的声音，一点一点把手缩回来，鼻子里闻到一股浓烈的海腥味。手是湿的，足以证明这只手曾真实地进入过水里。

“外面……水？”我腾地向后跳了一大步，用力甩着手，仿佛上面沾了不祥之物。

明明是沿着楼梯一路下来，怎么可能到达了如此荒谬的地方——一个四周是水的玻璃房子？

关宝铃穿好了鞋子，无可奈何地苦笑着：“你现在明白了吧？我们被困住了，而且是被困在海底。在门外，我曾见过一些深海电鳗游来游去，那些生物只在八百米深度以下才会出现，所以，我们目前所处的位置，至少是八百米的水下。”

我蹲下身子，凝视着透明的地面。墨绿色的海藻像是妖怪的长发般飘摇着，成群结队的不知名的鱼在海藻中间穿来穿去。

八百米深的海水之下，应该是一片漆黑才对，但因为这房子发出的隐约白光，却能照亮近处的景物。这种感觉，犹如坐着海洋游乐园的简易潜艇在水底探险一样。

我突然想到了一个问题："关小姐，你有没有发现，我们根本看不到地基？没有地基，我们又是处在哪里的？这座宝塔岂不是要无休止地沉入水里去……"纵然那些古怪的塔门可以挡住海水的进入，那么暴露无遗的塔顶呢？又有什么安全保障？

关宝铃疲惫无比地坐在台阶上："别问我，我好累了，只想有张柔软的床，好好睡一会儿。"

地下坚硬冰冷，坐在上面的滋味肯定不怎么好受。

我打起精神，如果她累得不能走了，我就抱她走，不过这次是一直向上，看看能不能重新回到塔顶。我的轻功完全可以带一个人飞掠下塔而毫发不伤，总之，不能在这里等死。

"关小姐，我抱你上塔顶，我们一定会没事的。"我走过去，伸手托起她。

她闭着眼睛，有气无力地回答："好吧，我要睡一会儿，好累……"

我从透明屋子上升了六层，如果不出现意外，这里应该是宝塔的第一层，但我惊奇地发现，楼梯没有了，这一层的顶上也变成了透明的玻璃。不仅仅是玻璃，还有蠕动着的深海紫蟹，张牙舞爪地盘踞在一丛游动的海葵边，准备捕食猎物。

视线只能看到十米之内，小鱼、海藻、某些荧光螺，还有蜿蜒游动的海沙虫——

十米之外，是一种恐怖的深灰色，也就是深海中的原始颜色。

一小时之内，我跑遍了宝塔的每一层，却始终没敢从塔门里迈出去。每一个门洞都是漆黑一片，外面毫无例外地是冰冷的海水。

关宝铃一直在我怀里，已经沉沉地睡着了。

这是一个古怪的地方，到处是水，人却并不感到窒息，而且石壁上发出的光，足够照亮四周的空间，不至于让我们处在一团漆黑之中。

我取出了电话，一点通讯信号都没有，根本无法向外联系。

我抱紧关宝铃，慢慢清理着自己的思路——

在塔顶，我看到了"神之潮汐"出现，然后下塔。从塔顶到一层，都非常顺利，本来应该落在第一层上，见到藤迦跟神壁大师，结果却无意中进入了这里。这里，应该就是谷野说过的神秘空间，那么这个空间跟宝塔是相连的吗？否则我怎么能从塔里的楼梯直接冲下来？

我是怎么进来的？我还能出去吗？如果……像从前消失在“亡灵之塔”的人一样，永远没有重见天日的机会，能跟关宝铃死在一起，也是一种幸福吧？

关宝铃在我怀里动了一下，更紧地向我怀里贴近了些。看着她光洁的额头和不停颤动的睫毛，我心里的忧惧被无边的快乐取代，自己不得不承认早就喜欢上她了，从在寻福园别墅见到的第一面开始。

王江南对她一见倾心，我又何尝不是一见钟情？

她是“大亨的女人”——我开始试着揭去她身上的这层标签，她是一个人见人爱的女孩子，接受什么人，跟什么人在一起，都是她的自由。无论能不能救她出去，我都不会再放开她了，就算跟大亨光明正大地争夺、就算为她死，我都不会再毫无斗志地放弃。

苏伦？苏伦怎么办？手术刀不是要我一辈子照顾她吗？当苏伦的影子再次跳进我的脑子里，我忽然觉得左右为难了。

我们此刻就是坐在最下面一层的屋子里，脚下是透明的海底世界。

当我向脚底凝视着的时候，发现那些飘摇的水藻正在慢慢放大，起初只是像些细长的带子，但现在看来，每一根都有人的手掌那么宽。从脚下游过去的鱼类也起了变化，竟然出现了只有在一千五百米下才有的深海石斑鱼、极光磷虾和半透明的皇帝蟹。

在欧洲的顶级海鲜餐厅里，我曾不止一次地享用过这三种来自深海的美味，配以紫鱼露、芬兰鹅肝酱和墨西哥香草，味道鲜美得让人流连忘返。不过，现在看到这些熟悉的东西，只会让我觉得一步步陷入没顶的恐慌——这个空间正在下沉之中，海藻并没放大，而是距离它们越来越近。

我目不转睛地望着正下方的海藻，它在我的视线里越来越大，并且我感觉到屋子下沉的速度越来越快，很快，我们将会沉入无边无际的深海。

这个奇怪的结果根本超乎任何人的想象力。我再次看着漆黑一片的塔门，如果从那里游出去，不知道会发现什么？

时间正在一分一秒地过去，看看腕表，已经是深夜十一点钟。

回想自己从塔顶冲下来时，并没有遇到藤迦，她会不会发现我的失踪？会不会想办法来救我？从最初的震撼惊骇中清醒过来之后，我知道目前这种糟糕的情况下，自救与被救都不可能。这种深度的海底，要想摆脱困境，除非有水下潜艇赶来营救。

唉，等到潜艇到来的时候，我跟关宝铃早就饿死、困死在这里了！我无声地苦笑着，伸出手指在玻璃地面上弹了两下，那边正好有一只深海鳞鱼摇动着满身的彩带翩翩起舞着，不知是在求偶还是在招徕猎物。

按照目前的下落速度，大概一小时后，我们就能跟那些水藻亲密接触。再以后，就只能听天由命了，或者像此前进入过这个空间的所有人一样，彻底在地球人的世界里消失。

我想到了大亨，权势可以纵横全球，几乎没有什么事能难住他——他能想到办法来救关宝铃吗？在这个无边无际的深海里，任何权力、财力都将毫无意义，产生不了任何作用。

大亨的人马气势汹汹杀到枫割寺前的时候，可以在瞬间消灭神枪会的人，将枫割寺夷为平地，但却无法进入这里，无法把关宝铃救走。所以，人类的权力总是有鞭长莫及的时候，就算贵为美国总统，在大自然面前也会束手无策。

关宝铃又动了动身子，发出低沉的鼾声。她的手始终紧紧扣在我的腰间，像是怕我趁她睡着时逃走一样。

我是不会走的，就算有从这里逃走的机会，也只能带她一起走，绝不会只顾自己。

怎么才能离开呢？我的视线又一次落在塔门上，从那里游出去或许不是最好的办法，但却是唯一的路径。没有氧气系统，没有脚蹼，没有通讯器材与定向设备，就算侥幸逃出去又怎么样？还不是一样死在大海里？

或者可以打碎塔顶的玻璃——我无声地摇着头否定了这些不切实际的想法。在这样的深海里，最好还是少安毋躁，免得再出意外。而且，我怀里还有个关宝铃需要自己照顾，任何时候，先得考虑她的安危。一旦这个空间爆裂开来，我们被卷入海水里，我或许可以挣扎着自救，她呢？只会死在这里……

一想到死，我情不自禁地抱紧她，仿佛生离死别一样。

我不是轻易动情的人，在到达开罗认识苏伦之前，也曾与几个漂亮的意大利女孩子交往过，但对每个人的感觉都很淡，到现在甚至叫不出她们的名字。

对于苏伦，我们曾在埃及沙漠里共同经历过枪林弹雨，经历过神秘莫测的土裂汗金字塔中的种种变故，在战火中建立起来了深厚的感情——手术刀死了，我是她的、她也是我的唯一亲人，所以这种相依为命的感觉才令我们的关系日益密切。

不知不觉，时针指向凌晨两点钟，关宝铃已经睡熟了，在我怀里一动不动。

我闭着眼睛，半睡半醒地打了个盹，这种诡异的环境里，根本睡不踏实，而且我在担心深水压力变幻无穷，这块玻璃地面会不会出问题？一旦玻璃破碎，我们就会被海底暗流卷得无影无踪。

死是最容易的，地球人的生命其实无比脆弱，怕火、怕水、怕利器、怕窒息。

我不想死，虽然不怕死，但在没完成找到大哥杨天的心愿之前，我不能随随便便就这么死了。

第九章
沉入海底

在这种空间里，时间已经成了不重要的东西，当我被关宝铃的扭动惊醒时，时针指在清晨六点上。她在我怀里紧贴着，闭着眼睛，但颤动的长睫毛表明她已经醒来了。

“关小姐，或许我们该努力寻找出路，不能等——”紧急闭嘴，把那个“死”字咽在喉咙里。中国人不喜欢讲不吉利的字眼。

海藻就在我们脚下，墨绿色，宽度超过一米，像是密密麻麻的原始森林。我们仍然在下降中，但速度变得很慢。我明白，这种下降至少要持续到接触海底泥沙为止。在海底暗流的作用下，运动不止的泥沙很快就会拥过来，把这个空间盖住，然后一层一层覆盖，直到让它成为海底荒丘的一部分。

我们是应该找出路自救，但这种希望看起来非常渺茫。

关宝铃慵懒地张开双眼，向四面看了看，又重新闭上眼，蜷缩在我怀里。

当我迷恋于她小猫般乖巧的沉睡表情时，大亨的女人”这五个字闪电般地从脑海里弹射出来，令我双臂猛地一颤。是富甲天下的大亨用金钱和柔情，把她培养成了万众瞩目的巨星。在她生命里，或许应该出现，也只能出现的是大亨那样独一无二的男人，但却绝不是我。

我是谁？一个籍籍无名的盗墓者，一个未来不知能否成功的小人物——

我配不上她，并且绝对不可以乘人之危，在她最需要帮助与呵护的时候做出什么事来。一念及此，我下意识地立刻放开了手臂，她倏地再次睁开眼，长睫毛闪了闪："怎么了？"

我无言以答，脑子里有些烦乱。

关宝铃离开了我的怀抱，起身整理衣裙，嘴里哼着一支韵律缓慢的曲子，似乎并不为目前的困境而担心。

"关小姐，咱们最好谈一谈。比如请你说一下，你是如何到这里来的？你拜谒'亡灵之塔'和'通灵之井'的目的？你要收购寻福园的想法？这种状况下，只有开诚布公，大家或许才有生还的机会，对不对？"

我始终相信，她绝不可能无缘无故跑去收购寻福园别墅，要知道她根本对于商业运作一窍不通。就算在目前的影坛、歌坛炙手可热，也都是她那个精明能干的经纪人在全权打理，她几乎是个不食人间烟火的女孩子。

她在玻璃地面上轻轻滑步，轻盈地旋转着，像是舞池里艳压群芳的天后，让我眼花缭乱。

可惜没有音乐，否则坐在台阶上欣赏她的舞蹈，是最惬意不过的事，而且并不是人人都有荣幸看关宝铃跳舞的，或许大亨——又是大亨！又是大亨！这个名字已经成了我思想的死结，一运转到这里就会被迅速卡住。

"我从东京片场到北海道来，是出于对'通灵之井'的崇拜。有个人患了很怪异的病，听说枫割寺两大高僧的智慧通天彻地、震古烁今，于是顺路来请教他们。结果，龟鉴川、布门履两位大师根本不接见普通人，再加上寺里来了一个身份神秘的植物人，头几次，我都是无功而返，直到有一次的黄昏，我就要离开枫割寺的时候，听到了上天的神谕——"

她停下来，双脚交叉，做了个"天鹅芭蕾"的动作，大眼睛忽闪着，表情严肃地加重语气重复着："上天的神谕！"

我笑了笑："很好，请继续说，上天告诉你什么？"

在神话传说中，很多人都得到过上天的启示，而我有过在埃及沙漠里听到土裂汗大神的召唤的经历，那虽然不是来自上天的，却也是某种类似于"上天的启示"的东西。

"那种巨大而空洞的声音告诉我，参拜'亡灵之塔'，然后便可以在'通灵之井'里得到未来的提示。"

她转了个圈，裙摆飘飞起来，像一只了无牵挂的蝴蝶。

我忍不住苦笑："关小姐，看起来你似乎一点都不为目前的困境担心啊？不如暂时停下来，多保存保存体力为好。”虽然还没感到饥饿，但我们总会有感到饿的时候，这里上上下下干净得像是刚刚洗刷完毕，肯定找不到任何食物。

她惊讶地望着我：“困境？有你在，什么问题不都迎刃而解了？”

我耸耸肩膀，不明白她为什么如此相信我的能力。

她滑向我身边，做了一连串眼花缭乱的旋转动作，伸手捏住了我的胳膊：“你，埃及无敌勇士，智慧天下无双，对不对？我看过你的自传，并且很希望在二〇〇六年的片约里增添一部盗墓电影，就用你自传里的题材，好不好？”

经过一夜的熟睡之后，关宝铃变得精神异常饱满，跟从前的愁肠百结、沉郁满脸绝不相同，话也明显地多了起来。

“我虽然不知道目前是在哪里，但只要跟你在一起，一定会化险为夷、高枕无忧，不是吗？”她专注地盯着我的眼睛，让我不好意思摇头否认。

我是“盗墓之王”杨天的弟弟，但却没有铁娜他们吹嘘的那样无所不能，很多事得一步一步踏踏实实地做，而不是单靠动动笔、动动嘴就能完成的。

脚下被无边无际的海藻充斥着，某种不知名的带着磷光的虾被我们惊动，慌慌张张地四处逃窜着。

“对，我们一定能离开这里，而且我很希望把埃及金字塔那段经历搬上银幕，现在请告诉我，‘通灵之井’告诉过你什么？”

寻福园的“九头鸟挣命”的凶险格局人所共知，我希望得到的不仅仅是关宝铃收购别墅的原因，也包括渡边城那边的收购目的。更重要的，以大哥杨天对于五行八卦这一门学科的精深造诣，怎么会堂而皇之地建一座“败局已定”的房子出来？

“一箭穿心局”针对的主要目标不是寻福园，但只要有“亡灵之塔”这支冲天长箭存在，随时都会在流年、风水转换牵引下，改变射猎的方向，谁也不能保证寻福园不会被它损害。这种布局，不发则已，一发便是灭门惨剧，人神俱亡，所以才被称为“穿心局”，是风水格局学说上的十大凶局之一。

之所以手术刀会觉得寻福园别墅里埋藏着某种秘密，或许正是基于大哥这样明显的失误，因为在大哥的一生中，做任何决定都是高瞻远瞩、聪明无误的。

“水面上出现的是一段文字，只要把寻福园别墅拆除，那么镇压住‘亡灵之塔’灵脉的障碍便全部去除。接下来，我可以带那位患病的朋友过来，借助枫割寺的灵气，破除他身体里被种下的任何诅咒。”

她的叙述轻描淡写，而“水面文字”这一节稍微有些困惑：“那些文字，是波浪翻滚形成的对不对？你有没有别的感觉，比如想跳下去将这些文字捞上来之类的？”

我曾在水面上看到过被分成两半的星星，并且差点跳入水里。

“不，没有，我为什么要跳进去？我又不喜欢游泳。”她摇头否认。

我无奈地叹气：“好吧，你是怎么到这里来的？据王江南说，你只不过想进来参拜最后一次，可是在没有任何人目睹的情况下就突然神秘地消失了，到底发生了什么事？”

以王江南的愚钝，面临突发事件根本毫无应变能力，最糟糕的是竟然提前通知了大亨，可谓搬石头砸自己的脚。

关宝铃略显困惑地回答：“我不太清楚，那天我离开王江南的车子之后，心情很不好。我讨厌他，但幸好有他陪着，才不至于灰溜溜地离开别墅。我走到塔里，祈祷上天能让我朋友的病迅速痊愈，突然之间，眼前仿佛出现了幻觉，塔外面汪洋一片，紧接着就来到了这里……”

这种回答，与我的想象基本吻合，只有在“神之潮汐”出现的时候，才可能发生神奇的“穿越”事件。我进入这里，也是因为这阵神秘的潮汐。

我站起身，活动活动手脚，准备一层一层仔细搜寻，看看还能发现什么。

楼梯与石壁的结构，表面看上去跟“亡灵之塔”相近，都是粗糙的白色石块。每一层的塔门都被神秘的海水封闭着，但是又一滴水也不会涌进来，我们犹如处身于海洋中的一个巨大气泡里，只要气泡不破裂，海水永远没办法淹到我们。”

顶层的屋顶与底层的地板都是极厚的玻璃，目测大概有二十厘米开外，可谓坚固之极。

是什么人建造了这个奇怪的东西？难道这就是所谓的“海底神墓”？我绕着楼梯上上下下了十几次，大脑一点都不闲着。如果这就是传说中的“海底神墓”，那可真是名不副实了。所谓“墓”必定要有人的尸体残骸，但现在这里一尘不染，像是个随时打扫的展览馆，跟“墓”牵扯不上丝毫关系。

最后一次，我回到最下层，关宝铃精神很好，一直都在哼着曲子，弯腰寻找着海藻间的不同生物，几乎每隔几分钟都会大声欢呼，无论是为了一只虾还是一只蟹或者是某些弯曲羞怯的沙虫。

随着沙虫的出现越来越频繁，我知道这个空间很快就会坠落到海底沙床上。

“我们死了，这个空间叫做‘墓’就有点名副其实了！”我苦笑着自我解嘲。

“怎么？还没找到出口吗？”关宝铃满不在乎地抬头望着我，或许在她心里，我比超人更勇猛无敌、神通广大，随时可以突破空间，让我们俩回到地球人间。

“我想从那里游出去看看，或许能有办法——”我指向塔门。徒手潜泳这门功课我曾努力学过，并且成绩优良，但在如此深的海底进行却从未尝试过。

关宝铃突然变色：“不！不行，你不能游出去，有个人就是从那里出去的，结果再没回来！”

我愣了愣，心脏猛然狂跳起来，大声吼叫：“你说什么？另外一个人？是谁？”

这么重要的事，她此前竟然一直隐瞒，简直太没有道理了。我冲到她面前，气急败坏地抓住她的手腕：“告诉我，是谁？是不是一个美国女孩子？是不是？”

那是我的第一直觉，因为我觉得这个空间里似乎有某种特殊的气味是属于瑞茜卡的。

关宝铃惊慌地连连点头：“是是，她的名字叫瑞茜卡，是《探索》杂志的记者。她比我先到这里，我们谈了很久，而且谈得很投机。她游出去是希望能找到路回枫割寺去，结果一出去就再没回来。”

我用力摇着她的手臂，直到她疼得眼睛里充满了晶莹的泪水。

“为什么不早点告诉我？为什么？”其实，瑞茜卡的存在与否，对我根本不重要。我只是在气恼关宝铃没有向我说明所有的情况，怕她心里有不肯告诉我的秘密。

“我忘记了……我很累，自己真的忘记了，再说，这件事跟我们所处的困境没什么必然的联系。她没法跟你相比，你肯定有办法让我们离开这里，对不对?”

关宝铃一直在流泪，我又一次被她的眼泪击倒了，无条件地原谅了她。

大亨的女人！我眼前的，只是大亨的女人。她有权利保持自己的一切隐私，包括大亨的病在内……也许，离开这个空间，我们很快就会彼此分开，谁跟谁都没有关系！我凝视着她腮上的泪珠，突然有强吻她的冲动，因为我觉得那些泪珠每一颗都比价值千金的珍珠更宝贵。

“不要哭，没事了，真的没事了……”我柔声劝她，恨自己大声吵嚷吓到了她。

我望着漆黑的塔门，想象着那个来自美国的女记者如今不知浮尸何处了。没有氧气设备的情况下，在水中存活不可能超过一分钟。现在已经过了整夜时间，就算是神仙都不一定能救得了她。

脚下似乎震动了一次，地板上清晰显现出海底银白色的细沙来。我们已经到底了，没有计量仪表，无法估计具体深度，但从各种莫名其妙的深海小生物身上，能够想象出外面是一片从未有人类踏足的原始海底。

关宝铃擦掉了眼泪，继续说下去：“我跟她谈得很投机，她说自己曾是洛杉矶大学联盟的游泳冠军，所以才会冒险游出去。我的确是忘记告诉你了——自从你出现，我突然觉得心里无比镇定安稳，什么都不再担心……”

无论怎么说，瑞茜卡已经成为过去式，不管她以前做过什么，此时都不重要了。唯一令我感到困惑的——传说中“亡灵之塔”是“海底神墓”的入口，但我们却莫名其妙进入了这样一个空间，这到底算不算是“海底神墓”呢？我至少要证明这个问题，绝不能老老实实地困守在这里。

我要出去，步瑞茜卡的后尘，但我对自己的潜泳技术有信心，既不想做太平洋上的浮尸，也不要做深海鱼类的饵料，而是顺利出去，安全回来，毕竟这里还有个需要我照顾的关宝铃。

关宝铃可怜兮兮地站在我面前，睫毛上垂着晶莹的眼泪。

我实在忍不住她的诱惑，不自觉地张开双臂把她搂在怀里。“大亨的女人！大亨的女人!”心底里有个酸溜溜的声音一直不停地耿耿于怀地叫着，仿佛要竭尽全力地把我们分开，但我的手臂不断发力，越来越紧地拥着她。

关宝铃的手臂箍住我的腰，脸贴在我胸膛上，头发上的香气填满了我的鼻孔。

这个紧紧的拥抱持续了至少有十分钟之久，我的手臂用力过度，都变得麻木了。

“我很冷，抱着我，别放手……”关宝铃带着伤感的鼻音震动着我的胸膛，让我的勇气一次次空前高涨。

“别担心，我们一定会重返地面，我要做的事，一定能成功！”我在她耳边庄重地发誓。

“我知道，我相信，你是真正的勇士……”

真希望就这样拥抱一辈子，我越来越确信关宝铃才是我今生最中意的女孩子。如果这次能够生还，我会追她，把她从大亨身边抢过来，做我的女朋友。

从来没想到，自己有一天会在一个完全陌生的环境里，抱着自己喜欢的女孩子，并且未来是如此渺茫。想想看，我们正孤单地沉在无限深度的海底沙床上，没有任何通讯工具，没有人知道我们的下落，所以也就不可能得到有效的救援。

在茫茫的太平洋底，就算是一艘波音飞机或者万吨巨轮的残骸，搜寻起来都万分困难，更不要说是这样一幢莫名其妙的建筑物。我无法想象这个空间的外表是什么样的，或许看起来会像某种古代建筑的烟囱遗址吧？

当我抱着关宝铃时，时间似乎过得特别快，我甚至开始不相信腕表上显示的讯息：“四个小时过去了？可我觉得我们只不过是坐了一会儿——不行，我必须得尝试着想想办法，不能坐以待毙！”

我轻轻推开关宝铃，让自己被爱情冲昏的头脑冷静下来：“我要游出去看一看，至少弄清楚这东西的外壁，或许、或许有办法升到海面上去……”这些话无异于天方夜谭，但我一直相信，就算《天方夜谭》上的神话故事是人类编造出来的，最起码也会有开始编造的雏形，不至于是凭空捏造的。

人创造了神话，想必在这些神话出现之前，地球上存在着一群像“神”一样的种族存在，才会有了神话的编纂基础。

关宝铃不再阻拦，并且她的眼神里流露出的信任感让我一阵阵感动。她是完全有别于苏伦、铁娜、萧可冷、藤迦的，柔弱但睿智，那么深刻地相信我，仿佛我们的缘分早就注定了一千年，而不是短短几天的认识、倏忽几个小时的相知拥抱。

“我相信你，咱们一定能回去。”她伸出右手的小指，钩住我的左手小指。

她的唇那么苍白，我不敢再次看她的眼睛，怕自己控制不住欲望的诱惑。江湖中人，最最秉持“君子不欺暗室”的古训，如果这时候我对关宝铃做些什么，就算她不反抗，将来我也会永远鄙视自己。

“等我回来——”我走近塔门，深吸了一口气，骤然跨了出去。

我们的确是在海底沙床上，到处都有星星点点的深海磷光生物在闪闪发光，视线所及，不可计数的巨大海藻像是茂密的原始森林矗立着。当它们随海底暗流摇曳时，又像是恐怖的海底女巫的肮脏头发摇荡着，带着恐怖的震撼力量。

我只有一分钟的潜泳时间，还得随时注意不能卷入海底暗流里，所以一踏入水里，身子便尽量靠在塔身上。经过十几秒钟的摸索，我的心情逐渐放松下来，至少这个空间的外壁仍旧是宝塔的样子，仿佛是“亡灵之塔”的某一截断裂在水中了。

那么，我只不过是从塔顶飞奔而下的时候，进入了隐蔽于地下的塔身，然后随着神秘的力量断裂坠入海底？枫割寺下面直通大海吗？难道一直以来流传的“亡灵之塔是用来镇海眼”的传说是真的，而我们此时就是在海眼里？

储存在肺部的空气已经耗费到极限，我迅速摸到塔门，跃了进去。

这是第一次成功的试验，虽然全身都被海水浸透了，但我的心情却稍微放松了一些。我们仍旧在人类建筑里，而不是一个不知来处的神秘空间。

关宝铃扑过来，不顾我满身湿淋淋的，用力抱住我，又一次红了眼圈。

这个古怪的空间成了我们赖以栖身的家，她像个温顺可爱的小妻子一样等我回来。这一刻，我忽然很想有一个家，不再是一个人坐立行走的孤单浪子，每次回来，都有一个人在灯下等着我。

一个深深的拥抱，驱散了我思想里对深海的无穷恐惧。

“我们只不过是随着断裂的‘亡灵之塔’落入了海底，相信很快就会有人来救我们。”我望着空空荡荡的楼梯，想象着顶层那块透明玻璃露出的海底风景。

“是吗？你确信有人能知道咱们在这里？”

我重重地点头："当然！枫割寺里的神壁大师，还有曾经是植物人的藤迦公主都在塔上。他们知道你失踪了，再加上我——知道吗？藤迦公主跟日本皇室有神秘关系，她能够轻易调动军方采取任何行动，所以咱们不必太着急，很快就能看到救兵。"

其实，藤迦能不能调动军队我不清楚，但大亨肯定能调动驻日美军部队是肯定了，就是不知道藤迦他们会不会再次通知大亨。

关宝铃望着黑漆漆的塔门，忽然打了个寒战："外面……是不是很冷？海水是不是很凉？"

我浑身都在滴水，头发湿漉漉地贴在额头，不过仍然做出满不在乎的样子："没事，我曾经是港岛两届冬泳冠军，低温潜泳是我的专长。嗯，我还想再游出去一次，是从塔顶的门口里——"

困境之中我是她的希望和靠山，无论多么绝望，我都不能率先在脸上表现出来。这个时候，大家需要的是信心，一旦信心崩溃，人的求生欲望就荡然无存了。

水的确冰冷刺骨，但我感到困惑的是，一点都没感觉到深海的巨大水压，手臂在水中划动时，犹如在一个巨大的海水游泳池里一般。说得更准确一点，我甚至没觉察出海浪的动荡，更不要说海底的汹涌暗流了。

难道这个范围内的海水具有某种特性？搜遍了脑子里关于深海潜泳的知识，我也无法解释这种奇怪的现象。

第十章
玻璃盒子

关宝铃很轻易地相信了我的谎言："好吧，我就知道你是最出色的，否则也不会在埃及沙漠里大显神通。这次咱们回去之后，我一定向叶先生举荐你……"

一提到大亨，关宝铃脸上立刻洋溢起了幸福的笑容。

我的脸立刻滚烫发烧起来，下意识地从她身边退开。在她心目中，能被大亨赏识的人都是不平凡的，而我只配被大亨赏识，而不能跟对方平起平坐。他是高高在上的皇帝，而我再勇猛、再睿智，充其量不过是匍匐在皇帝脚下的文臣武将。

"你说，叶先生会不会来救咱们?"她变得兴致勃勃，撩起长发，在玻璃地面上轻盈地转着圈。

"有可能吧，他那么喜欢你。"我忍着满腔醋意，违心地说出了这句话。

大亨的确很在乎关宝铃，因为她的突然失踪而雷霆震怒，我能把她从大亨身边抢走的机会有多少呢？看着关宝铃飘飞的裙裾，我心里翻滚的醋意一浪高过一浪，逐渐波涛汹涌，终于控制不住自己，转身走向楼梯。趁着现在还有足够的体力，我希望对这个空间的外壁进行更多的探索。

没有食物与淡水的情况下，即使有道家内功护体，我撑过一周的可能性也微乎其微，更何况还有个柔弱的关宝铃？

踩着隐约发光的石阶向上，我的思想渐渐被郁闷和忧惧塞满。进入这个空间的过程无法控制、无法想象，只是在极其偶然的状态下才会发生。

那么，我们想脱离这里，也就只能安心等待下次“偶然状况”的出现了。

什么时候呢？三天？五天？一周？

我极力要自己的情绪稳定下来，随随便便地吹起了口哨，不料竟是关宝铃一直哼着的调子。从没跟另外一个人这么久地待在一个密闭的空间里，我已经被她同化了。

一直走到顶层，我抬头看着顶上的玻璃，有种紫色的海藻已经自动覆盖过来，看样子有在上面做窝的倾向。海水显现出一种死气沉沉的深灰色，望不到边，越看下去越令人心惊胆战。

我知道，地球上最深的海底是马里亚纳海沟，最深点为一万零九百一十一米，位于北太平洋西部马里亚纳群岛以东。不知道潜艇进入那条海沟时向天空仰望会是什么感觉，反正在我看来，幽深的海底世界只会让人一次比一次绝望。

一群泛着银色磷光的小鱼迅速游过来，后面则是两条身长超过三米的黑色大鱼在紧追不舍，大嘴张开露出两排锯齿一样白森森的牙齿。

海底也是个弱肉强食的世界，不知道当我下次跃出塔外之后，还能不能平安回来？

站在塔门前，我不断地做着深呼吸，这一次我希望自己能爬到顶层的玻璃上面去，看看这玻璃是如何嵌入建筑物的，顺便考察一下它是不是足够坚固。

深海水压的破坏力大得惊人，就算万吨巨轮的合成金属甲板也会在它们的破坏下像纸盒一样被无情撕碎。

无论如何都不能放弃努力——这是我做事的原则，只要还有一口气在，就绝不放弃努力。我再次跃进水里，浑身的衣服立刻被海水浸透，寒意刺骨，但我凭借着深厚的内功提气支持，顺利地沿着塔身向上摸索着前进。

粗略估算，大概两分钟内我就能到达塔顶，爬到那块透明玻璃的顶上去，但我的头顶陡然砰的一下撞在了一块坚硬的平面上，百会穴猛然受到极大的震动，刹那间真气涣散，海水从鼻孔、嘴巴里猛烈地灌进来。

我迅速捏住鼻子、堵住嘴巴，任自己的身体向下自由坠落。出了这样的意外，我只能暂时退回塔里去。

下坠的过程中，我一直都在仰面向上看着，却惊讶地发现，上面也有一层平面铺开的海藻群——“难道……我们钻入了沙床里，已经被海藻覆盖起来了？我撞到了什么，是海底礁石吗？”头很痛，并且无意中受了这次巨大的惊吓，信心也被挫掉了许多。

我的身子下坠到顶层塔门之后，轻轻划动了几下手臂再次进入塔里。惊魂稍定后，摸摸头顶，就在百会穴的侧面，已经肿起了一大块，疼得厉害。

最令人困惑的是，我究竟撞到了什么？

仔细想想，如果到礁石不会有“砰”的一声出现，当时的感觉，自己是撞在了类似玻璃之类的平面上。就像困在屋子里的麻雀，拼命碰撞窗子时发出的“砰砰”声。

“会是玻璃吗？会是像头顶上这样的玻璃吗？”我沮丧地坐在台阶上，看着身上滴落下来的海水化成涓涓细流，一直向下面流去。

还有一种最糟糕的可能，是我们被卡在海底犬牙交错的礁石群里了。我根本无法钻过礁石缝隙到达玻璃上面去，唯一的办法是绕着塔身转一周，看看能不能突破礁石的包围。如果真的被卡住了，那肯定是死路一条，连军事潜艇也无法贴近过来展开救援行动。

我郁闷地长叹一声，颇有些后悔自己要掺和到枫割寺的内部事务里来。

如果老老实实在寻福园待着，就不会生出这么多复杂变化来了。我来北海道的任务，最重要的是寻找大哥杨天的线索，或许他也正被困在某个神秘的角落里，等待别人的援手呢……而我，他唯一的弟弟，却为了些别人的琐事，莫名其妙地坠入了太平洋底。

如果我死在这里，苏伦会痛苦吗？我想起了苏伦，想起在埃及沙漠里，她因为我一味替铁娜死拼而生气。我知道她是真心为我好，担心埃及彩虹部队的流弹伤了我。这一次呢？她是不是因为我一直对关宝铃念念不忘而生气？

我拧了拧袖子上的水，伸手去掏口袋里的东西，钱夹、手机、钢笔、手帕，当然也包括那枚黑银戒指。所有物品都被海水泡湿了，被一股脑地堆在台阶上。刚刚被关宝铃提起大亨的事分心，竟然糊涂到连入水前掏空口袋的细节都忽视了。

此时已经顾不上会不会感冒的问题，我需要重振精神，再次游出去看看四周的环境。

大亨？如果大亨在，他会怎么做？我脱去外衣，皱着眉冷笑。

据说大亨对于武功和枪械非常精通，年轻时以“十三太保横练金钟罩”成名于港岛黑道，曾经在美国海军陆战队里服役，并且获得过总统亲自颁发的黑鹰战斗勋章。

“你老了，现在是属于年轻人的时代！”我向假想中的他狠狠地挥出一记左勾拳，论武功与智慧，我不会向任何人俯首称臣。如果我下决心要抢走关宝铃，大亨绝对拦阻不住。

第三次，我进入海水中，小心地沿着塔身向上移动。

我觉得此刻的水中攀缘，跟在风平浪静的游泳池里没什么区别，根本感受不到海浪深沉缓慢的冲击和拉扯的力量。

每个有过海水浴场游泳经验的人都清楚，海浪具有非常难以抗拒的牵引力，在救生员的训练课上，这种力量又被称为大海的“向心力”。一个游泳者如果在水中发生抽筋或者脱力的突然情况，结果很可能是被海水拉扯着一直进入深水区，直到溺毙为止。即使没有恐怖的水底漩涡，单单这种“向心力”，已经对游泳新手构成了致命的杀伤力。

如果是处于超过二百米水深的区域里，这种力量已经足够惊人，轻易便能将失去动力的机帆船拉到远离陆地的未知水面，直到所有的船员被活活困死。

我在这片海水中，并没感受到任何来自海洋深处的神秘力量，做任何动作都毫无羁绊，顺畅自如。当我仰面向上望的时候，越来越多的海藻正挤压拉扯着，在我头顶形成了一个整齐的平面。

这种情形，与我在顶层空间抬头向上看时一模一样。

“感觉好像……又是一层玻璃屋顶一样啊？”我已经攀缘到了塔的外壁最顶端，很小心地向上伸手，果然摸到了一层光滑的平面，的确是一块玻璃。

又是玻璃？哈哈，我们难道是在……一块玻璃板下面？惊骇连带好笑，我忍不住呛咳起来，接连吐出四五串水泡。水泡升上去只有半米距离，便被这层玻璃阻挡住了，一个接一个地破裂。

转头向塔下看看，隐约看见沙床上的闪光螺、荧光沙虫发出的点点微光。这座顶面、地板都被玻璃封闭着的奇特建筑物，外观看起来就是一截巨大的工业烟囱，而不是像“亡灵之塔”那样具备塔门外的周遭围栏。

或者可以这么描述，它是另一个被削掉了围栏的“亡灵之塔”，不知因为什么力量的驱使从枫割寺下面直接坠落到大海中。

我缓慢地翻了个身，背贴在塔身上，睁大眼睛向外看。

一条五米长的露出满嘴白牙的深海虎齿鱼气势汹汹地向这边游过来，这种生性凶猛的食肉鱼类喜欢群居生活，在深海遭遇战里，就连号称“深海霸王”的巨型虎鲨都不是它们的对手。

塔门能挡得住海水，不知道能不能同样挡住虎齿鱼的进入。我悄悄做好了下滑的准备，并且很自然地想到，如果虎齿鱼跌进塔里，正好成为我跟关宝铃这几天的食物。在水里，我根本不是它的对手，但要是在陆地上呢？它的杀伤力不会比一只观赏犬更大吧？

同时，我警觉地向它身后望着，生怕这是一次成群结队的捕猎行动，那样一来，宝塔就要变成虎齿鱼的储存库了。果不其然，就在这条鱼的侧后方大概七米外，又有四条同样体型庞大的同类倏地从深灰色的海水背景里闪了出来，嵌在头骨前方的小眼睛一动不动地直视着我。

生物学家解剖虎齿鱼时发现，这种鱼类的两腭咬合穿透力胜过点三八口径的左轮手枪发射出的子弹，可谓锋锐有力之极，但它们的大脑体积却只有点三八子弹的三分之一，并且只有视觉神经与咀嚼神经足够发达。

对付这种敌人，除了切断它们的脖子之外，根本没有任何手段能令它们失去攻击性。

我的袖子里仍旧别着一柄战术小刀，用它来跟虎齿鱼搏斗，无异于去用牙签干掉亚马逊河流里的超级锯齿鳄。所以，我已经做好了撤退的准备。

四条、八条！竟然同时出现了十七条虎齿鱼，并且在深灰色的动荡背景后面，很可能隐藏着更多它们的同伙！有资料可查的最高纪录，是在同一海域同时出现了多达六百四十条成年虎齿鱼。那次战斗，这群疯狂的家伙群起而攻，干掉了至少十五条成年黑鲨，同时还令四头幼年白鲸成了“城门失火，殃及池鱼”的牺牲品。

我只能选择悄悄逃走，因为自己还不想这么快就被鱼群撕碎。此时我只距离塔门三米远，只要放松身子，下沉四秒钟时间，便能顺利地进入塔里。

鱼群那边的海水陡然一阵发浑，搅动起了几十个无规则的漩涡，那是凶猛鱼类发动攻击前的加速先兆，我开始下沉，袖子里的小刀也弹了出来，随时准备与虎齿鱼搏斗。

水更冷了，令我察觉不到自己是否已经惊骇得汗流浃背。

虎齿鱼向前猛扑的速度像是长焦镜头的突然拉近，尖锐的鱼嘴部位瞬间在我视线里放大了三倍有余，但接下来发生了更奇怪的事——

率先发难的那条鱼狠狠地撞中了什么东西，嘴、头骨猛烈变形，随即丝丝缕缕的鲜血开始在水中漂浮起来。它的身子也在翻滚着下坠，无力地在水里变成了自由落体。

怎么回事？我的手已经抓住了塔门的边缘，扭头看着这一幕奇景，实在困惑到了极点。

“嗵、嗵、嗵、嗵”连续四声，有四条鱼也步同伴的后尘，撞在一层看不见的墙壁上，用力过猛，同时进入了暂时休克的状态，落向海底。

我退回塔里大口喘气，回想着方才这惊险的一幕。

它们撞到了什么？是、是……玻璃，对，是玻璃，同样的玻璃墙……很明显，这群虎齿鱼已经发现了我，并且看得出我会成为它们的美餐，才会不顾一切地冲过来。

在神秘的海底世界里，大型食肉鱼类是一切生死存亡的主宰，它们才不管两条腿的人类有多高的智慧和地位，统统大嘴一张任我食用。虎齿鱼横行霸道惯了，小脑子里除了张嘴吃饭，什么也不会多想。

隔着塔门，我把手伸入冰冷的海水里，倏地想通了这样一个问题：“如果四周全部有玻璃墙环绕遮挡着，我们岂不是变成身在一个透明的玻璃盒子里了？”

一个透明的玻璃盒子，与外界的深海水流完全隔开，自成一统地沉没在水底……

能做出这种结论来，得需要一定的勇气与想象力，我苦笑着凝视着头顶那些飘摇浮动的海藻，各种叫不出名字的深海小鱼在海藻间畅快地游来游去，尽情享受着属于它们的水下世界。

“风，风——”关宝铃一边叫着我的名字，一边慢慢走上来。

我颓然答应了一声，发现自己身体里的勇气和力气都在迅速消失着。建造这种玻璃盒子的工艺，以地球人的水平完全可以做到，但是做这种东西出来有什么意义呢？如果是为了深海潜水，大可以用高速潜艇代替，何必又是石塔楼梯、又是玻璃屋顶的费这么多功夫？

关宝铃踮着脚，踩着满地水渍走上来，看见地上放着的黑银戒指，惊讶地叫起来：“咦？黑银戒指？你怎么会有这种东西？”

她脸上蓦地显出一片惊惧之色，向后猛退了一大步，后背贴在墙上。

我苦笑着：“别怕，这东西不是我的，而是——”如果她知道这戒指曾经放在自己身上，说不定会更害怕，于是我改口说，“戒指是另一个人的，也就是你曾见过的美国女记者瑞西卡。”

我的推断没错，世界上不存在两枚完全相同的黑银戒指，啄木鸟黑银戒指的主人绝对是、也只能是瑞茜卡。

我知道自己的样子肯定很狼狈，浑身都在滴水，满头满脸都是咸湿的海水。

关宝铃捏起戒指，仔细地看了几遍，脸上的稚气与闲适全部消失了，取而代之的是一种淡淡的忧伤："风，这是危地马拉的黑银戒指吧？我朋友就是因为这种邪恶的东西才得了怪病——"她的嘴唇哆嗦着，转动指环，迎着亮光凝视着那颗琥珀石。

她始终不肯说病的就是大亨，一直在我面前替大亨遮掩，可见大亨在她心里的位置非常重要。

"对，是黑银戒指，不过它是戴在别人身上的，如果上面下了黑巫术的咒语，也只对佩戴的人有效，不必担心。"我苦笑，真正该担心的是我们自己的命运，沉在几千米的海底之下，虽然临时还没有生命之虞，七十二小时到一周之内，我们的生死大限就会来临。

关宝铃那么柔弱，我不想把这么沉重的包袱压在她肩上，如果最终结果只是死路一条，何不让她再快乐平静地走完人生最后一段？

"诅咒——都是地球上生存的人类，虽然肤色不同，但大家必定都是'人'，都是同类，何必同根相煎？"她放下戒指，黯然神伤，转而仰面看着屋顶。

如果刨除了生存的危机，就这么仰面看着复杂美丽的海藻与小鱼们嬉戏，肯定是件无比惬意快乐的事，就像我们在海洋公园里游览水底世界一样。这种真实的海底美景，要比人工合成的虚假世界玄妙得多，就算花再多的钱，都不一定能得到这种观感享受。

海藻的须根正在迅速繁衍密布，过不了多久，它就会把这个玻璃盒子全部盖住，就算有深海潜艇前来搜救，也根本没办法发现我们了。也许，这一次的遭遇，注定要将我跟关宝铃合葬在一起。

"风，我们要死了是吗？根本不可能从这里逃出去，对不对？"她不再用虚假的快乐掩饰心里的不安，明亮的眼神黯淡了许多。

她是聪明人，我肤浅的谎言根本瞒不过她。

"对，除非发生奇迹。"我不再隐瞒，索性大家一起坦然面对残酷的现实。

"奇迹？我知道，奇迹并非天天会发生的，生活并不是可以任意剪辑修改的剧本。"她走向塔门，双手伸进漆黑的水幕之中。

“外面，是个巨大的玻璃盒子，把大海与石塔隔开。我们身处的这个古怪建筑建造得非常令人费解，但却无法突破。我会再次游出去检测一下，看看外壁距离石壁有多远，如果玻璃盒子这段空间里连水藻、鱼类都没有，这可是个不大不小的糟糕问题，我们——会因为找不到食物而活活饿死……”

我做出嚯嚯的磨牙声，希望能逗她开心一笑。

一瞬间，我脑子里跳过一个古怪问题，张嘴要说，关宝铃已经提前叫出来：“不，不可能！如果是个封闭的玻璃盒子，那么瑞茜卡去了哪里？她没再回来，我以为她是迷了路，或者被海底暗流卷走了……假设空间是密闭的，她应该、应该……”

她伸手捂住脸，不忍心再向下说。

我想到的是同一个问题——瑞茜卡的下落！如果她仍在盒子里，那么当我找到她时，或许早就变成了一具浮尸。

这真是个残酷之极的假设，在海底的密闭空间里，我、关宝铃会跟一具尸体共同存在一起。我长吸了一口气，抹去头发上淋漓的水珠，斩钉截铁地说：“我出去找她，或许她还活着……或许她找到了另外的某个藏身之处，别怕别怕……”

关宝铃咬着雪白的牙齿，长睫毛艰涩地颤动着，瑟缩着瘦削的肩膀，低声回答：“我不是怕，只是难过。我死了，他会无比难过，他是那么疼我宠我……”

一股汹涌的火焰直冲我的头顶百会穴，刹那间丹田、膻中两处地方灼热难当，仿佛有几百只蚂蚁同时在经络里疯狂啮咬着。

冷静、冷静、冷静——一定要冷静！我在心里大声命令自己，这种身体的异常感觉正是内力走火入魔的前兆。

足足有三分钟时间，我才勉强把那股无名之火压制下来，连续吐出十几口郁闷的浊气。大亨对关宝铃的确够好，我有什么好生气的，难道在认识我之前她不能接受别人的照顾吗？

我近在咫尺地盯着她的脸，想象着是不是有别的男人在我之前已经摸过这张娇美的脸呢？枫割寺前，大亨从直升机的舷梯上走下来气压全场的那一幕，让我既羡慕又嫉妒。

她会是属于我的女孩子吗？她会属于我吗？从现在起属于我自己——

肆

第六部　海神铭牌

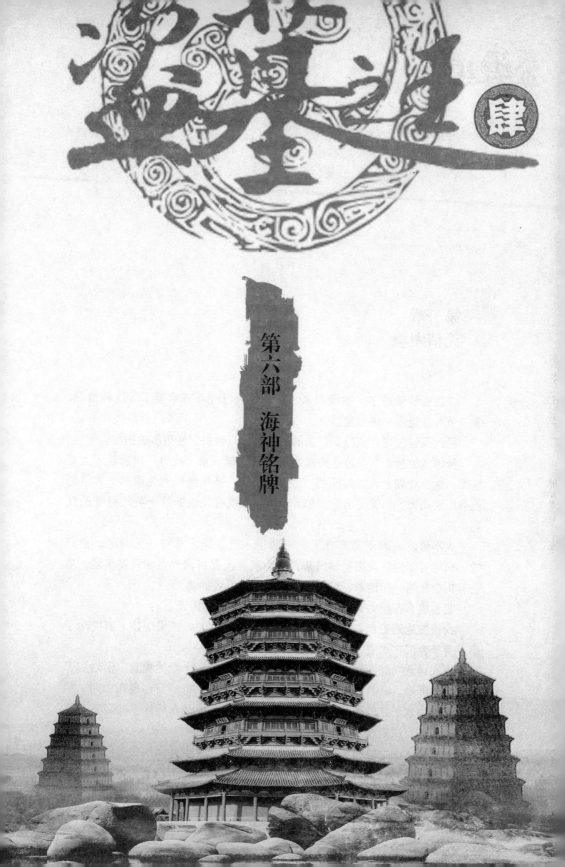

第一章
无情困境

“我去找瑞茜卡，她没回来，并不代表已经死在水里了。这种情况，多一个人总能多一份力量。”

我没跟她说虎齿鱼撞昏过去的事，那样只会引起她更多的担心。

身体里的怒火在我跨进海水之后渐渐冷却下来，我再一次想起了大哥杨天。他是江湖上人人敬仰的“盗墓之王”，当年他风光无限时，大亨还没有出人头地。所谓“各领风骚十几年”，也就是说的这个英雄更替的江湖规则。

人不可能一辈子高高在上、一辈子一统江湖，总有一天会老、会颓败，而后有新的江湖高手站出来，成为所有人瞩目的焦点。只要年轻，总会有机会超越一切前辈，或许大亨的今天就是我的明天。

我会成为超越大哥的新一代“盗墓之王”，名扬天下。

我缓慢地划着水，一直向塔身的最底部游过去。如果瑞茜卡真的出了事，身子会沉在水底，这是必然规律。

当我有意向外面游去的时候，大约在距离塔身十米的位置，便触到了那层玻璃屏障，并且这屏障是浑圆的弧形圆柱体，将塔身包裹在中间。相信此刻玻璃盒子之外必定是暗流汹涌，而我们却像是水族箱里的观赏鱼类一样，可以自由轻松地游来游去。

当一个人的心境慢慢变得平和的时候，屏住呼吸的限度会自然而然地延长。这一次我绕着塔身转了一圈，并且触摸到了底部的玻璃地面，然后才回到塔内。

关宝铃已经心事重重地从塔顶下来，站在透明的地面上等我。

“我们被罩在一个玻璃圆柱体内，只是我并没有发现瑞茜卡，无论是活的还是死的。”我苦笑着抹去脸上的水珠。浸湿的衣服死死裹在身体上的感觉并不好受，但又毫无办法，只能硬撑着。

没发现瑞茜卡，让我的思路又被拦腰截断了。生要见人，死要见尸，这是颠扑不破的真理，她这么一个大活人怎么可能好端端地就凭空蒸发了？

在我能够搜索到的空间里，没有海藻，也没有微生物，但我能判断出自己接触到的全部是货真价实的海水。既然是海水，怎么可能永远保持清澈而不产生微生物？除非是有人对这部分水进行过特殊的净化处理。

关宝铃站在塔门边，脸色晦暗无比，跟在寻福园时的珠光宝气、春风满面截然不同。

瑞茜卡是《探索》杂志的记者，体能与应付紧急情况的能力肯定不及我的十分之一，那么她会去了哪里？难道玻璃罩子上会有不易察觉的暗洞，可以容她通过。可是，她总不会傻到把自己置身于几百米的深海里做鱼饵吧？

“风，你有没有听说过‘海神铭牌’这种东西？”关宝铃皱着好看的眉，犹如捧心的西施，让我情不自禁地心疼。

我思索了几秒钟，然后摇头：“没有，那是什么？”

关宝铃指着塔门外面，用十分困惑的语气回答：“我不知道，但瑞茜卡总共进入水中五次，第四次回来的时候她告诉我，在塔身上嵌着一块牌子，上面用奇怪的文字镌刻着这句话。她的表情很奇怪，因为那些文字不是想当然的日语，也不是全球通行的英语或者海盗年代随处可见的西班牙语，而是——中国古汉字……”

“什么？”我惊叫起来。

“是，是中国古汉字。瑞茜卡重复了四五次，用很肯定的语气，那些文字是中国古代秦国统一六国之后，由丞相李斯创立的小篆。”

“哈、哈哈——”我大笑起来，觉得关宝铃说的这句话简直、简直是离奇之极。

关宝铃困惑地跺了跺脚，苦笑着分辩：“我知道这些话听起来让人觉得好笑，所以才没有全部告诉你。我虽然对中国古文化并不精通，却也知道在日本的佛塔身上不可能出现这种东西，而且是什么‘海神铭牌’——她消失后，我一直都想走出去看个究竟，但我的潜泳技术实在差劲，又没有这种勇气……”

我笑了一阵，为了保存必要的体力而停止下来。几次潜水，又没有必要的热量补充，我已经感到自己的体能在迅速下降。

“在第四次与第五次潜水之间，她只休息了很短的时间，大概不超过三分钟，因为她看上去非常兴奋，脸颊发红，双眼放光，仿佛发现了足以颠倒乾坤的宝物一样。我不明白‘海神铭牌’到底是什么，只想知道什么时候可以返回枫割寺。她没说更多，便匆匆返回水里，结果就再没出现过。”

关宝铃平静地叙述完这件事，有些难为情地笑了笑：“关于‘海神铭牌’，就这么多。我在想，她不在水里，会不会是发现了什么，沿着某条暗道进入了……进入了……”这句话没有继续下去，看来她也知道在茫茫无际的深海里，就算发现暗道，也不可能通向地面。

关宝铃很聪明，如果不是瑞茜卡离奇消失，她是不会说出这些话来让我取笑的。这样的故事说给任何人听，只怕都会引人发笑。

“其实很简单，我只要游出去，绕塔一周，就能确定有没有什么牌子的存在。放心，如果发现生路，我不会抛下你，永远都不会！”我很想紧紧地抱她，虽然她一遍遍提及大亨，一次次有意无意地刺痛了我的心，但我没法放开这种刻骨铭心的深爱。

“唉——风，有些话，我想告诉你，不想让你误会，或许应该等到离开这个困境之后……”

她又开始语无伦次，不停地轻轻跺着脚，凝视着脚下在海沙里钻来钻去的十几只巴掌大的荧光蟹，一副心事重重的样子。

我不想再听任何有关于她跟大亨的话题，多重复几次，真有可能会逼得我走火入魔、血冲七窍而死。

“关小姐，等我做最后的努力，回来之后，再多的话都可以慢慢说，好吗？”不等她回答，我已经走向塔门。

“好吧！”她吐出这句话的时候，我已经跨入了海水里。

没有方位、没有角度、没有氧气设备，要在七层高的塔身上寻找一块牌子并不是件容易的事，但我明白，既然瑞茜卡几次出塔都是从第一层这个门口出去的，必定离那牌子很近，高度不会超过第二层门口。

我几乎是大踏步地在水中缓慢行走着。遥远的深海里，很多自然发光的水生物飘忽游走着，有的速度快得像瞬息即逝的流星，有的却像是对开的车灯，一直向我这边游来；有的走直线，有的又像萤火虫一样划着不规则的舞步……

当我在塔门原点的位置准备向上移动时，猛然发现就在门口上方四十厘米的高度，有个长一米、高五十厘米的凹洞。我伸手比画了一下，凹进去的深度至少在十厘米以上。

似乎就是这里了，如果塔身上真的嵌着某个牌子的话，于情于理都应该嵌在这里才对。牌子哪儿去了？难道被消失的瑞茜卡一起带走了吗？

回到塔里之后，我觉得浑身的所有关节都在酸痛着，特别是双肩跟胯骨，在不停的水下划动情况下，这两处地方出力最大，也就最先感到脱力的危险。

如果有瓶烈酒，或者有堆篝火就好了，至少能驱驱寒气，但现在什么都没有，甚至没有粮食和水。毫无办法，一切只能忍耐。

我看看表，又过了二十四小时，在这种半昏不白的光线下，根本分不清黑夜与白天。

我需要睡一会儿，太累了。醒来之后，我会继续找那块牌子的下落，或许一切逃生的关键就在牌子上……我肯定是发烧了，因为一直觉得冷，浑身都在颤抖。

从离开意大利之后，我从来没生过病，早就忘记了药片的滋味。当我倒在冰冷的石阶上时，尽量地把身体蜷缩起来，希望能忘记寒冷，尽快地恢复体力，再到海水里去寻找——体能的衰减只是威胁的一部分，当我们开始变得饥肠辘辘、口渴难忍时，才是最致命的恐慌。

我真的病了，除了害冷，身子一直抖个不停，并且浑身一片滚烫。迷迷糊糊中，我觉得关宝铃在我身边躺了下来，紧紧地抱着我，用自己的身体吸收我发高烧时候的体温，而且她的两臂一直环住我的脖子，脸贴在我的额头上。

不知过了多久，几次从昏迷中醒来，我知道关宝铃在用力揉搓着我的额头，用中国人最传统的刮痧发散的方式替我治病。我脑子里已经乱成一锅粥，一会儿是“通灵之井”里的神秘星星，一会儿是满身金甲的藤迦平静地躺在棺材里，一会儿又是自焚的龙僧、自焚的兵见、自焚的布门履大师——

“苏伦、苏伦、苏伦……”我听到自己的心声，此时此刻，最迫切需要的是苏伦在我身边，而不是去那个该死的阿房宫。

阿房宫被项羽的一把火烧成废墟了，这一点毋庸置疑，那么多史学家、盗墓者都考证过了，何必再去漫无目的地刨根问底?

自己的耳边似乎又响起了水泡声，一串串地从幽深的海底翻滚上来，带着无比神秘的启迪。

大哥！大哥！你到底在哪里？我不会忘了到北海道来的正事，永远不会忘。记得自己曾经起意要把寻福园书房里的所有书籍翻个遍的，把那些跟《诸世纪》神秘预言有关的书本单列出来。除了《碧落黄泉经》之外，《诸世纪》也是揭开大哥失踪之谜的关键。

大哥从《诸世纪》上发现了什么？他毕生与盗窃古墓为伍，绝不会只是为了钱、名声、死人的珍宝，而是有更远大的追求，我确信这一点。否则，他也就不会在功成名就之后仍旧漂泊江湖、苦苦追寻了。

头痛得厉害，仿佛要四面开花地炸裂一样，我正在极力地调整呼吸，希望以内力循环来驱散侵入身体的风寒。我心里还有个不屈不挠的信念，就是将来有一天，一定要教不可一世的大亨在我面前俯首。如果要彻底赢得关宝铃的心，就一定要战胜大亨，在钱、权、势、能上全面超过他。

我要找到破解黑巫术的办法，帮大亨尽快摆脱怪病困扰，然后做公平竞争的对手！迷迷糊糊中，我在冰冷的台阶上不停地翻着身，额头上几乎时刻能感觉到关宝铃凉滋滋的掌心。

她是我的，她属于我！她一定是我的！一想到关宝铃，我下意识地攥紧双拳，仿佛这样就能把她永远留住，永远地握在自己的掌心里。

昏迷加怪梦，持续在我脑海里上演着——

我看到有十几艘灰色的军用潜艇从玻璃盒子上空掠过，但它们根本发现不了在海藻掩盖下的我们，雪亮的水下探照灯笔直向前，丝毫没有意识到就在它们的眼皮底下，还藏匿着这么大的一幢古怪建筑物。

我想大叫，但喉咙里像塞了块棉花，又哽又疼，发不出一点声音。我甚至不能说话，不能喘息，如同一只被丢上沙滩的鱼，奄奄一息，坐以待毙。

怎么才能……回到地面上去呢？能够无意中进来，会不会无意中出去？海神铭牌又是什么？为什么会用中国古汉字撰写而且是嵌在这个莫名其妙的建筑之上？瑞茜卡呢？她去了哪里？那块牌子去了哪里？

我醒了，仍然头疼欲裂，但起码思想正在逐渐走向清醒。其实我是被吵醒的，因为关宝铃一直在哑着嗓子大叫："风，快起来！快看看发生了什么事，我好害怕！我害怕……你快起来……"

她已经惊惧得一边叫一边大哭，用力摇着我的胳膊。

头大如斗的情况下，我用力睁开眼睛，自己此刻是斜躺在台阶上的，身子底下垫着关宝铃的黑色狐裘。

她跪在玻璃地面的中心，双臂上扬，无力地空中挥动着。

"怎么……了？发生了什么事？"我撑起身子，浑身虚脱无力，一阵天旋地袭来，几乎无法控制地再次跌倒。似乎从来没发烧到这种程度过，虽然没有体温计，粗略估计，也要超过摄氏四十度以上。关节酸痛，胃里也像是喝了过量的烈性烧酒，灼痛得厉害，伴随着一阵连一阵的干呕。

"我们脚下有个神秘的大洞！你看，是个……洞，一个带着玻璃盖子的洞……那是什么？那是海神的宫殿还是魔鬼的十八层地狱，快过来看……"关宝铃的声音颤抖得音节断裂，说不出一句完整的话，根本就辞不达意。

我深吸了一口气，强自提聚内力，让丹田里储存的热流缓缓在经脉里滚动着。这种剧烈的病态下，实在不适合冒险施展"兵解大法"，只能慢慢来，一点一点撑起身子，用力扭动脖子，向关宝铃脚下看去。

重病之下，身体的虚脱也令我的眼神涣散，视力模糊，经过十几秒钟的调整之后，我才看清那层玻璃地面之下，正在发生着奇怪的变化。

仿佛有一架强烈的鼓风机正在疯狂地向沙床上吹着，米白色的海沙正在被大片大片地卷起，所有的海藻、碎石、沙虫都随着飞舞旋转的沙龙被一起赶走。海沙移动最厉害的地方，已经形成了一个直径一米多深的沙坑，沙坑里正有一阵奇异的红光投射上来，像是下面有一只蒙着红布的强力探照灯正在工作。

红光穿过玻璃地板射上来，直打在一层的屋顶上，形成一个直径接近一米的红色光斑。

我距离那个沙坑位置有六米远，视线受了阻隔，看不到下面是什么，但能感觉到红光的来源非常古怪——虽然称之为"光"，但它的成分组成又与地球上的灯光完全不同，因为它实际上不是简单空洞的光线，而是像具有实际质量的浓稠的"光雾"。

如果有高倍的光学放大镜，我想肯定可以分析到这是一种挟带着无数微粒的“光雾”，可是雾怎么能通过玻璃进入这个空间？难道已经把玻璃击穿了吗？

“快起来！风——我的脚软了，根本站不起来，救救我……”关宝铃跪着的位置，就在沙坑侧面。这是在莫名其妙的深海海底，并且相隔的只是层玻璃，那种历历在目的恐怖感，又岂是一个柔弱女孩子所能承受的。

到处都是沙龙在翻卷着，却看不见工作着的鼓风机是安装在何处的。沙坑在持续扩大中，逐渐地延伸到她的脚下，于是红光迅速包围了她。

这种光雾看起来真是怪异，会不会是某种强烈的腐蚀射线……我不敢再耽搁时间，内力骤然提升，屈膝跳起，踉踉跄跄地向前扑了过去。本来标准漂亮的鱼跃动作，在大病之下走形得厉害，脚下一滑，身不由已地一头撞出去，滑倒在地板上。

借势翻滚中，我及时伸手拉住了关宝铃的手臂，将她带离那片光雾。

关宝铃尖叫了一声，跟我一同撞在墙角。

我挺起脖子，看着身子下面飞舞的沙龙。无数海沙呈四面开花的形状向外翻卷着，可以推断风的来源是在海底。沙坑最深的地方已经达到两米，而那种红光正有越来越强大的趋势，照射在屋顶上的时候，甚至会令我担心，整座建筑物都要被红光穿透摧毁掉了。

“风，这是什么？告诉我这是……什么？什么？”关宝铃搂住我的脖子，冰冷的脸紧贴过来，牙齿也在的的打颤，像只被吓坏了的小猫。

我搂住她的肩膀，轻轻嘘了一声，示意她不要开口。面前的古怪现象，或者可以解释为潜水艇将要浮出水面时的排水程式，然后会慢慢地把艇身背脊浮上海面，各部位缆绳、标杆次第打开，信号灯也发生作用。

当我这样想的时候，脸上突然露出了微笑，自嘲地向着怀里的关宝铃低声说：“没事，或许只是一艘潜艇而已。这样的怪物是海洋里的不速之客，据说潜伏在太平洋里的数量已经超过了六千七百多艘，分属于全球十二个国家。”

我不是信口胡说，六千七百多艘的数字是来自五角大楼的秘密报告。

超级黑客小燕总会时不时地发些绝密资料进我电子邮箱，比如某国总统的小蜜裸照、某国元首在瑞士银行的最新账号密码之类的，更多的则是美国人视为绝密的五角大楼黑暗渠道报告。

他喜欢探测一切五角大楼方面的机密，声称要让自己手指上的“红旗”光芒解放那个万恶的资本主义社会。

这一切让我啼笑皆非，因为那些东西对我来说毫无意义。我的兴趣爱好是盗墓和古董，这种资料一般是不会出现在五角大楼的报告里的。

如果脚下只是潜艇，对我和关宝铃来说，反而是件值得庆贺的事，不管它来自哪个国家，总算是属于人类的，即便是把我们当作研究对象俘获运走，也比永远囚禁在这个古怪的玻璃盒子里好。

精神大振之下，我忽然觉得有了力气，倚着石墙盘膝打坐，尽量地让丹田之气冲进身体的奇经八脉，驱散寒湿毒气。就算是要做别人的俘虏，也不能太狼狈，总得保持一点形象。

“只是潜艇吗？可是、可是它怎么会埋在海底的泥沙里？我虽然没坐过潜艇，但去年拍过一部关于海战的片子，很明显，它是没法在沙子里工作的。风，告诉我实情，我真的……快被吓死了——”关宝铃伸手揉搓着自己的心口，脸色苍白，大眼睛里放射出绝望的寒光。

她用力地蜷缩着身子，眼睛一眨不眨地看着红光照射的范围越来越大，喉咙里可怜兮兮地抽咽着。

我“啊”了一声被噎住了，一定是过度的高烧让自己的思维出了问题。

潜艇不是挖沙船，肯定不能在沙床下工作，否则它的循环系统、螺旋推进系统会被无孔不入的海沙全部毁掉。它的机体进入沙中的最大限度绝不超过三分之一，但现在很明显的情况，发出红光的物体是严严实实地被埋在沙里的，而且深度不低于八到十米，否则也不会过了这么长时间而我们浑然不知。

“抱歉，我脑子有点糊涂了——”我在自己百会穴上狠狠地拍了一掌，借着内力在颅骨里的震荡，让自己能够变得清醒一些。

关宝铃只是在发抖，左手尖尖的十指不停地在胸前画着十字。

当红光逐渐笼罩了全部的玻璃地面之后，我拼尽力气拉起关宝铃奔向楼梯。

这种“光雾”的特质无从考证，我怀疑其中会带有不明来历的放射线——在很多科学纪录片里，我见到过氯气弹破裂后发出的绿色烟雾，具有强烈的腐蚀性，能将活生生的彪形大汉化为血水。

关宝铃喘得厉害，几乎要瘫软在我身上。

密闭的玻璃盒子肯定是连声音一起挡住了，否则如此强劲的鼓风系统所发出的气流声、水流声、沙旋声会把人的耳朵震聋。

第二章
沙床上的神秘洞口

大约有一个小时的时间，玻璃地面下的海沙已经被全部清空，露出一个深十米的垂直洞穴。我们坐在楼梯转角处，视线略受阻挡，只能看到洞穴最底下是一个光滑的平面，而红光就是从里面射出来的。

“这好像是一个巨大的玻璃面探照灯，对不对?”我低声自语。任何人都可能犯常识性的错误，比如我刚刚以为下面会埋藏着一艘潜艇的事。关宝铃两年来与好莱坞方面的强势导演合作过四部以上的战争片，耳濡目染，对二战以来的军事设施也会有一定的了解，所以才不会盲目相信我说的话。

关宝铃颤抖得更厉害，目前看来，我们所处的这个玻璃盒子很可能坠入洞穴里面，被无边无际的海沙掩埋。

红雾已经充满了空间的第一层，竟然沿着楼梯向上一直蔓延着，犹如成群结队的红色蚂蚁沿石阶向上。我扶着关宝铃跌跌撞撞地一直爬上顶层，希望能够暂避一时。

“看，你看——”关宝铃从我手中跌倒下去，用力伸手向上指着，表情惊惧到极点，雪白的牙齿叩响的频率越来越快。

不仅仅是她感到恐慌，我也毫不例外，因为此刻玻璃屋顶外的海水已经被红光映得一片通红，特别是近处的海藻，红得像品质最优秀的极品红珊瑚一样。

“别担心，别担心，没事的……”我想不出更巧妙的词汇来安慰关宝铃，这种状况根本无法估计最后的结果。我的目光追随着一只惊慌失措地企图从红雾里逃窜出去的海蟹，至少它比我们幸运，不必手足无措地在这个既定的玻璃盒子里枯坐等死。或许，当楼下的红光蔓延到我们脚下时，一切就到了结束的末日。

我再次看着腕表，时针、分针、秒钟都静静地停着，故意跟我作对似的，一动不动。

“看来，我该换一种手表牌子了！”我自嘲地笑起来，红光、深洞、随之而来的海沙的埋葬、生命的彻底结束——很多人到北海道来寻找“海底神墓”，是不是其中大部分还没找到传说中的“神墓”，却先给自己设下了埋葬一生的“海墓”。

下面到底是什么？海底军事基地吗？外星人的巢穴？UFO 的发源地？或者是神话中的海神宫殿、深海地狱……想象力可以拉扯得无比遥远，但红光却已经彻彻底底地爬上了第三层，按照这种升高速度，很快这个玻璃盒子就会被红雾占领。

“风，有些话我一定要告诉你，这是最后的机会了。”关宝铃用力清了清喉咙，挺身站起来，表情严肃。

我觉得情况还没她说的那么糟，自己绝不会悄无声息地死在这里，于是抬手制止她：“不必说了，我不想听。我们还有机会，瑞茜卡已经从玻璃盒子里逃出去了，我们也能，一定能！”这不是我的盲目乐观，我相信自己的身手要比瑞茜卡敏捷强悍十倍不止，她能逃出去，我当然也能。

暂且管不了深海水压、海底凶鱼之类的，怀着对红雾的无名恐惧，我们先顾眼前再说。

我走向塔门，一路大声地做着深呼吸，希望先把自己肺里的病菌毒素呼出来，免得影响到潜水时间。

“你做什么？风，不要离开我，不要丢下我——”关宝铃叫起来，声音悲苦凄厉。她是用尽了全身力气喊出这几句话的，沙哑的嗓子突然失声，嘴张着，后面的词句一点都叫不出来了。

我跨过去，一把搂住她的腰，将她就要仆倒的身子稳定住。

“不……不要……”这两个字，我是从她的口型里读出来的，然后她浑身一阵急促的颤抖，长发抖了几下，骤然昏厥过去。

“我不会丢下你，永远都不会，就算大家免不了一死，都会死在一起。”我把她平放在地面上，义无反顾地冲入了海水中。

海水已经全部变为红色，像是刚刚洒进了一大把染料的水缸，不过此时的视线变得一片明朗，正好可以快速游动着寻找可能存在的瑞茜卡和那块所谓的“海神铭牌”。

试想一下，瑞茜卡在最后一次离塔之前，告诉关宝铃自己有重大发现，并且表现得非常兴奋，足以证明那块牌子非常有用，能给自己提供很多感兴趣的资料，所以她才会不顾疲惫再次冲出去。

牌子呢？不在一层塔门上方嵌着，肯定是被瑞茜卡拿到了。她不带着牌子返回塔里仔细解读，却不知去向，难道这牌子有令人穿越时空的力量，把她瞬间送走？

借助某种特殊物体穿越时空，在二十一世纪已经不是太令人费解的桥段，我可以轻易接受这种推论。只是，我还想游到玻璃盒子的底部，希冀从外围观察一下那个可以发出红光的洞穴。如果一定要死，多看一些新鲜事物岂不快哉？

有了将生死置之度外的心境，才能真正让自己身心极度放松，手臂划水的阻力也变得轻了许多。

水底完全被红光照亮了，我游到塔身的第三层门口时，才发现那个十米深的洞穴口径极大，已经超过了玻璃盒子的范围，像一个平地上挖开的古墓发掘坑，四周的沙床呈四十五度角外翻，到处都弥漫着红光。

这种情形，玻璃盒子应该会落入洞穴底部才对啊？有什么理由能够毫无支撑地悬浮在半空呢？

盒子刚刚落到海底的时候，借着沙床的支撑可以岿然不动，但现在沙床已经被彻底卷走了，洞穴里只有浮力有限的海水，盒子肯定会自由下坠。

我放平身子，趴在地面上，内力运达头顶，集中精神向洞穴里望着。红光的核心部位太过耀眼，无法看清，但能感觉到光源是来自无限远处的某一点上，在它的侧面，是很多辨不清颜色的巨大支架。支架旁边则是分割得非常整齐的四方盒子，密密麻麻，数不胜数，环绕在支架旁边。

如果我的推断成立的话，目前展示出来的洞穴表面，只是某个建筑物的一部分——“建筑物？神秘的水下建筑物，会不会就是传说中的‘海底神墓’？”我的情绪立刻变得紧张而兴奋，嘴里灌进来几口冷水，随即吐出一长串红色的水泡。

我需要一个望远镜，哪怕只是民用级别的也好，至少可以看清那些支架的构建方式或者被分割开来的盒子里有什么。人在红光中看任何景物都会被视觉差异误导，把个人的幻觉成分加入进去。可惜我手里什么都没有，只能凭借肉眼观察，并且是在视线并不清晰的情况下。

我突然想起了土裂汗金字塔里棋盘结构的墓室，那些平均分割为三百六十一个房间的平面结构，如果从顶上俯视，会不会也是现在这样的视觉效果?

进入一层空间换气的时候，我整个人都被红雾笼罩着，不过还没有什么异样的感觉，氧气也足够用了。一阵急促呼吸后，相信此刻我的肺里已经充满了这种不知成分的东西，不清楚会发生什么骇人听闻的结果，暂时随它去好了。

重病之后，我的体能锐减到了平时的三分之一，索性趴在地面上向下观察。我已经没有多少时间可以浪费了，如果玻璃盒子坠落进沙坑里，再想逃离出来就真的需要翻江倒海一样的奇迹——我不是海神，当然也没有那种超乎想象的能力。

也就在这个时候，我突然发现了一块长方形的牌子，但我不能确定会不会是塔门上嵌着的那块，因为它位于沙坑底面的上方，稳稳地悬浮在半空中。在满目红光里，我看不清上面有没有刻字，但某些镂刻的部分却清晰地组成了一幅弯弯曲曲的图画。

一个人，一个仰面弯弓拉箭的身材高大的人，斜向上方四十五度角。“后羿射日?”看到这幅画面的第一反应，就是中国最古老的神话传说。箭头所指方向，有十个圆孔，如果我第一步的猜测没错，那是代表天空中的十个太阳。

“天出十日，后羿射之，去九存一，天下太平”——这段神话已经成了中国学龄前儿童都能复述的精彩段子。

十个孔的下方，是无数个更小的圆孔，不必一一细数，就能判断出足有几百个，像是一张被无数次刺穿的白纸。小孔的排列次序非常繁复，乍看上去，应该是某种盛开的植物，有狭长的枝叶，也有铺散开来的花朵。

这是什么?体力正在缓慢恢复，但却没有纸笔可以记录下这个古怪图形。

要知道，我是在一个沉入海底的玻璃盒子里，寻找瑞茜卡未果，却在海底空间里发现了悬浮的牌子。它是不是瑞茜卡发现的所谓“海神铭牌”?如果是，瑞茜卡去了哪里?被红光融化了，所以只剩下牌子吗?如果不是，瑞茜卡与牌子同时消失了吗?同时穿越时空或者是穿过了透明玻璃，直接沉沦进了深海?

玻璃地面仍旧冰冷，我听到关宝铃急促的脚步声一路跑下来。

她真的很善解人意，手里竟然握着我丢在顶层上的钢笔。

“下面是什么？你能想象得出来吗？”我一边迅速地在地面上描绘着看到的图形，一边哭笑不得地问她。

“后羿射日的图画？但我知道，这样的东西没理由出现在海底。风，它会是瑞西卡发现的‘海神铭牌’吗？我很怕……怕得没有办法，宁愿这是场无休止的噩梦，至少还有醒来的时候……”

她移步走向塔门，我想她可能会破釜沉舟地跨出去，以求从这场噩梦里醒来。

“不是梦，而是——无比真实的现实。”我的手正在发抖，其实也不知道自己记录那个图形有什么意义。如果这就是自己的末日，记不记又有什么区别？

“幻觉，我们看到的都是幻觉，对吗？”关宝铃回头，我们此刻像是两个正在冲印暗室里忙碌的工人，浑身都沐浴在红色的光辉里。

“不是幻觉，是现实，也许下一秒钟，当我们轰然坠落下去，你会明白，这是无法醒来的噩梦。”我终于如实地描绘完了那块牌子上表现出来的信息，仿佛是一张技法娴熟真实的剪纸。

关宝铃的手从塔门里伸了出去，陡然间身子一晃，便从门口消失了。

我大叫一声，抛掉钢笔，拼尽全力弹起来，追向关宝铃。她的潜泳技术不会太好，从她拍过的片子就能窥知一二。等我冲入水里，她已经四肢无力地漂浮在水里，黑裙随波展开，像一株姿态美妙的海藻。

红光来势汹汹，有增无减，玻璃盒子随时有跌落下去的危险，而此时这一切都不重要了，我一把抓住关宝铃的手腕，把她搂在臂弯里。

“咕噜噜……”一串水泡从她嘴角冒出来，殷红如血。

我单手划水，我们重新跌进塔里，同时倒在地板上。

“任何时候都不要放弃好吗？为了你，我永远都不会放弃求生的希望；为了我，请你振作……振作……”我摇着她的手臂，歇斯底里地大叫，震醒她的同时，也在为自己打气。只要一秒钟不死，就得尽力做最后一秒钟的挣扎，上天赋予了我们生的权利，除非它将其收回，否则我们不能放弃奋斗。

关宝铃无力地蜷曲着，剧烈的红光已经把我们变成了两只红色的软弱无力的虫子。

我感觉到了震动，紧接着下面的沙坑突然开始放大——“我们在下坠，抱紧我！”我叫着，滚到她身边，右臂搂住她的肩膀。

没错，我们在缓慢下坠，仿如风中飘落的羽毛，粗略估算，大约为每分钟一米左右的降速。打个比方，我们像是一只空气、氢气混充的气球，克服自身的浮力之后，以极其缓慢的速度下降着。

那块牌子距离我们越来越近，我能更清晰地看到上面的孔洞，但却无法辨析它是用什么金属制造的。

“我们要被埋在下面吗？我们会死在这里对不对？”关宝铃彻底失去了勇气，说话时连头都抬不起来。

我无暇回答，因为玻璃地面已经贴住了那块铭牌，不知出于什么原因，我感觉它正在慢慢嵌入我们站着的这块玻璃里。“天哪！它能融化玻璃，我们完了！海水会涌进来——”一瞬间，我的脑子里一片空白。

玻璃盒子内部的这座奇怪建筑物虽然有塔门存在，但起码海水不会涌进来，都被拒之门外，但现在铭牌侵入的位置是在玻璃盒子的最底下，一旦穿透进来，肯定有大量的普通海水涌入，我跟关宝铃将成为倒扣的瓶子里的两只蚂蚁，只能被活活溺死。

那块牌子具有高度的腐蚀性或者热熔性，几乎是毫不费力地匀速闯了进来。在它后面，并没有海水跟着涌入，我甚至没有看到它穿透玻璃时留下的缺口。

铭牌停在地板上，而玻璃盒子此时距离沙坑底部还有五米多远，我能看清那些分割得整整齐齐的结构了，像是某种半开放式的写字间，相邻两个之间都有路径可以连通。

我还看到了楼梯，毫无疑问，那些巨大的支架外缘安装着狭长的楼梯，支架中心空着的位置是个近似圆形的空间，这样看来，它更像一个巨大的火箭发射架。

我们越来越接近沙坑底部，终于，随着又一次震荡，我们脚下的地板与沙坑底完全碰触在一起。我看得更清楚了，并且不管三七二十一拉过关宝铃来看。可以肯定，除了与玻璃盒子对接的这块面积之外，下面必定有更广阔的空间，这里只不过是一个巨型建筑的狭小天窗而已。

“这是什么？下面有什么？”关宝铃低声问我，声音里充满了无边无际的恐惧。

我无法回答，只不过觉得它像一个巨型的海底仓库，但视线之内并没有任何活动物体。

一切空间都被古怪的红色笼罩着，看得久了眼睛累得不行，只能闭上眼，用力揉几下，再继续看。目测从脚下到那些脚手架的垂直距离，应该在四十米左右。脚手架占据的面积有三十米见方，呈巨大的八角形分布。

“我们会怎么样？会被埋葬还是会坠到下面去?”关宝铃伸手去摸地板上的铭牌，但我迅速制止她，这块牌子的材质无法确定，还是不要随使触摸的好。

我们无法做任何挣扎努力，只能静静地等待着，看命运如何安排。

从枫割寺的“亡灵之塔”一直发展到沉沦海底的玻璃盒子，再到现在落在一个巨型仓库的天窗上，每一步我都无法选择。面对茫茫无际的神秘大海，人类的力量实在是太渺小了。我甚至再也顾不上去思考能不能得救的问题，而是担心下一步我们会落在什么力量的手里，会成为何方妖怪的试验品。

我目不转睛地盯着红光的来处，表面上看它应该是在脚手架的中心，但集中目力长久地凝视着红光的发源地之后，能够发现脚手架中心有一个同样是八角形的狭窄洞口，红光是从洞口里射上来，然后漫延遍及所有的地方。

“你看到那洞口了吗?”我不太敢相信自己的判断力，毕竟这种视线条件下，看到的任何事情都会有偏差谬误。

关宝铃疲惫地闭着眼睛摇头：“我的眼睛好疼，别问我……它快瞎掉了……”

没错，在这种恶劣的环境里过度使用眼睛，肯定会有瞎掉的危险。我也颓然地闭上眼，暂时休息。

突然，我听到了某种“轰隆轰隆”的声音，就在玻璃盒子四周，无比巨大。玻璃盒子随即震动起来，地上的牌子刷地滑向塔门。我睁开眼，毫无选择地一个鱼跃扑过去，在它进入水中的前一秒捉住了它。

牌子很凉，应该是金属制成，幸好并没有什么古怪的灼热感觉。

我吁出一口气，小心总是没错的，特别是一步比一步更糟糕的时候，一定得事事谨慎。牌子的尺寸恰好是长一米、宽五十厘米，应该就是瑞茜卡发现的所谓“海神铭牌”，但我并没有在它身上发现这四个字，只有那些古怪的图形。

我把牌子抱在怀里，从沉甸甸的分量估计，这是一整块三厘米厚的金属板。

它怎么会悬浮在半空中呢？是下面这个空间发出了类似于鼓风机的力量，吹得它一直悬在空中？但它又怎么能穿越玻璃地面，进入我们所在的这个空间?

困惑越来越多，并且我知道事情肯定不会如此结束，只会一步步更糟糕。

关宝铃突然低声抽泣起来，接着哭声突然放大，变成了号啕大哭，在塔里不停地回荡着。

我无法安慰她，任何虚假的语言都不会产生作用，我们的结局，会比死路一条更糟糕。如果下面这天窗打开，玻璃盒子会径直掉落进去，不知道何年何月才会重返人间，或许永远不必再考虑这个问题了——下面不是超级大国的海底实验室，也会是外星人的神秘地球基地。总之，我们是对方捕获的猎物，下场可想而知。

“风，我们完了，是不是……”

时间过了多久？没有计算过，也没法计算，停了的腕表成了我身上最无用的装饰物。关宝铃脸上惨淡的笑容像把锋锐的刀片，狠狠地切在我的心上。

“或许还有机会，至少我们现在还活着。”我故意装着平平淡淡的语气。当然，像小白鼠一样活着也是活着，但那种行尸走肉一样的“活”毫无意义。

“我很冷，过来抱着我好吗？”她张开双臂，袖口一直不停地滴水。

我身上也早就无数次湿透了，面对搂抱的诱惑，骤然深吸了一口气，一丝一丝吐出来，让自己的脑子逐渐变得清醒。现在不是最后拥抱殉情的时候，我需要做最后的努力——“我出去看一下，别太沮丧，一切还会有转机的！”

搂抱、亲吻甚至做任何成年人都会做的事，在此时都是可以原谅的，毕竟每个人都希望在自己彻底失去未来之前疯狂一次。死亡，给了每个人疯狂的理由和借口。

我很想放纵自己，在关宝铃身上迷醉地索取一切，但心里倏忽闪过了苏伦的影子。

如果她在这里，会彻底放弃吗？不，只要有一口气、有最后一秒钟可以搏一把，她都会毫不犹豫地去做。大哥、手术刀以及江湖上任何一位成名得道的前辈，面临困境必定都会战斗到底。我，杨风，是“盗墓之王”杨天的弟弟，不能给他丢脸，不能任由自己死在这里……

我走向塔门，从容跨进水里，心情逐渐变得平静下来。

水是红色的，但我的正前方，就在玻璃盒子外面，似乎骤然腾起了无数浑浊的雾气。我向前划了一段距离，贴在冰冷的玻璃上斜向外看，遍地的海沙似乎都被搅动起来，像是刚刚发生过剧烈的爆炸，海沙是被爆炸的力量带向四周，久久不能降落。

第三章
逃离深海

这种混乱的情况，如果游到玻璃盒子顶端，可能会看得更清楚，但我的注意力却是被下面的某个部分吸引住了——

在脚手架的附近，有一个平坦的一百米见方的台子。如果我的方位没有算错的话，那个方向应该是正东。平台上放置着数不清的齿轮，某些在飞快地转动着，某些速度慢一些，某些似乎是停止不动的。

终于看到活动的东西了，那是什么？

我平趴在玻璃地面上，那些齿轮在视线里渐渐变得清晰起来。

齿轮的数目是一百二十八个，尺寸粗略估计为直径三米，厚度一米，至于颜色则无法估量。所有的齿轮是贯穿在一条不规则线路的光带上，光带的亮度很低，像是一支快要熄灭的日光灯管。

齿轮转动的速度是顺序排列的，最尾的几个速度惊人，像是飞旋的电锯沙盘。转得慢的那些，能够清晰看到边缘的锯齿——这些东西既然在转动，就一定会有动力系统存在，或者我猜得没错，这个地下空间属于某超级大国的海底基地？

按照地理位置来推算，属于俄罗斯或者前苏联的可能性比较大。难道传说中的“海底神墓”竟然是地球人的大手笔作品，一切神话都是为了掩盖这个事实真相？

我们不可能在红光里待一辈子，不饿死也会被满眼的血红色弄得发狂。绕着塔底转了一圈之后，我重新进入塔里。

关宝铃的泪已经哭干了，无力地伏在地面上，湿漉漉的长发随意铺散着。一个女孩子只有在彻底崩溃的时候，才会不再在乎自己的美丽，她已经临近崩溃的边缘。

我指向那些齿轮，做出兴致勃勃的样子："你看，那么多齿轮，会让你想到什么？"

关宝铃无力地摇头："我的脑子锈住了，什么都想不到，只想……回家……"

回家？我也想，但回得了吗？我偷偷地苦笑。

"轰隆、轰隆、轰隆"接连三声地动山摇般的巨震传了过来，关宝铃"啊"地叫了一声，扑进我怀里，怕得瑟瑟发抖。

"什么声音？我好害怕……抱紧我……"

不必她说，我也早就双臂加力把她紧紧搂住。

我不敢往最坏处想，因为按照我的地理常识分析，那是最糟糕的海底火山爆发的前兆。日本列岛本来就是个多火山、多地震的地方，地震对于环太平洋的岛屿和大陆架是家常便饭，如果超过十五天以上没有地震，反而是最不正常的。

我们沉在海底，无论是地震还是岩浆，都可能随时给予这个玻璃盒子毁灭性的打击，将它击碎或者彻底埋葬封闭于海底。

"轰隆、轰隆"的声音响个不停，每一秒钟，似乎死神都会向我和关宝铃靠近一步。此时，我甚至有进入下面那个神秘空间暂避一时的想法，只要有一块干燥稳固的陆地可以暂居，管它是谁的地盘，避开死神的威胁才是第一位的。

齿轮，往往是跟绞索、门扇、密码、保险箱联系在一起的，以手提箱上的三行数字密码锁为例，每一个齿轮就是一道手提箱的屏障。那么，一百二十八个齿轮，难道某些系统会用一百二十八道屏障来控制？一百二十八个数字的排列组合是多少——天文数字！我想地球人还没愚蠢到要用这么复杂的机械齿轮密码来控制某件事吧？

关宝铃的身子在不停地颤抖，我们的目光同时注视着那些飞旋的齿轮，同时已经明白过来，视线里稳定不动的齿轮并不是静止的，而是因为某些原因，需要缓慢转动而配合其他齿轮的动作。

或许每一个齿轮都有自己的动力驱动系统，所以才会有这么大的速度差异？

破解密码是黑客“红旗”小燕的专长，如果他在这里，肯定比我更能读懂齿轮的奥秘。

除了齿轮、脚手架、分割得整整齐齐的空间之外，其他地方模模糊糊看不清楚。或许是我们的视力经过红光长期的摧残之后，已经急速减弱，才看不到其他东西。

震动和轰隆声一直响个不停，我只能尽力抱着关宝铃，毫无办法可想。

“吻我吧，风，吻我吧……让我们在生命的最后过得快乐一些……”关宝铃的力气恢复了一些之后，在我怀里缓缓挣扎着，嘴唇贴上了我的面颊。她的眼睛一直都是无力地闭着的，仿佛连睁眼向外看的勇气都没有了。

我很想听从她的命令，并且有进一步疯狂的放纵，但我什么都没有做，尽管从见到她的第一面，便开始渴望品尝这张红唇的滋味。

“关小姐，你冷静一些，我们还没……最后失去……希望……”我的语气变得无比冷淡，如果真的给我机会要她，我宁愿是在重回地面之后，而不是在这片莫名其妙的红光里。

“我们……回不去了……永远都回不去了……”关宝铃低语着，手臂绕住我的腰，嘴唇摩擦着我的脸颊。

我刚刚要第二次挣脱她，忽然，那些飞速转着的齿轮都停了下来。一百二十八个齿轮整齐地停住，如同被刹那间切断电力的组合机器。

“看，它们停了！它们停了！”在大叫的同时，我感觉到了脚下更强烈的一次震荡，随即玻璃盒子开始飘然上升。

关宝铃睁开眼，不知所措地向下望着。我们的确是在跟下面的天窗拉开距离，更令人欣喜的是，红光的亮度正在减弱，几秒钟之内，起初亮得耀眼的光源，已经变得柔和起来，接着便转入微弱状态。

这次我看清了，脚手架的中间的确有个洞口，直径比一个齿轮大不了多少。红光消失之后，我弄明白了那些齿轮的颜色都是赭红色的，跟实验室里的氧化铁完全相同。那条光带除了将所有的齿轮 S 形串联起来之外，其中一头链接在脚手架上，另外一头却是无限延伸，进入了更远的某个地方。

我真的很渴望有一个望远镜，将下面所有的状况看个清楚——

几分钟之内，玻璃盒子上升到了沙坑之外，我们眼睁睁地看着四周翻滚的海沙挤压过来，把那个沙坑慢慢填满。

我长叹了十几声，这个神秘的地方或许永远都不会再次被发现，永远地深埋在太平洋底了。就会像地球上所有的不解之谜一样，倏忽出现，倏忽消失，给人留下惊鸿一瞥的骇然，留下无数既恐怖万状又浮想联翩的记忆。

它到底是什么？不知道前苏联的秘密档案里有没有关于它的记录？

我此时最想联络的一个人就是小燕，虽然他对前苏联和俄罗斯的秘密不感兴趣，却随时可以自由出入他们的秘密资料系统。如果传说中的“海底神墓”不过是前苏联的海底军事基地，那么“日神之怒”这颗神秘的宝石呢？会不会也是前苏联的文学爪牙们编出来的天方夜谭？

第一次听说“日神之怒”时，联想到它有“令海洋沸腾、令大地震怒”的神奇力量，我曾把它想象成为一枚威力无法想象的现代化核武器。在地球人现有的科技水平下，只有“核武器”才有那么大的力量。

重新正视现实，回到地面和联系小燕，似乎都是遥不可及的事。

玻璃盒子悬停在已经消失的沙坑上方，一动不动地保持了很长时间。我跟关宝铃沉下心来坐在台阶上，看那些重新漂移过来的海藻准备就地扎根。刚刚经历的红光、沙坑、天窗、海底建筑都仿佛是一场资料片，片子放完了，一切也就结束了。

关宝铃的脸上泪痕纵横，看不出哪是水渍、哪是眼泪，但逃离了沙坑的灭顶之灾，她总算有了稍许笑意。

“你饿不饿?”她问。

我们都听到各自的肚子在咕咕叫着，可惜玻璃盒子里并没有可供生吃活剥的小鱼，除了海水和石头，我们一无所有。

我摇摇头，不过脑子里此刻想的却是某部恐怖电影里的桥段——被地震废墟困住的一对恋人，饿了七日七夜后，男主角为了让自己的女朋友活下去，用小刀切割自己的肉……我浑身打了个寒战，不敢再往下想，太血腥了。

如果真的饿到极限，我会不会像那个男主角一样，为了关宝铃牺牲自己？

我们的眼光无意中对视，关宝铃忽然笑着问：“你知道我刚刚想到什么?”

我的脑子里灵光一闪，也微笑着问：“想到什么？不会是那部叫做

《困顿之爱》的片子吧?”那就是我不愿意想下去的恐怖片的片名。

关宝铃用力点点头:“对，就是那部片子。”

两个人同时大笑起来，蓦然有了心有灵犀一点通的感觉。

“很久前看那部片子，我常常会想，将来有一天，是不是有个男人可以为我在困境里牺牲自己?其实，我并不是真的要他牺牲，只要他这么想、这么说，我已经很感动了——或许，我不要接受他的牺牲，而是毁掉自己，让他能够顺利活下去……”

我接连打了几个寒战，真正相爱的人，无论谁为谁牺牲，被施与的一方恐怕都会痛苦终生，无法自拔。虽然保全了生命，却把一生都沉沦在这种无法解脱的愧疚里。

“如果我真的爱上一个人，而他又不得不离我而去，我会万分难过，承受不起。所以，如果其中一个注定要先离开，我情愿是我，因为我承受不了拥有再失去的撕心裂肺的痛苦……”

关宝铃梦呓一般地述说着，头靠在我的肩膀上。

玻璃盒子是什么时候开始上浮，我跟关宝铃都不知道，因为过度的饥饿和疲倦，让我们相拥着沉沉睡了过去，就在冰冷的石阶上，连做梦的力气都没有。

当我困惑地睁开眼睛时，一只巨大的深海鲷鱼摇头摆尾地从地板下游了过去，嘴里不停地吐着水泡，四平八稳地摇动着灰色的背鳍。

我浑身一震:“盒子浮起来了?否则这条大鱼也不可能游到那个位置!”这真是个令人又喜又悲的巨大发现，喜的是盒子上浮，终于不必死死地困在海底沙床上;悲的是在迷茫的大海里，谁知道它会漂向何方?直到我和关宝铃饿死为止?

盒子上浮的速度很快，不断地有各种颜色的鱼和水藻从地板下面闪过去，其中一部分活泼的鱼类甚至还迅速追赶上来，用嘴巴轻啄着玻璃地面，仿佛把这个古怪的大家伙当成了某种新鲜的鱼饵。

我推醒了关宝铃，无论如何，能离开那片恐怖的深海沙床是好事。

“我们……在上升?我们要回到地面去?太好了!”关宝铃快乐地笑起来，我不忍心再打破她的幻想，什么都不说，只是更用力地拥着她。

我们如同置身于一个古怪的海底电梯里，以无比诡异的速度和形式上升着。情况已经非常糟糕了，就算再糟糕十倍、一百倍我都可以接受，甚至做好了比小说《鲁宾逊漂流记》里那样的最坏打算。

肚子持续咕咕叫着，到了最后，连关宝铃的肚子也叫起来。

“我好像很久没有这种挨饿的感觉了，除了很小很小的时候，跟妈妈在一起——十几年了，想想生命真的是古怪的事，一转眼就过去这么多年。我想家了，想妈妈了……”她放开我，下巴枕在并拢的膝盖上，无奈地看着玻璃地板上不断掠过的海底景物。

“我们……正在回家!”我拼命给自己打气，尽管知道这件事想起来有多么渺茫。

她忽然转过脸来不好意思地笑着：“我从来没有被陌生人这么长时间地拥着过，你给我的感觉，像是跟他在一起的时候……”

这个“他”，肯定是大亨。

我感觉麻木地机械回应着：“是吗？我也是，从来没跟一个女孩子这么长时间地待在一起过。这件事，对你我都是一次很奇特的体验，对不对?”

极度疲倦之下，我已经没有了任何发泄愤怒的力气。

关宝铃低声哼着一支曲子，似乎陷入了遥远的回忆之中。

滑过地板下的藻类和鱼类渐渐起了变化，已经出现了浅层海面才有的生命迹象，并且海水的透明度正在逐渐加强。

也就在我心里刚刚升起一丝喜悦之时，那种震撼人心的“轰隆”声又响起来，海水顿时变得浑浊无比，很多大大小小的鱼随着无形的漩涡被扭来扭去，惊慌失措地沉浮摇摆着。

如果还有多余力气的话，我会毫不犹豫地冲到塔外去看看，但现在除了对美餐的觊觎，我的思想里已经没有任何的奢望。

“是什么声音?”关宝铃抬起头，满是倦意的大眼睛里闪过一片茫然。

“没什么，只是海底地震或者沉睡着的火山开始爆发而已，肯定隔得很远，不必管它。”

我们的上升速度正在减慢，犹如电梯即将抵达顶点时的减速。

关宝铃长叹着：“那个叫做瑞茜卡的女孩子到底去了哪里？会不会出了意外？真是可怜……”

她不知道，最可怜的该是我们，经过了海底沙坑那番诡异变化之后，等待我们的弄不好是无穷无尽的海上漂流。我不想说，也不敢想，强忍着胃里火烧火燎一样的饥饿感，走下台阶，将那块牌子抱在怀里。

若是在平时，一根手指穿入它的小孔中就能轻易提起来，但现在我几乎是费尽了全身的力气，才跌跌撞撞地抱紧它，重新回到台阶上，已经累得头晕眼花。

肠胃里如雷鸣般怒吼着，仿佛有一只无形的大手在不停地将所有的肠子捏来揉去。

“如果这是一大块巧克力就好了——”关宝铃叹了口气，舔舔干裂的嘴唇。

巧克力？就算是块薄饼也行啊——其实在此之前，她已经几次起身要去喝一点海水充饥，都被我拦住了。空空荡荡的肠胃被咸涩的海水刺激，只会不停地反呕，让人陷入更危险的全身虚脱状态。

我无力地拍打着牌子：“这块……牌子会不会是瑞茜卡说的那个？我看不到它上面的字，你不是说……她说过有‘海神铭牌’这几个字吗？”这句话，要喘息三四次才能说出来，体力实在是下降到极限。如果再发生什么意外，也只能听天由命好了。

牌子冷冰冰的，黝黑而且质地坚硬，虽然不能明确说出它的成分结构，却也能判断是某种合成金属的产物。因为有瑞茜卡的话在先，所以我特意在上面仔细搜索过，实在没能找到任何字迹，甚至没有任何一种文字字符。

关宝铃皱着眉，每次提到瑞茜卡，她都会感到有轻微的歉意，认为对方的失踪跟自己没有及时劝止很有关系。

“她很肯定地说过，发现的那块牌子上写着那些字，或者不是这块，而是另外的一块？”

以关宝铃的想象力，绝对无法参与到海底探索的神秘行动里来。要知道，我已经绕塔底两周，几乎彻底搜索了玻璃盒子边缘的所有地面。如果有暗洞或者什么引人注目的牌子，我早就发现了。

唯一的结论，这就是瑞茜卡发现的牌子，也就是原先嵌在塔门上方的那块。或许是在受到红光的侵蚀后，牌子的外观发生了改变，字迹全部被融化掉了。可是，什么人会在一座莫名其妙的石塔上嵌上一块那样的牌子？并且是中国的古文字？

我的手无意识地在这块牌子上面摸索着，无数粗细不同的对穿小孔，组成了连绵不绝的古怪图案，但那个后羿射日的镂空图案非常逼真，任何一个了解中国神话的人，都会想到这个传说。

不知道当初的雕刻者使用了什么样的先进工具，竟然将后羿扬头向上时飞扬的发丝也一点点镂刻出来，包括束着头发的一根粗糙的绳子。从侧面看，仿佛是用水银灯打在白幕上的最细致的剪影画。

这幅画在牌子上占了四分之一的位置，其他位置布满了各种浑圆的小孔，其中几团像是某种花卉或者奔跑中的动物，也有些地方像连绵不绝的宫殿墙垣，但我可以肯定地说，小孔并没有组成文字的迹象，更不要说是中国的篆字。

极度的饥饿限制了我的思维能力，我甚至出现了眼冒金星的感觉，还能撑多久，我也无法肯定。道家虽然有“修炼辟谷”一说，却是在平静打坐的状态下，并且环境温暖干燥，绝不是在这种莫名其妙的玻璃盒子里。

“你会不会……为我牺牲自己？”关宝铃喃喃地问。

我摸索出手腕上别着的战术小刀，捏在手里，看着刀刃上刺眼的寒光。

“会吗？”她在尽可能地节省体力，昔日甜润柔美的嗓音，现在已经干涩如久不滴油的弦轴。

“我会。”说出这两个字，也许该经过长久的深思熟虑，而不是随口说说。我之所以能毫不犹豫地脱口而出，是因为知道自己比大亨更爱她，王江南之类自命风流的江湖人物更是不在话下。

“咳咳、呵呵呵……”关宝铃呛咳起来，夹带着不断的苦笑。

活人的热血是世界上营养价值最高的液体，牺牲我自己，足够关宝铃熬过七十二小时甚至更久。我愿意为她做任何事，即使到了最后，我牺牲了，她也并没有得救——爱一个人，或许就会变得很傻，很容易冲动，什么人都不会例外，无论是江湖浪子还是街头乞丐。

我看着自己手腕上微弱跳动的脉络，想象着一刀切下去鲜血飞溅的场景。

“我愿意为你牺牲一切，身体以及生命。”这是我的誓言，但从埃及飞往北海道之前，我还一直以为这一生自己命中注定要娶的女孩子是苏伦。

眼角的余光里，瞥见地板下面不再有什么鱼类飞速掠过，重新变得黝黑一片，仿佛玻璃盒子进入了另外一个黑暗的空间里。

我撑着台阶，努力想让自己站起来走向塔门，看看外面到底发生了什么。腰和腿都酸痛得厉害，并且关节与湿衣服摩擦处，至少有四个地方火辣辣地疼，但我最终还是站了起来，咬着牙走向塔门。

“风，不要离开我……不要离开，我怕你会像……像瑞茜卡一样，离开，然后就再不回来……”关宝铃也挣扎着站起来，扶着石壁走下台阶，身子摇摇晃晃地扑向我，跌在我的臂弯里。

我苦笑着，如果我也像瑞茜卡一样离奇失踪，相信关宝铃就会失去了最后一丝活下去的希望。

“我只是想出去看看发生了什么……外面好像又起了变化……”

“我们一起出去……一起，就算消失，也在一起!”关宝铃笑起来，仿佛失踪成了一件好玩的事情。女孩子的心情总是瞬息万变的，刚刚还处在极度的虚弱忧患之中，几秒钟后就可以满脸都是顽皮的笑。

“好吧，希望我们这次的消失，会幸运地回到枫割寺里去——”我握着她的手腕，向前跨步，穿越塔门，同时屏住呼吸，像此前无数次由陆地进入水中一样。不过，我的脚下突然踩空，身体一闪，猛地跌了出去，手指来不及松开，把关宝铃一起拉倒。

第四章
重陷绝境

我没有感受到任何水的阻力，在地上连续翻了三个滚，只感觉到坚硬的地面。急速的旋转之中，眼睛里看到的只是一片连一片黑黝黝的岩壁。

“啊——哎哟……”关宝铃疼得大叫起来，双手抱着膝盖，声音凄惨无比。

我坐起来，先去看她的伤口，左膝盖上已经碰掉了一块皮，裂开了两条白森森的口子，鲜红的血正缓慢地向外渗出来。

“对不起，对不起——”急切间我找不到任何可以擦拭伤口的东西，只好俯下身子，吮吸着那个伤口。这种困境下，一旦有人伤口化脓发炎，只怕会危及生命。她的血很咸，却又带着淡淡的玫瑰花香，让我浑然忘记了血液里本身带有的腥气。

“风，那些水呢？怎么这里的水都不见了？”关宝铃畅快地呼吸着，并且双臂一直在半空里飞舞。

“什么？”我的思想只关注在她的伤口上。

“水！水没有了，你还没感觉到？”她再次大叫。

我倏地放开了她的膝盖，真的，玻璃盒子里不再有一滴水，我们是处在完全自由的空气里——“啊……”我跳起来振臂大叫，兴奋之情难以言表。本来以为会长困海底，无法摆脱咸涩的海水困扰，甚至会永远憋闷在塔里。现在好了，这个玻璃盒子是在空气中，但却不是陆地，而是在半空里缓慢上升。

我跳起来时弄疼了关宝铃的伤口，害得她又“哎哟”了一声，不过已经兴奋地踮着脚站起来，牵着裙摆飞快地做了四五个旋转的动作。

脚下非常干燥，我压抑不住兴奋，沿着塔底跑了两圈，尽情地把自己心里的郁闷散发出来。从塔身到盒子的边缘这段距离，像一块高层住宅上的阳台，而盒子之外，全都是黑黝黝的岩壁，一直向上延伸着。

再次回到关宝铃身边时，她指着塔门上方空着的那一块凹陷的石壁：“那里，会不会就是瑞茜卡发现‘海神铭牌’的地方？”

此时我们可以清晰看到七层高的塔身，所用的砌筑材料是跟“亡灵之塔”相同的白色石头，并且结构造型也跟枫割寺的宝塔完全相同。

仰面向上看，在极其遥远的高处，仿佛有一个狭小的白色光斑，模模糊糊的，不知相距有多远。

关宝铃陡然倒吸一口凉气：“风、风——风……”她几乎是跳到我身边来的，双手同时抓住了我的胳膊，身子颤抖得像是北风里的枯叶。

“风、风……我好怕，抱紧我……抱紧我……”她的身子紧贴住我，声调也因为极度的恐怖而颤得忽高忽低。

我拥住她，感觉到此时她的心跳突然加剧，并且两颊的温度也在迅速升高。

面前的岩壁表面非常光滑，并且是带着顺畅的圆弧形，仿佛是为了这个圆柱形的玻璃盒子刻意开凿出来的。我看到刚刚经过的某个部分，黝黑的岩层中间竟然夹杂着一些干枯的白色树干，每一根的直径都超过两米。

树木的年轮可以说明一切，我粗略地数过其中一根，它的年轮层数竟然远远超过了一百圈。这能说明什么？

假定上面的年轮为二百圈，那么树木的生存时间就是二百年。那么是什么样的力量，竟然迫使这些树木横着深埋在岩石夹层里呢？树木都是竖向生长，指向天空的，除非有某些剧烈的地震或者山洪暴发，才会令它们横倒。难道我们经过的这座古怪隧道，竟然是开凿在某个强震频发的山体里面？

岩石层中间夹杂的树木越来越多，我的视线里出现了十几块粗大的树根，直径超过五十厘米。树根都已经自然枯萎，但我知道，这样深埋在岩壁中的树根，往往是可以经过数十年甚至数百年不死的。

所谓“百足之虫，死而不僵”，树木也是如此，百年老树开新枝的事数不胜数，也就是说，地面上的树干、枝叶部分完全死掉之后，树木的根须往往还能生存非常久的时间，只待有合适的机会便可以重新发芽成长，除非是被封闭的日子太久了，树根才会自动死亡。

再向上去，岩层中竟然出现了被整齐切割开的鹅卵石的剖面，大小都有，形状不尽相同，但绝对都是被海水、河水冲击而成的鹅卵石，无论颜色还是质地，跟我们所见的鹅卵石完全相同，但统统被某种尖锐的圆形刀刃切割开来。

到底是什么力量能够有如此巨大的能量，竟然从岩石中开凿出这样的笔直通道？最起码，地球人的能力还达不到这种水准。就算是将切割后掏出的废弃物运走，只怕都是兴师动众、劳民伤财的超级工程……

从鹅卵石层向上，岩壁全部变成了青色，类似于地球上广泛开采的建筑石材。

"风，还记得……我说过的那次幻觉奇遇吗？海底的宫殿——记得吗？"关宝铃无力地低声呻吟着，指甲几乎掐入我的肉里。

我能感觉到她的极度紧张，只好轻拍她的背，无声地安慰她。

关宝铃在寻福园的洗手间里消失又重新出现之后，曾经描述过自己的"幻觉"，她进入了一座仿佛空气中满是海浪的宫殿，无时无刻不有"坐井观天"的感觉。我下意识地向头顶望着，那个狭小的光斑似乎放大了一点。

如果那个地方是个出口，我们现在岂不就是在"坐井观天"？

"风，这里给我感觉跟当时的幻觉一模一样。我们会不会……也是在现实世界里神奇地消失了这么久？"

我强装微笑："也许吧！不过地球离开谁都照样转，就算离开美国总统也一样，何况是我们？等我们重新回到现实世界里，一切都会好起来的。"

虽然不知道光斑的尽头是什么，但无论去什么地方，总比被幽禁在深海中强吧？只是，我们是悬浮在空中的，不知道是来源于何种力量的承托或者牵引，一旦那种力量消失，我们岂不会像失去控制的电梯一样，无限制地跌下去。

事到如今，我只能硬撑着往好处想，希望那个面积如同一元硬币大小的光斑会给我们带来崭新的希望。

关宝铃又呻吟了一声："我只是觉得噩梦刚刚开始一样，你想不想听我在那宫殿里看到过什么？"

我忍不住惊讶地“哦”了一声，随即便明白并且释然。

关宝铃神秘重现时，我们都只是刚见过几面的陌生人，她当然不肯把所有的事都讲出来，肯定会有所保留。当时我忽视了这个问题，认为她的幻觉并不重要，只要人没出事，不牵连寻福园就万事大吉了。

“发现了什么？”我心里开始惴惴不安。关宝铃虽然并非江湖中人，但却绝不是没见过世面的乡下女孩子。她曾拍过十几种类型的电影，更跟全球顶级导演、编剧、影星合作过，应该算得上见多识广。所以能令她感到恐惧的见闻，肯定有其极不平凡之处。

关宝铃咬着干裂的唇，凝视着我的眼睛：“你真想听吗？”

她的大眼睛依旧清澈如水，让我禁不住心动，想醉死在那两泓透彻清明的湖水里。

我很肯定地点点头：“对，我真想听，如果对我们目前的困境有帮助的话，无论多么恐怖的事，我都想听。”同时，我心里一直在苦笑着，状况已经糟糕到无以复加的地步，还有什么能比这一次的经历更恐怖吗？

重新回到空气中，才会万分后怕地感觉到幽深的海底有多么令人恐慌不安。

那个巨大的海底建筑、无处不在的红光雾气、翻滚涌动的无边无际的海沙，一切都只是在恐怖电影里才能编出来的诡谲镜头，但我们都一一经历过了，并且目前还处在悬空上升的毫无动力的玻璃盒子里。

与此相比，深邃幽暗的土裂汗金字塔之中的经历，仿佛变成了一次小小的童子军露营，惊险但不会令人有灭顶之灾的恐慌感。

如果可以重回地面，我会把这一段经历原原本本讲给苏伦听，让她来分析这个巨大的海底建筑是什么。

唉，只有苏伦才是我最贴心的工作搭档，一旦离开她，手边原本简单的事情都会变得复杂起来。是我的处事方法有问题？还是北海道这边的古怪变化太多，让我措手不及？

“风，你又分心了，是不是？”关宝铃收紧了箍在我腰间的双臂。

我不知道自己是否陷入了左右为难的境地，心里竟然开始同时容纳着苏伦与关宝铃，特别是即将脱困的时候，忽然发现自己对苏伦的刻骨思念。

“我没有，我在听你说——”我不停地抬头向上望着。那个光斑越变越大，如果我们此时是在一口极深的枯井里面，那光斑肯定就是井口，也就是我们重回地面的出口，我心里重新唤起了希望。

“其实，在进入宫殿和长廊之前，我的侧面是有一堵高墙的。白色的墙面上用彩笔绘满了图画，无数幅画，一直向前延伸着。那些画的内容非常恐怖，有点像传说中的十八层地狱里的惨状，有人被腰斩，有人被悬勒，有人被砍去四肢，有人被丢进油锅——很恐怖的画，我当时都在奇怪自己为什么能心情平静地看下去。”

关宝铃的声音很平静，或许是极度的疲倦让她无法激动起来，只能是平铺直叙的白描口吻。

“那有什么？在很多旅游景点都有这样的‘神话宫’之类的建筑，形象地描绘出了阎王、判官、小鬼之类的五官相貌，然后依照野史鬼话里的情节，做出种种令人作呕的模型——你看到的只是平面画，当然不会有感觉，对不对？”

日有所思，夜有所梦，在木碗舟山这片寂静冷清的荒野里，恐惧心理作怪出现这样的幻想桥段，也不为怪。

关宝铃分辩着：“你还没听完，我们坐下来，我慢慢说给你听！”

我们席地而坐，后背倚着塔身，这也是保持体力的一种方法。我已经开始盘算着出了洞口之后的计划。这种怪洞，肯定是出现在人烟稀少之处，我们两个的身体都已经虚弱到了极点，最好先能找到一部分淡水，补充水分的同时，尽量向有人烟的地方靠拢，然后打电话给萧可冷……

我很庆幸关宝铃的身体一直能保持健康的状况，她不懂武功，又是娇娇弱弱的女孩子，一旦病倒，只怕就没法活着走出这个神秘的空间了。

“被摧残的人没什么好说的，只是比‘神话宫’那种地方的恶俗画稍微逼真一些而已。我要说的是那些正在执行刑罚的人——我不能确定它们是不是人类，虽然都是直立行走的人形，但它们的后背上却多着四只像手臂一样的东西，突兀地伸展着。它们的衣服全部是同一款式、同一颜色，如同狗仔队们常穿的橘黄色马甲一样，有着很多大大小小的口袋。如果勉强说它们是人，也只能说是六条手臂的怪人……”

她伸手在自己脸颊上摩擦着，将海水凝结的白色斑痕抹去，眼中露出十二万分的困惑。

我没发表任何意见，任由她一边思索一边往下说——

“所有的画面都是这种怪人在操纵一切，人类只是它手里的试验品，可以任意砍削、拉扯、油炸、分解……它生着一张人脸，但五官排列得很是别扭，仿佛只是机械化流水线上随意组合起来的样子，位置很对，但眼睛的弯曲弧度、眉毛的走向、嘴唇的厚薄等等，没有一点是和谐顺帖的——”

“啊？我想起来了！停、停、停，我想起来了——”我猛地大叫，抬手握住了关宝铃的手掌，用力摇晃着。

我记起藤迦曾给我看的电子记事簿上的图片，有一个生长着六只手臂的怪异巨人，她把它叫做“幻象魔”，也就是时刻准备干掉土裂汗大神、毁灭地球的“幻象魔”。在土裂汗大神的秘室里，看到的不过是被幻象魔的影子蛊惑占领的手术刀的形象，可以说，所有关于幻象魔的传说都只是传说而已，无法坐实，也就不足为信。

关宝铃无比困惑地看着我：“你想到了什么？那些六只手臂的怪人是外星人吗？还是为祸人间的妖魔鬼怪？”

我感觉到奇怪的是，幻象魔怎么可能跟关宝铃的幻想扯上关系？如果她的幻觉是突然进入了另外的神秘空间所致，会不会那个空间就是真实存在的？就像我们目前所处的这个无限长度的垂直隧道？

刹那间，我想到了很多，但却无法连贯起来顺畅地加以表达，于是催促关宝铃再说下去。

“那面墙延伸得很长，我当时站的位置向两头望，都看不到尽头，所以才会漫无目的地向前走，大概浏览了四五十幅的样子。如果全部算起来，至少不下几百幅，令我一直都在反胃，因为那怪人脸上畅快淋漓的表情与手底下的疯狂杀戮配合起来，仿佛杀人是件让它热血沸腾的快乐的事情。到了最后，我实在忍不住要呕吐了——”

她捂住嘴，这的确是让人不敢恭维的回忆，不向外人吐露也是很正常的。

“如果我的感觉正确，我们经历过的一切都会跟上次的幻觉有关系，这就是我感到恐惧的原因，幸好，我们并没遇到那种怪物……”

从玻璃盒子里下看或者仰望，都空无一物，并没有出现六臂怪人的迹象，但关宝铃始终在不安地左右张望着，仿佛那些怪物随时会出现。

盒子上升的速度似乎正在减慢，过长的等待时间，让关宝铃渐渐困倦起来，转身伏在我的膝盖上，带着浓浓的鼻音低语着：“我累了，让我睡一会儿……风，这么多年在娱乐圈里沉浮，遇到那么多人，但仿佛只有在你身边，我才能感到放松。我喜欢在你身旁的感觉，像是小时候伏在妈妈怀里……”

我知道，人在极度饥饿和疲倦中，会更容易地敞开心扉接纳别人，但我却不知道她为什么一直都在提自己小时候的事。或许潜意识里，我更希望听到她说自己与大亨的故事？男人是最奇怪的动物，既想知道对方的过去，又那么怕清楚对方的过去。

“我要睡了……我要睡了，很久都没这么渴望沉睡过，我想梦到妈妈，她在梦里的天堂……”

我的手在关宝铃背上轻轻拍打着：“睡吧睡吧，一觉醒来我们就已经升到了洞顶，很快便能返回地面。”

我也睡着了，短暂而肤浅的梦境里，眼前一会儿是苏伦的笑脸，一会儿是关宝铃窈窕的舞姿。

她会属于我吗？是不是上天只安排她在我生命里出现眼前这短短的一瞬，等到危机过去，我们自然而然就会分开，像小船与潮汐，所有的缘分只是潮落潮涨的一次邂逅？

很显然，如果没有这次神秘失踪，此刻她应该已经返回香港回到大亨的怀抱里了。而我，也会离开一无所获的北海道，去跟苏伦会合，我们各自都有自己的路要走，而不是彼此相拥着困在这个古怪的玻璃盒子里。

“她是大亨的女人！大亨的女人……”苏伦的声音在我耳边回荡着，倏地让我清醒过来，满头满脸都是惊悸的冷汗。

关宝铃持续沉睡着，发出微微的鼾声，肩头随着呼吸一起一伏。我的手仍放在她后背上，下意识地抬了起来，心里掠过一阵酸楚：“大亨的女人？要从大亨手里把她抢过来，会不会是一场两个男人之间漫长的战争？值得吗？她真的比苏伦可爱吗？”

再次仰面向上看，光斑放大到了直径一米的样子。我按着自己的手腕，用心跳频率计算着盒子的上升速度大约为每分钟五米左右。目测到达光斑的距离应该会在三百米上下，再过一个小时我们就能到达那里，希望上天保佑，那会是个脱困的出口。

从海底到这里，又经过了多长时间？盒子里的水是如何倾泻出去的？在几千米的海底，塔里的氧气到底是如何采集到的，可供我们两个自由呼吸……

我无法解释，或许任何物理学家的理论都无法解释，但这些事情却实实在在地发生过了，至少我跟关宝铃都没有因为缺氧窒息而死。

闭上眼睛，调整呼吸吐纳之后，我觉得自己身体里又积蓄起了一部分力气，思想也重新变得明澈灵动起来。

假定海底那个巨大的神秘建筑属于俄罗斯人的秘密军事基地，那么，我们身处的这个玻璃盒子也是同属于俄罗斯人的吗？这种完全有悖于地球物理学的装置，难道是俄罗斯人最隐秘的发明？

目前国际上的战略观察家们曾不止一次地指出：“超级大国间的军备竞赛，发展方向截然不同。美国人是在向太空发展，时刻准备控制地外武器，其核心思想是‘太空大战控制权’，从空中向敌人施以铺天盖地的打击；同为超级大国的俄罗斯，则是奉行‘水下作战’的海洋控制权，要通过获取太平洋里的‘水战控制权’来达到对敌人的潜在威胁。”

俄罗斯与处在北美洲的美国，只隔一道白令海峡，并且从沙皇俄国横扫亚欧、北美的辉煌年代开始，这个超级大国的海军都是一支不容忽视的神秘力量，并且封锁了一切军事力量发展扩充的消息，各国的间谍根本无法刺探到半点消息。

在“外星人基地”与“俄罗斯军事设施”这两个答案之间，我更倾向于后者，所以尽快联络到小燕，并迅速证实这一点，显得尤为重要。

如果俄罗斯的海底基地已经修建到北海道来的话，日本人几乎已经处在狼吻之中，也就不必叫嚣着跟在美国人的屁股后面频频进行国际外交了。

我忍不住苦笑起来，前苏联解体之后，国际社会的很多极左、极右势力已经忘记了来自俄罗斯的威胁，这些得了健忘症的政治家们很快就会尝到健忘的苦果。

关宝铃的脖子扭动了两下，猛地抬头茫然四顾：“我们在哪里？我们在哪里？”

当她看清楚阴森森的青色石壁之后，陡然长叹：“我梦见回家了，梦见壁炉和烤鸡，还有香喷喷的粟米棒，原来是一场梦！”随即失望地连声长叹着。

我看着她的长睫毛羞涩地扑扇着，心里猛地涌起一股醋意。她梦见的不只是食物和炉火，是不是还有大亨的温暖拥抱？嫉妒的力量让我的两边太阳穴同时刺痛起来，胸膛里有股无名怒火烦躁地熊熊燃烧着。

“风，你怎么了？脸色好难看。”她奇怪地望着我。

我苦笑着摇头不语，岂止是脸色难看而已，嫉妒还会冲垮我的理智，让我做出很多莫名其妙的事来。

幸好，如果一小时后我们能脱困，就不必牺牲自己来救活关宝铃了，我们都会平安无事。

事情远远没有我想的那么简单，过了半小时后，我们距离那光斑还有一百米之遥，关宝铃已经困惑地低语：“风，我觉得那不是一个洞口，而是一幅画的样子，你说对不对?”

我的视力没问题，也提前发现了这一点，只不过在强忍着不说出来。

光斑或者洞口给人的感觉肯定不一样，现在它看上去像是有人扭开强力电筒之后射在石壁上，形成了那么一块白色的亮光。再上升五十米之后，毫无疑问，我跟关宝铃同时明白了这一点——

光斑只是光斑，而不是想象中的明亮洞口。

第五章 古怪齿轮

“不是洞口！天哪，我们没有出路了，根本没有出路，我们要困死在这里了！风，你看到了吗？只是石壁，只是石壁！只是……”关宝铃猛然弹身站起来，声嘶力竭地大叫了一声，随即摇晃了两下跌倒下去，砰地一声摔在地面上。

我来不及扶住她，因为过度的惊骇与失望，已经令我四肢麻木，并且心跳也似乎马上要停止了一般。

漫长的充满希望的等待，换来的只是一面可笑之极的绝壁。不知何处传来隐隐约约的“飕飕飕飕”的风声，我的脖颈也僵硬了，只是茫然地仰视，看着那块直径十几米的巨大光斑，像是中秋节时映在湖心的月亮，皎洁美丽却又虚幻无比。

只是光斑，不是出口！头顶的石壁很光滑，或许我该爬到塔顶，从那里向上望会感觉更真实。那是货真价实的青色石壁，与面前的所有石壁浑然一体，像是给这口深井做了一个严丝合缝的石头帽子，看不出哪里有可以逃生的缝隙。

白光是哪里来的已经不重要——我们会被困死在这里，即使我牺牲自己，让关宝铃的生命延长三天、五天、十天，她仍然会死，无法避免。

我站起来，踉跄着走到玻璃盒子的边缘，扑在冰冷的弧形玻璃上。四周和顶面都是坚不可摧的石壁，下面是悬空的深不见底的万丈深渊，一旦将这盒子提升上来的动力突然消失，它将再次变成无限加速的自由落体，再次砸回深海里去。

忽然之间，我的视线变得模糊了，似乎有眼泪已经涌出来，但不容它们涌出眼眶，那种“飕飕飕飕”的声音突然放大了很多，来源应该就在附近的某处。

我打起精神迅速向盒子侧面奔跑着，就在塔门的反方向，我看到了一个明亮之极的洞口——不，不是洞口，而是在洞壁上开掘出来的大厅，高度超过十米，宽度约五米，一直横向延伸出去。

大厅的地平面位置比盒子的底部稍微低一些，所以我站在盒子边缘，能看到里面所有的情况。

地面上有一座纵向延伸的白色石台，石台上放置着无数飞旋的齿轮。

我的身子因为极度激动而剧烈颤抖着，并且情不自禁地对着玻璃墙壁又踢又打。那些齿轮，跟我们在深海建筑的天窗上遥望到的差不多，只不过这次直线距离不超过十米，看得一清二楚。

黝黑的齿轮被一根白色的直径二十厘米的光带串联着。看似应该比较柔软的光带，承担起了齿轮转轴的作用，紧贴在石台上，所有的齿轮都是绕着它来转动。当然，每一个齿轮下面都有凹槽，它们露在石台外面的只有一半体积。

距我最近的齿轮转速非常快，向里数十个齿轮之后转速有明显下降，再向里便转得更慢。我极力向齿轮最深处张望，视线里却只见石台、齿轮、光带，其他什么都没有，一片空空荡荡。

这个神秘的大厅里一片雪亮，但我看不到任何灯具的存在，就像看到洞顶的光斑，却找不到它的来源一样。

真是古怪——齿轮旋转的动力来自何处？它们有什么作用呢？

真恨不得有柄大锤，敲碎这些挡路的玻璃墙，跳进洞里去看看。不管这些齿轮是什么人设置的，如果能在洞的最深处找到出路，也总比困在玻璃盒子里强。我想放声大叫或者放声大笑，心里的郁闷实在是无处宣泄了，看着那么多齿轮飞速旋转，犹如井然有序的某个自动化工厂车间一样。

神秘事物的背后，肯定隐藏着某种神秘的力量，我相信在这个竖向隧道里存在着操控一切的“人”。

在极度震撼的状况下，我几乎忘记了关宝铃的存在，只是死死盯着那些齿轮。

“风、风……你在哪里？你在哪里？别离开我，求求你别离开我，别把我一个人丢在这里！风——风——风……”关宝铃带着哭腔的叫声响起来，无力地在这个巨大的玻璃盒子里回荡着。

我用力揉了揉干涩的眼睛，回身往回走，才发现自己的双腿已经开始不听使唤。从进入这个空间到现在，至少已经过了三天时间，虽然腕表已经停了，但我的感觉是不会错的，体能与精力已经临近崩溃的极限。

“风——”关宝铃泪流满面地扑过来，头发散乱地披在后背上，华贵的黑色长裙已经皱得不成样子，并且遍体都是被海水浸泡后留下的白色印痕。我从她的样子，能知道自己的形象也早毁败殆尽，毫无风度可言。

我们两个几乎同时倒地，已经没有力气继续支撑下去了。

“我看到了齿轮，就像咱们在水底看到的一样——”我回头指着，被塔身遮去了一半的山洞仍然历历在目。

人在极度虚弱的情况下，对任何古怪事物感到惊骇的程度都被大大削减了。所以关宝铃并没有像我一样大喊大叫，只是微微点了点头，便把脸贴在我的胸口上，缓缓闭上眼睛，长长地吁出一口气。

“我找不到你，以为你会像瑞茜卡一样，从我身边消失，永远都不会再回来。别离开我……别离开我，在我死之前，要你永远都……在我身边，永远都在我身边……”她的嘴唇裂开了无数细碎的小口，每次翕动，鲜血都在丝丝缕缕地渗出来。

我握着她的手腕强笑着：“怎么会呢？盒子封闭得如此紧密，就算逼我走，都走不掉的。更何况你在这里，我绝不会一个人离开，永远都不会。”

她用力地贴近我，含混不清地呢喃自语：“我好冷，抱紧我，抱紧我，抱紧我……”

这一刻，她是世界上最无依无靠的小女孩，完全剥离了天后巨星、影坛奇葩的灿烂光环，只是我怀里要人疼、要人呵护的乖女孩，但我却什么都无法给予她，也无法改变糟糕之极的现状。

如果大亨在，他会怎么做？他会比我做得更好吗？我甚至一直都在自责，如果陪她回到枫割寺的人是我，或许不会出现后来这一连串的遭遇，令她受这样的磨难。

伴随着耳边“飕飕飕飕”的齿轮飞转声，我数着她渐渐微弱的心跳，虽然极度焦虑但却毫无办法。

小刀已经颤巍巍地握在手里，我不能预计自己的血会流多久，如果真的要用自己的鲜血来延续关宝铃的生命，我会毫不吝惜地去做。

在我心里关宝铃取代了一切，甚至将“寻找大哥杨天”这件事也掩盖住了。我扭头看着那些旋转的齿轮，脑子里艰难地思索着可能与它们相关的线索，或许下一次关宝铃睁开眼的时候，我就会切腕放血，滴进她的嘴里。

后果会怎样呢？我会真的死在这里吗？难道这就是我的最终宿命——

直径三米、厚度一米的巨大齿轮绕着那根光带旋转，犹如无数巨大的磨盘，除了划破空气的飕飕声，本身并没有发出任何摩擦声。

从那些转动缓慢的齿轮上，我能模糊看到很多密集的齿圈，每一条齿圈的间隔和深度都约为二十厘米，可是这种单个的齿轮就算旋转得再快或者再慢又有什么意义？它们如果不能彼此啮合，似乎只是毫无意义的单独旋转，根本产生不了什么作用。

洞里的白光似乎是某种大功率无影灯发出的，雪白均匀，并没有将齿轮的阴影投射在石台表面上。洞很深，一直向里面无穷无尽地延伸过去。联想起海底那个巨大建筑里的齿轮数为一百二十八个，或许这里也有那么多甚至更多——

关宝铃呻吟了一声，舔着干裂的嘴唇睁开了眼，眼珠上满是细密纠葛的血丝。

“我要死了，风，我又饿又渴……我刚刚梦见冰柠檬茶、圣诞节的烤火鸡、奶油椰丝面包、法式浓汤……”她一口气说了十几种饮料和美食，引得我的肚子发出抑制不住的咕咕声。

在开罗时，我常常跟苏伦一起去一家叫做“玫雅琳”的法国餐厅吃饭，那儿的烛光大餐是整个开罗城最好的，还有上等的法国红酒和奶油珍珠粉冰淇淋。不过现在，哪怕是能得到一份白开水加切片面包也行，肚子已经饿到了来者不拒的地步。

“你在想什么？我感觉到你又走神了，在想那个叫‘铁娜’的或者叫‘苏伦’的女孩子？”关宝铃很敏感，第一时间抓住了我的思绪。

我想摇头否认，但后颈发出只有重度关节炎病人才有的“嘎吱”声，像是锈蚀了很久的齿轮。

“别瞒我，你的自传里提到过两个女孩子，铁娜和苏伦，你很喜欢她们对不对？”关宝铃吃力地笑起来，嘴角似乎有微微的醋意。

我的自传是铁娜负责编纂、发行、出版的，所有内容都被她再三删改过，当然会以她自己为第一女主角，而苏伦一定会沦为陪衬。看过那本书的人都会就事论事，把所有经过夸张的故事情节硬套在我头上，所以我非但成了活跃于埃及金字塔里的超人勇士，更成了左拥右抱、来者不拒的大众情人。

关宝铃的头枕在我的膝盖上，脸向上仰着，这种动作能帮助她更合理地保存体力。

“风，无论从哪一方面看，你都是很有魅力的男人，最讨女孩子喜欢——颇具棱角的脸、浓烈有力的眉、精神睿智的眼睛、挺直的鼻梁、饱满的唇。我觉得你应该去娱乐圈发展，在目前奶油小生当道的年代里，观众们或许更希望看到硬派小生的出现，就像先前去美国好莱坞发展的几位大哥级华人男星。如果你愿意，我们脱困之后可以合作，保证你能几个月内红透港澳和东南亚，成为圈子里最闪亮的男星……”

一提到电影，关宝铃的情绪立刻好转起来，一口气说了这么多，嘴唇上渗出的血丝越来越多。

我轻轻摇头，做一名整日带着面具的戏子，不如开开心心地做我自己、走自己的路。抛开金钱的因素之外，我不喜欢演戏，那种生活会让自己很累，经常忘记了自己到底是剧本里的还是真实中的某个人。况且，我有更重要的事需要做，无论是港岛、好莱坞还是金马金像、奥斯卡，对我都没有任何吸引力。

她艰难地撩开额前的乱发，近乎干涸的大眼睛里重新绽放了光泽：“不去？不喜欢？可是我希望能跟你在一起，希望能一同出现在光彩照人的水银灯下，一同成为大众的焦点。叶先生名下有四家亚洲一流的电影公司，可以为咱们量身订做剧本。风，我喜欢在你身边的感觉，别离开我好吗？无论是现在，还是未来脱困之后——”

又一次，她提到了无所不能的大亨。我承认，在全球任何一个名流圈子里，能跟大亨结交并且套上近乎的，都会引以为荣，似乎他是世间万物的主宰，没有搞不定的事。

我看到她眼里的光彩，或许其中一大部分是为了大亨而绽放的——“我不想，跟大亨熟络的是你，而不是我。我会凭借自己的能力开创事业，而不是依靠别人。”

受大亨关照，让他爱屋及乌地因为关宝铃而在乎我，这是我的耻辱，我还没无耻到要利用自己爱的女人去谋取某种利益。这一点，在人格上要比大亨强，因为关宝铃曾经为了收买别墅、破解“黑巫术”而半夜三更爬进寻福园的大门，向一个陌生的男人乞求达成这笔生意。

如果她成了我的女人，我就算死都不会让她去求别人。

“风，有些事你似乎弄错了，其实、其实大亨是有妻子和孩子的，不可能对我怎么样。我们只是……朋友，只是很好的朋友，而不是像你想的或者外面小报记者编造的状况。”

她急着要解释什么，不过在我看来反而欲盖弥彰。

大亨包养过很多女人，每一次对外宣称都是“红颜知己、超然欲外”，仿佛大家都是精神上的相互倾慕一样，实际上，纸里包不住火，每一次都会闹得沸沸扬扬，以满地八卦收场。当然，以他的权势、金钱和个人魅力，只要点点头，很多漂亮女人能挤破大门争着做他的女友。

关宝铃的档案很清白：祖籍香港，跟着单身母亲长大，母亲在她大二那年癌症去世，她在好心人的资助下念完大学，然后通过港岛电视台的选秀活动进入娱乐圈。除了大亨之外，极少有什么乱七八糟的绯闻传出来，娱乐记者们更关心的是她进军好莱坞的前途问题。

在娱乐圈这个越搅水越浑的大染缸里，关宝铃是极少数天赋高而又肯努力进取的女星之一，很多人都百分之百地肯定她将来的成就绝对会超过当前华人女星里炙手可热的张、巩、章。

我当然也看过她主演的片子，堪称是演技派与偶像派并重的佳作。在北海道邂逅之前，我就开始欣赏她了，只不过一想到“大亨的女人”这个不光彩的标签，自己就会望而却步。

“其实，很多事不必解释的，我能理解。”我苦笑着，阻止她的费心解释。如果我真的想要她，肯定就会忘记她的从前，而只看中她纯洁无瑕的心灵。

关宝铃额头的青筋猛然迸跳起来，脸颊飞起两团红晕，似乎是要准备激烈地辩论什么，陡然又闭了嘴，发出一声悠长的感叹：“唉，清者自清，浊者自浊，我真的不必解释了。”

突然间出现的尴尬，在我们之间缓缓蔓延开来。

沉默了十几分钟之后，关宝铃忽然苦笑着问：“风，你嫌弃我？”她的头依然枕在我的膝盖上，但眼角却有两颗晶亮的泪珠滑落出来，一直滚向她小巧圆润的耳垂。或许对一个女孩子来说，被大亨这样的男人包养，是一生最深的、最不可开解的痛。

我嫌弃她吗？我说不清楚。

至少在王江南苦苦跟在她后面追求的时候，我是怀着一种幸灾乐祸与醋意横生的想法，甚至是抱着隔岸观火的看热闹心理。直到关宝铃神秘失踪之后，我才真正意识到，她的影子已经深深镌刻在自己心里，挥之不去。

我的确对“大亨的女人”这句话耿耿于怀过，或许还将耿耿于怀下去，但我无法否认她身体里散发出的致命魔力，比此前任何一个女孩子给予我的印象都更完美。

“我没有嫌弃你，这些问题我们可以在脱困之后再讨论，现在你需要休息，我们没有多少体力好浪费了……”我的嘴唇也在火辣辣地痛。

关宝铃又一声长叹，抿着唇，陷入了长久的沉默。

时间在不停地消逝，我一直希望能突破玻璃盒子，进入那个古怪的山洞里去看看。放置齿轮的那一列石台只占据了山洞总宽度的三分之二，石台旁边很明显地留下了一条通道。如果按照最正常的思维，这么多高速运转的齿轮总该有人巡视照看，那条通道就是供人来回走动的。

我情不自禁地自嘲着：“在这种神秘的地方，会有什么样的怪人照看这些机械装置？”想不通的事太多，可惜没能像古人说的“车到山前必有路”一样，我们到了山前，却给石壁挡住了，无路可去。

不知过了多久，关宝铃渐渐陷入了虚脱的昏迷，嘴唇上到处泛起了米白色的小水泡，呼吸越来越急促。

她需要补充水分，但这里只有透明的空气——小刀压在我的左手腕上，轻轻一动，一滴血珠迸出来。我感觉不到疼痛，只是机械式地把手腕横在关宝铃嘴边，让血珠滴落进她嘴里。十几滴血珠落下去之后，她呻吟着贪婪地舔着嘴唇。这些温热的液体对她太重要了，我在小臂上轻轻一压，血珠滴得更快，像是春天最珍贵的雨滴。

至少滴过五十个单位的血之后，关宝铃饥渴的状态才稍稍得到缓解。成年人的正常失血量为二百到四百个单位，但我的身体已经极度虚弱，只是五十个单位的血，足够令我眼前一阵阵金星乱冒了。

“下雨了吗？风，是下雨了吗？我感到有水珠落下来，好甜……”她闭着眼，任由鲜红的血滴进嘴里。

如果我的血能助她渡过最危险的生命难关，就算把全部鲜血都释放出来我也愿意。

“是，是下雨了!”我低声回应着她，再次挤压着左臂，让滴血的速度再次加快，一不小心有一滴血落在她的脸颊上，啪的一声，如一朵严冬寒梅般鲜红地炸裂开来。

“或许是我们的困境感动了上天吧，才会下雨来救我们。最好再掉下几个汉堡来，或者包子、饼干来都行啊……我真的感觉好饿，早知道这样，当年入行的时候不那么拼命减肥就好了，至少身体里能储存更多脂肪——”

她的肚子“咕咕、咕咕”地叫了几声，接着她便不好意思地睁开了眼，“啊”地叫了一声，挣扎着要坐起来。

我按住她的肩，低声叫着：“别动，你很虚弱，千万不要动……”随即发力在她的左右肩窝里点了两下，令她失去挣扎的力气。

她含混不清地叫起来：“我不要……不要……不要你流血，不要……”并且迅速闭上嘴，坚决地用力摇头。

血仍在滴，不过却是凌乱地落在她的下巴上、腮边、胸前。我刚刚要捏住她的下巴强迫她张嘴，耳朵里的“飕飕飕飕”声蓦地消失了，四周出现了一片森冷的死寂。

我忍不住抬头，那些飞旋的齿轮陡然停止了，而那条光带上却有许多五颜六色的光点在急促流动闪烁着，仿佛是圣诞夜泛滥的彩灯。

它们坏掉了吗？还是情况发生了什么变化？或者又要有意外发生……

关宝铃停止了挣扎，双眼一下子瞪到极限，大声叫着：“看那洞顶！看那洞顶！洞顶!”

我们谁都顾不上仍在滴血的手腕，两双眼睛死死地盯着洞顶那块光斑，它正在奇怪地蠕动着，仿佛那片石壁正在迅速分解，而光斑一路向石壁深处渗透进去，转眼间已经凹陷进去一米多深，这个玻璃盒子也跟着上浮，始终跟洞顶紧贴。

我的大脑只思考了两秒钟时间，跟着跳起来，抱起关宝铃，来不及有任何解释，直接冲向塔里。当我飞奔着冲向楼梯时，顺便脚尖一钩，把那块金属牌子挑起来，抓在右手里。本来极度疲倦的我，突然有了使不完的力气，直奔到塔顶，抱着关宝铃和牌子，站在玻璃屋顶下面。

现在，我们能更清晰地观察那块光斑，它背后的岩石并非是被分解，而是像拉开很多扇叠合在一起的门板一样层层撤走，速度快得让人目不暇接。

“风，就算上面的阻隔完全打开，我们却不得不囚禁在这盒子里，仍然无法脱身，怎么办？怎么办?”她说的跟我所想的完全相同，突破洞顶固然关键，但是打碎这盒子似乎也是必不可少的步骤。

它的玻璃外壁那么坚韧，就算是最好的防弹钢化玻璃也不过如此，如果没有特殊的工具，似乎很难达到目的。

第六章
千头万绪

光斑凹陷进去的深度几分钟内便超过了十米，在我们目不转睛的注视下，猛然间石壁打开，光斑直射出去，射向一片蔚蓝的背景。

“那是蓝天！蓝天，蓝天，蓝——”关宝铃兴奋的叫声被突如其来的汹涌弹力切断，我们两个倏地飞了起来，一直向上飞向天空。

“啊——”关宝铃尖叫着抱紧我的脖子，而我在身体骤然腾空的情况下，仍然没忘记回望一眼。下面是个深邃之极的黑洞，深不见底，模糊幽暗，只瞥了一眼，那些被光斑打开的层叠石壁又合并起来，迅速切断了我的视线。

重新站在蓝天之下，我贪婪地呼吸着新鲜的地球空气，精神为之一振，这才知道并非被弹向半空，而是稳稳地站在某座建筑物的顶上。

山川萧条，树木零落，这仍旧是地球上的冬天，幸好我们并没有被发射到某个地外星球上去。

关宝铃仍在我怀里，她伸手斜指向下，欣喜地抑制不住抽泣起来：“看啊，看啊看啊……是枫割寺，我们是在枫割寺里。风，我看到那边就是井，那口‘通灵之井’……”

真是难以置信，我们此刻就是站在“亡灵之塔”顶上，当我抱着关宝铃小心地跳下来，站在顶层的围栏边上几十次深呼吸后，才确切相信了这一点。

太阳垂在正西的山尖上，光线正在逐渐黯淡下去，时间是在下午，黄昏之前。正北厨房方向炊烟袅袅，随北风送来的还有一阵阵让人肠胃加速蠕动的饭香。我的目光从一座座毗邻连绵的屋顶上掠过，认出了洗髓堂的位置，当然还有那两棵历史悠久的古树。一切都是如此亲切，就连谷野的“冥想堂”也变得顺眼了许多。

塔下的广场干干净净，连一片落叶都没有——极目南眺，寻福园的主楼、庭院都看得清清楚楚。

“我们，终于回来了……”我低语着，眼眶里有什么东西在心酸地涌动着。

沿着楼梯向下，走到二层与一层之间时，每一步我都走得很小心，生怕再发生意外，重新回到那个神秘的玻璃盒子里去。看得见一层地面之后，我把手里的牌子用力丢了下去，发出“砰”的一声，在地上连翻了两个跟头。

牌子没有消失，我跟关宝铃也放心地走下来，捡起牌子走出宝塔。谢天谢地，我们经过了漫长的失踪之后，终于重新回到现实中来。

还没走到天井西面的月洞门，有两个僧人一边聊天一边迎面走来，猛抬头看到我跟关宝铃，一下子张着大嘴愣住了，略微泛黄的瘦脸上露出难以置信的极度惊骇。其中一个竟然把一只拳头用力塞进自己嘴里，仿佛见了鬼一般浑身拼命颤抖着。

“是是是……是是风、风、风先生吗？是你……吗？”另外一个还算镇定，不过普普通通的一句话却被断成无数截，毫不连贯，辞不达意。

我挥动着双臂，意气风发地叫着：“当然是我，快点带我去厨房，我要饿死了——”

这是我们重回人间之后的第一句话，说完这句便同时虚脱到极点，翻身倒地，人事不省。

“风哥哥，风哥哥，是我，苏伦——”

我听到了呼唤声，不过非常遥远缥缈，仿佛隔着千山万水的距离。

苏伦？不会的，她还在川藏边界搜索阿房宫，怎么可能飞到北海道来？肯定是幻觉，或许我太想念她了吧？翻了个身，我继续沉沉睡去，把所有呼唤声都摒弃在睡梦之外。

脑子里还残存着陷入深海时的极度恐慌，包括那阵红光来袭时无处藏身、无处躲避的困窘。我知道，就算不落入那巨大建筑里，若是给海底火山爆发喷溅到，在摄氏几千度高温的岩浆袭击下，再坚固的玻璃盒子只怕都要灰飞烟灭，而我跟关宝铃也就只有一起瞬间死亡的份。

我想多睡一会儿，嘴唇上掠过牛奶和鲜橘汁混合的味道，有人把一根极细的吸管放进我嘴里，下意识地吸了一口，如啜琼浆一般，精神立刻清醒了许多。

“啊，他在喝橘汁，已经清醒过来了，太好了！”是萧可冷的声音，她在激动地鼓掌。我身边很近的地方，有个人垂着头坐着，一直握着我的手。这人的手很滑很柔软，会是谁呢？是关宝铃吗？我希望是苏伦，她在我心里的位置是任何人无法替代的。

要不，就是藤迦？那个身份神秘的日本公主？至少是我把她从沉睡中唤醒的，她总该再救我一次，让我安然渡过难关吧？

头好沉，眼皮也同样沉重，我睁不开眼，再吸了一口橘汁，肠胃一阵抽搐扭动，从头到脚都冒出了一层冷汗，然后继续睡了过去。

潜意识里，最渴望此刻苏伦在我身边。我消失后，萧可冷肯定会给她打电话，如果我在她心里有足够的分量，她一定会来。

我张了张嘴，无力地叫了一声：“苏伦——”

此时浑身上下所有的骨头、关节都在酸痛着，手腕上的伤口也在火辣辣地疼。我想凝聚丹田之力，可奇经八脉都软绵绵地无法发力，犹如受了最严重的内伤一般。

没人回应，失望与怨恨同时充满了我的胸膛：她不在，这时候，她是不是正在川藏边界的原始森林里，跟那个什么生物学家席勒一起寻找子虚乌有的阿房宫？真不知道她是受了什么人的蛊惑，竟然相信地球上存在着第二座阿房宫。

我想起了小燕：是了，应该火速通知小燕，要他进入俄罗斯的机密资料储存库，看看北海道下面有没有深海军事基地。噢，天哪，还有这么多事等着自己去做，也不知道关宝铃醒了没有……大亨会来看她吗？

时间仿佛凝固了一般，我感觉到好像下雨了，有水滴正不停地打在我脸上。

我抓到了一个人的手，猛地挺身坐了起来，张口叫着：“苏伦！”其实自己潜意识里，此刻最需要的是苏伦，只要有她在，一切都不必担心。在那个奇怪空间里的时候，如果把关宝铃换作苏伦，或许脱困的机会能增大几百倍。

“风哥哥，你醒了！你醒了！”面前的人泪痕未干，睫毛上还挂着四五滴晃动着的晶莹泪滴，可不正是苏伦？

我第一眼落在她的头发上，刚刚剪过的短发，虽然油亮顺滑，但给我的感觉却非常别扭，不禁悄悄皱了皱眉。比起在开罗时，苏伦黑瘦了很多，脸上的皮肤也变得有些粗糙，再配上萧可冷那样的短发，让我突然觉得有些陌生。

萧可冷站在苏伦身后，用力地在地板上跺了一脚，兴奋之极地嚷着：“老天保佑，终于……终于醒了！我去盛碗汤过来，太好了！太好了！”

她像阵风一样旋了出去，短发被门外的阳光照得闪闪发亮。

一时间屋里只剩下我跟苏伦，手紧握着，心里也有很多话，却全部噎在喉咙里，无法倾诉。

这应该是在枫割寺的客房里，因为我鼻子里闻到了无处不在的香火气息，并且对面的墙上挂着佛门大师的日文俳句，刻在深邃的紫檀木板上。风从窗外掠过，不时地吹动檐下的一串风铃，发出散碎的叮当声，一直萦绕不去。

“苏伦，你瘦了，是不是在那边的搜索工作很辛苦？”我从来没像现在一样笨嘴拙舌，明明盼着苏伦前来，脑子里却再也想不出什么甜蜜的词句。

“不，那边还顺利。你失踪后，小萧第一时间打电话给我，我就带席勒直飞过来，希望能找到你，可惜两周来，我们搜索‘亡灵之塔’和整个枫割寺几百遍，一无所获。还好，你自动出现，所有人悬着的心总算放下了。”

苏伦平静下来，抽出了被我握住的手，擦掉眼泪。

经历的一切恍如一梦，我苦笑着摸着自己的下巴：“怎么？我消失了两周？有那么久吗？”下巴上的胡楂硬硬地扎手，这种情况一般出现在四天以上不刮胡子的时候，我觉得自己消失不过是五六天的时间，绝对没有苏伦说得那么长。

身子下面铺着柔软的纯棉床单，身上盖着的也是同样质地的棉被，我不由地大声感叹：“能回来真好！我以为自己要葬身在那个神秘空间里呢——”

侧面的花梨木小桌上整齐地放着铅笔与白纸，苏伦困惑地笑着：“风哥哥，暂且不讨论这个时间问题了——你在昏迷中一直在叫着‘齿轮’和

‘海底基地’这两个词汇，到底是什么意思？难道你曾去过海底?”

她取过那叠白纸，上面潦草地记着很多莫名其妙的短句，我大略看了看，这些记录应该是我昏迷中的梦呓，的确有很多地方重复记着“齿轮”这两个字。

“对，我去过海底，而且我想趁脑子还清醒，把自己的经历复述描绘出来。苏伦，你绝不会想到我的经历有多奇怪……”

我接过纸笔，从自己在塔顶看到“神之潮汐”出现开始描述，采用文字加上简笔画的方式。苏伦取了一架微型录音机出来，按下录音键，放在我的枕头旁边。我不知道自己的叙述有没有人会相信，但我固执地要把它画下来，作为今后探索“亡灵之塔”和“海底神墓”的重要参照。

三小时后我的描述告一段落，扔下铅笔，用力活动着备感酸涩的右手。真得谢谢萧可冷送来的参汤，日本饮食文化的精髓——鲜牡蛎配参汤果然是最美味的补品，我足足喝下了两大碗，在她和苏伦看来，犹如牛嚼牡丹一般。

白纸已经用掉二十几张，但我画那个巨大的海底建筑时，苏伦牙缝里一直在“咝咝咝咝”地吸气，以此来表达出她的万分惊骇。

“一个可以释放出红光的建筑？在不知多少米深度的海底？风哥哥，要知道在日本近海是不可能有俄罗斯人的水下基地的。日本海军的水下超声波探测技术跟美国不相上下，那么庞大的基地，怎么可能逃过他们的搜索?”

苏伦轻拍着那张纸，透露出百分之百的不相信。

我苦笑着点头：“对，我知道日本海军的实力，并且我还要补充一点，规模如此巨大的水下基地，没有二十年以上的建造过程，是根本无法成形的。如果俄罗斯方面有大规模的水下营造工程，消息不可能封锁到滴水不漏的地步，那么五角大楼方面的间谍会有足够的时间把它挖掘出来。我们谁都不要轻易否定一件事，请赶紧联络小燕，我希望得到俄罗斯军方的内部资料，以确定水下的建筑物是什么。”

耳听是虚，眼见为实。苏伦只是听我的个人转述，当然不可能盲从盲信，真要那样，她就不是我喜欢并且钦佩的苏伦了。

苏伦翻阅着我的记录，眉头越皱越紧。她的左脸颊上有道新添的血痕，两厘米长，刚刚结痂，看上去分外刺眼，虽然不算是破相，却也令人心疼无比。

“苏伦——”我轻轻叫了一声，声音尽量变得温柔。

“嗯。”她答应着，视线并没离开纸上的文字。

“寻找阿房宫的事是否可以暂时告一段落，咱们全力发掘‘亡灵之塔’的秘密？我觉得塔上肯定存在突破空间的秘密通道。不管那水下建筑是什么，一定跟传说中的‘海底神墓’有关，你说呢？”

我希望苏伦能留下来，跟我联手破解“亡灵之塔”的秘密。

苏伦笑起来，那道细小的血痕也颤颤地抖动着：“好吧，假定你的叙述全部可信，我们或许可以用同样的方式突破空间束缚，进入那里。关键是，那个水下建筑如果是军方的设施，咱们再次下去，只怕会引起不必要的麻烦。”

她拿过桌上的一个台历，指着无数被红笔圈住的数字：“风哥哥，你看一下，这十五个被圈住的日子，就是你从塔顶消失直到前天神奇出现之间的时间间隔。十五天，已经超出了人类脱离食物和饮用水之后所能生存的极限，你能不能解释一下，自己是如何做到的？”

“我无法解释，但是我相信事实，我还活着就是最好的解释。”对于所经历的一切，我需要更长时间的思索才能解开所有的谜题，现在根本是满头雾水，知其然而不知其所以然。

苏伦丢开台历，用铅笔在记录纸的最后一页上添加了这样的句子：“失踪十五天，靠什么度过人类生存的极限？是否可以对失踪者的消化系统、供氧系统做进一步的透视检查？”

当苏伦做这个动作时，我望着她的头发，忽然有一阵重重的怅惘：或许她根本不了解我喜欢长发的女孩子？或许只是为了在川藏边界的深山老林里行走方便？

总之，短发的苏伦破坏了之前我对她所有的美好印象，甚至恍惚觉得，自己根本就没爱过她。

我的两侧太阳穴忽然一阵钻心的刺痛，并且浑身冒出冷汗，心情烦躁无比，迅速掀起被子下床，走近门口，用力呼吸着来自门外的新鲜空气。

“风哥哥，还有一件事，嗯……我与大亨通过电话，他要我好好照看关小姐，并且昨天已经拨了一大笔款项到小萧的账户上，作为关小姐在本地的起居费用。另外，有一笔三千万美元的奖金，是送给你个人的，能找回关小姐，大亨对你非常感激。”

苏伦的话带着明显的醋意。

风那么冷，但一想到关宝铃，我心里忽然有了某种窃窃的暖意。

“要不要现在过去看看她？就在隔壁，十步之内——”醋意更明显了，小萧向苏伦的报告细节备至，应该是如实地把在北海道的行踪做了翔实之极的描述。

十步之内，必有芳草，关宝铃又岂止“芳草”那么简单？

我用力摇头：“苏伦，你误会了，我跟关小姐只是一同落难而已，并非有意闯入那个神秘空间里去救她，一切只是误打误撞。”的确，如果知道被困的情况糟糕至此，我才不会轻举妄动。

苏伦起身快步向外走，匆匆丢下一句：“不必解释了，既然大亨都那么放心，我有什么不放心的？”

院子里的枯草瑟瑟地在风中抖着，这个狭长的院落是为前来枫割寺进香的游客们准备的，半年闲置，我跟关宝铃差不多是今年的第一批住客。

风铃又在叮咚响着，风也越来越冷。

苏伦肯定是生气了，她把我的失踪当成了一次舍生忘死的营救行动。换了是我，也会满肚子气不知向谁撒。

院子左侧的月洞门边有人影一闪，听对方的脚步声我已经猜出他是谁，并且大声叫出来：“小来，是你吗？”

小来大步走过来，手插在口袋里，满脸警觉，边走边四下张望着。

“风先生，您身体怎么样？失踪这么多天，把霍克先生、张先生他们急坏了，并且孙龙先生也几次打电话过来询问情况。按照十三哥的安排，从现在开始，我就是您的贴身保镖，寸步不离。”

想起进退维谷、无比尴尬的王江南，我忍不住大笑。跟大亨相比，王江南之流不过是卑微的蝼蚁，不自量力的结果就是将自己置于刀山火海之中，随时都有丧命的危险。在枫割寺门前的那场僵局，如果不是我挺身而出，还不知道会发展到什么结果呢！

小来误会了我的大笑，露出扭捏的神态：“风先生，我知道自己武功低微，而且做事不够聪明，但只要您说一句话，赴汤蹈火，小来眼睛都不会眨一下的。”

我拍着他的肩：“小来，我不是笑你，能有你这样的兄弟，我很荣幸。”

隔壁的门“吱呀”一响，有人急步走了出来，我听到风吹动这人手里握着的册子的“哗啦”声。

“小萧——”我试着叫了声，风大，听力受到了极大干扰。

“是我，风先生，有事吗？”萧可冷的回应声有些犹豫，并没有立刻走过来。夕阳把她的影子投射在我面前的门槛上，那册子已经被她藏在背后。

苏伦说过，隔壁住的是关宝铃，我想知道她的恢复情况，但萧可冷的怪异举动让我起了疑心：“小萧，你拿的是什么？不会又有秘密瞒着我吧？”

我一直觉得，萧可冷跟苏伦的关系非常密切，很多时候，她会事无巨细地向苏伦汇报，不加丝毫隐瞒，但现在她在瞒我，我当然要问个明白。如果秘密跟关宝铃相关，我更要知道真相。

萧可冷踱过来，无奈地亮出手里的一叠白纸。纸上，竟然是清晰工整的图画，第一眼，我便看到了那些巨大古怪的齿轮，一个一个顺序排列着，并且精心地用细密的笔触给它们描绘上了精致的阴影部分。

这些画的水平要比我画给苏伦看的简笔画强几百倍。

我向着萧可冷微笑：“想不到你还有这么高明的绘画水平，竟然从别人的描述里将当时的情景画得如此逼真？”这些东西似乎没有不可告人之处，她又何必躲躲闪闪的？

萧可冷咬着嘴唇，不好意思地笑着：“不是我，是关小姐画的。”

我禁不住“啊”了一声，伸手接过画稿，快速翻阅了几张。玻璃盒子、岩壁、海底鱼群、海藻，全部历历在目，包括海水消失后我们看到的宝塔的外形，再向后翻，出现了浑身湿漉漉的瑞茜卡。关宝铃的笔触很是细腻写实，将瑞茜卡脸上兴奋之极的细微表情都表现得淋漓尽致，比市场上卖的工笔连环画更为逼真。

真想不到关宝铃还有这个特长，早知这样，我就不必在苏伦面前费力画图了。

“苏伦姐说，把您跟关小姐的描述两相印证，所得到的结果便是两位失踪后的真实情况。她已经在联络小燕，很快就有资料传过来，我得先过去了。”

萧可冷拿回画稿，匆匆穿过月洞门离开。

我倚在门框上，皱眉思索了几分钟，挥手命令小来：“跟踪萧小姐，看看除了苏伦小姐之外，她还会跟什么人接触。”

小来挑了挑眉毛，一言不发地跟了出去。

风里传来枫割寺的钟声，“亡灵之塔”从院子的东南方向天空露出来，沉默地刺向天空。

毫无疑问，我的失踪之路就是从塔顶开始的，而回归的终点恰好也是那里，难道进出怪异空间的门户，并不在宝塔的第一层，而是在塔顶?

隔壁传来一声悠悠长叹，是关宝铃的声音，接着她的影子便投射在我脚下，长发蓬松跳荡着。

“关小姐，你好些吗?”重回现实世界，在众目睽睽之下，我们之间的距离似乎又被无限拉长了。我是开罗来的盗墓者风，她仍是大亨的女人关宝铃，两个不可能走在一起的陌路人，偶尔同舟共济，最终还是要各走各的路。

“还好，只是心有余悸，那种恐怖的经历，一次足够，不想再被强迫着一遍一遍回忆起来。”她的嗓子恢复了一些，但仍旧有些嘶哑。

我走出门口，向侧面转身，视线集中在她干干净净的长发上。

喜欢长头发的女孩子，几乎是每个男人的心结——关宝铃的长发曾是那么多全球男影迷的视线焦点，真的很难想象她如果把长发剪掉，会是什么样大煞风景的事。

第七章
生物学家席勒

“风先生，谢谢你。”她的长睫毛颤动着，在两颊上投下动人的阴影。她早就脱去了黑裙，现在穿的是一套月白色的丝质棉袍，腰间用同色的带子松松地系着，将纤腰凸显出来。

任何时候，关宝铃的美丽都是令人心动并且心醉的，脱离困境之后，我才有心情仔细欣赏这种完美。

“谢什么？同是天涯沦落人而已，咱们能脱困出来，不是任何人的功劳，而是……而是上天开眼罢了。”我不敢贪功，如果不是那些巨大的齿轮发生了作用，令玻璃盒子顶上的石壁一层层撤去，我们此刻肯定还在那个古怪的隧道里。

“我已经把所有的经历描绘出来，不知道会不会对苏伦小姐、萧小姐有帮助。刚刚萧小姐一直在问，发出炫目红光的物体会不会就是传说中的‘日神之怒’，你觉得呢？会是神话里的宝石吗？”

“呵呵呵呵——”我忍不住微笑起来。

萧可冷的猜测不可谓不异想天开，当然任何科学研究都要“大胆假设，小心求证”，但我更希望那个水下建筑是俄罗斯人的秘密基地，跟我们此次的探索行动无关。谁都想得到那颗宝石，特别是神枪会的孙龙，简直是志在必得。如果知道我们见到了宝石，恐怕马上就会飞抵枫割寺，着手实施攫取宝石的行动。

我跟关宝铃都很累了，根本没有精力应付这些事，更不要提带领众人穿越空间的事。

“笑什么?”关宝铃扬起漆黑秀气的眉，水汪汪的大眼睛波光一荡，鲜红的嘴角也微微翘起来，妩媚无比。

我迎着她的眼波，情不自禁向前跨了一步，仿佛一不小心会跌进那个动人的笑容里去。

“我在笑，咱们好不容易脱困，偏偏有许多人盼着进入那里，为了区区一颗宝石，连自己的命都舍得抛掉——”不管其他人怎么想，反正我累了，需要好好休息一段时间再说。

“大亨说，希望咱们一起去港岛的度假别墅好好休养。他很感激你，那幢别墅的钥匙已经留给你，作为对你的酬谢。”关宝铃笑得很坦然，显然心里并没有什么龌龊想法，只是好朋友的一起出游而已。

我淡然一笑：“不必他费心了，想要度假的话，我在开罗的别墅常年闲置，只要你喜欢，我随时可以邀请你去那里看金字塔的落日，只是不知道有没有这个荣幸?”

别墅、美金对大亨来说，都是微不足道的小意思，如果我提出另外的物质上的要求，想必他也会无条件答应，但我不会动他的一分钱。

他为关宝铃做过的，我都会照做一遍，并且做得更好；我为关宝铃做过的，他根本没机会重复，我希望自己在关宝铃的生命里是别人无法取代的，包括大亨在内。最起码，在精神层面上，我已经远远超越了大亨。

关宝铃陡然长叹了一声，愁上眉梢：“风，我……有些话想单独跟你谈，只是不知道如何启齿。或许咱们仍需要一个像玻璃盒子里那样单独相对的机会，你愿不愿意听我从头说起?”

我毫不犹豫地点头：“当然愿意，洗耳恭听。”

就在此刻，小来不早不晚，一步跃了进来，令关宝铃失去了说下去的心情，转身向房间里走进去。

“风先生，有件事很奇怪，萧小姐偷偷接了个电话。我已经命神枪会的兄弟查过，那个电话来自朝鲜，并且是一个很机密的军事部门。”小来的脸色很差，一路跑得气喘吁吁。

一提到朝鲜，我马上联想到上次赤焰部队出现的事。难道萧可冷跟赤焰部队有关?

“萧小姐接了电话之后，并没有直接去苏伦小姐的住处，而是一个人到了‘亡灵之塔’所在的天井，一直绕着宝塔转来转去，嘴里喃喃自语。

这个情况要不要报告十三哥他们?”

小来的喘息平稳下来，思想也变得敏捷了许多。神枪会要在亚洲打天下，肯定会对亚洲的黑白两道势力动向严密监视，如果朝鲜军方跟萧可冷有勾结，神枪会不得不防，甚至会先发制人。

我沉吟了一会儿，才缓缓摇头：“不必大惊小怪，萧小姐是苏伦小姐的人，我会先向她问明白再做打算。”

体力恢复之后，有很多事等着去做，特别是藤迦那边，我需要知道《碧落黄泉经》的秘密。如果她是无所不知的，我会把进入神秘空间后的一切感受告诉她，由她来解开那个玻璃盒子的秘密。

黄昏暮色正在这个院子里铺散开来，小来知趣地走了出去。

我停在关宝铃门前，抬起手，犹豫着不知该不该敲门。

忽然，雕花的木门被人拉开，关宝铃披着一头长发站在刚刚打开的灯影里，像一朵婷婷开放在水面上的白色睡莲。

“风，请进来说话吧。”她微笑着，翘着嘴角，眼波深处掠过一丝狡黠。

我长吸了一口气，向院子里指着：“屋里闷，咱们在院子里走走好不好？难得这一会儿清静。”

灰色的院墙暂时将尘世的喧嚣挡在外面，只留我们俩在这一方天地里。

日本的寺院建筑比中国的佛寺更具艺术性，仔细品评，倒是跟中国著名的苏州园林一脉相传，非常讲究亭台楼阁、水榭曲廊的搭配。院子的西南角也建有一座八角形的水亭，旁边有一条水流脉脉的小溪，从亭边崎岖堆叠的乱石丛中静静流淌着。

“风，开门见山说吧，经过了玻璃盒子这一场劫难，我很感激你，也很敬慕你。其实我看得出，你也喜欢我，却因为大亨的原因望而却步，对不对?”关宝铃的话犹如一根尖刺，狠狠地刺痛了我。

这层薄薄的面纱一旦揭去，我也不必继续伪装下去了：“对。”

一个字，给关宝铃的打击似乎有几千斤重，令她的脸色刷地一片惨白，但这是不争的事实，谁都不可否认。

“如果没有大亨的存在呢？你会不会喜欢我、追求我?”她仰着脸，紧咬着嘴唇，双手揪住散落在胸前的几缕发丝。

我突然语塞，因为很多事是没有“如果”，不可能假设的。

“关小姐，缘分阴差阳错，或许来生，我们提早相遇，一定会成为最好、最亲密的朋友。”我惋惜地长叹着说完了上面的话，心脏不断地扭曲绞痛着。

关宝铃固执地追问：“你还没有说会还是不会！我只要你点头或者摇头——”

我想起了苏伦，如果这一生只允许娶一个女孩子，我会选择谁？面前的关宝铃还是清瘦的苏伦？

“你在犹豫？”关宝铃失望地望着我，眼神无比复杂。

“关小姐，就让我们做最好的朋友吧！”突然之间，我失去了要跟大亨竞争的心情。“大亨的女人”这个标签在关宝铃身上贴得太久了，我怕自己会终生无法忘记这一点。

人在绝境中与和平环境里的选择标准是不同的，在玻璃盒子里时，我觉得自己会为了关宝铃做任何傻事，包括与大亨公平竞争。但现在是在现实世界里，做任何事都要考虑后果，不可能一往无前地去闯。

究其实，我的最重要目标是寻找大哥，不惜一切代价去发掘关于“海底神墓”和《碧落黄泉经》的下落，关宝铃只是我生命里的过客，倏忽远去，不知所踪。

“呵呵，最好的朋友？我明白了，人人敬慕大亨，只要是他的东西，便没人有勇气争夺。风，我看错了你！”关宝铃的双肩急速颤抖着。

我无可奈何地苦笑：“你说得对，我之所以放弃，与惧怕大亨的权势有关。”

关宝铃不停地冷笑，愤怒地跺着双脚，蓦地转身飞奔进屋，然后砰地一声把门狠狠关上，但只过了几秒钟，她重新拉开了门，满脸怒气全部收敛，惨淡地笑着：“我很冷，可不可以抱抱我，就像咱们在幽深的海底时那样？”

她柔弱无比的样子，让我无法不迷醉，梦游般地向前走了几步，隔在门槛的两侧。我缓缓伸手，她呻吟着扑过来跌进我怀里，双臂顺势箍住了我的腰。

当我们一同陷落在海底时，面对死亡的恐惧，两颗心紧贴在一起，我是她唯一的倚靠。只有在那个封闭的狭小空间里，与尘世音信永隔，才是真正坦诚相对的。一旦离开特定的环境，大亨的威胁无处不在，任何一个爱上关宝铃的男人，都不得不考虑这个现实的问题。

我不是懦弱的男人，只可惜枫割寺这个环境似乎并不适合男欢女爱，并且在苏伦的注视下，我没法放松心情去迎合、呵护关宝铃。

她在我怀里像只受伤的小鹿，鼻子里呼出的热气扑在我胸膛上、脖子里。

“风，你心里爱的是苏伦吗？我看得出来，她很爱你，或许你们才是可以共同携手闯荡江湖的伴侣。而我，只会是你的累赘，给你添麻烦，什么都不会做。明天我就会离开这里，希望你们幸福——”

我的心被刺痛了，下意识地收紧双臂，把她紧紧搂住。

爱上大亨的女人，是一件非常棘手的事，我知道自己必须放弃，但心里却一直恋恋不舍。原来，人的思想是会随环境变化而截然不同的，当我回到枫割寺，马上就得承担起自己应负的责任，而不可能只沉浸在个人的男欢女爱里。

“抱我吧，今晚是最后一次机会，错过之后，我们将不再有第二次相逢的机会了……”关宝铃长叹，头顶蓬松的发抵在我下巴上，柔滑无比，是我所能想象到的最惬意的享受与体验。

一瞬间，我胸膛里的血又在沸腾，真想抛开一切大声告诉她：“留在我身边！”

“风哥哥！”有人在背后叫我，毫无疑问，那是苏伦的声音。

我放开双手，关宝铃愣怔地后退了一步，面如死灰地看看苏伦，再看看我。灯影里，她的长睫毛上开始垂挂起晶莹的泪珠，双手也仍然保持着环抱的姿势，仿佛要凭空抱住我的腰似的。

时间定格了一般，我跟她虽然只有一步之遥，却在苏伦的注视下，谁都不好意思重新拉近这段距离。

一阵急风迅猛地吹拂过来，廊下的风铃被重重地撞响，发出短促的“叮当叮当”声。

关宝铃如梦方醒，向后连退三步，脸色苍白如纸。作为一个蜚声国际的大明星，她从来没有表现得如此脆弱过，我心里有深深的自责，仿佛这一切都是为了我。

“风哥哥，我有事要跟你探讨。”苏伦的话冷冰冰的。

我回过头来，月洞门边站着两个人，除了苏伦，另外还有一个身材挺拔的年轻人，披着齐肩长发，双眼在昏暗的暮色里灼灼地瞪着我。他穿着灰色的皮夹克、皮裤，脚下则蹬着一双棕色的高筒战靴，浑身散发着无穷无尽的干练活力。

“这是席勒，我的工作伙伴。”苏伦向年轻人一指。他扬起手向我轻轻一挥，算是打招呼。

苏伦的电话里曾提到过他，一个年轻的生物学家。

我点点头：“请到我房间来吧——”

在我背后，关宝铃长叹一声，轻轻关门。这一刻，我心里仿佛有什么东西，砰地一声跌碎了，像一面失手落地的镜子。

我打开灯，席勒笑着，露出洁白的牙齿：“风先生，久仰了。你在埃及沙漠里的辉煌故事，已经传遍了亚、非、欧、美，我虽然不是江湖中人，却也一直盼着过来当面聆听指教。”

他有着亚洲人的五官轮廓，却生着美国人特有的金发碧眼，一看便知道是中美混血儿。两叠画稿都在他手里，从他十指的屈张姿势来看，这个人绝不仅仅是生物学家那么简单，武功肯定非常高明。

苏伦的脸始终阴沉着，我知道，自己拥抱关宝铃那一幕落在她眼里，心情绝对不会好受。

苏伦落座，做了个手势，席勒立刻心领神会地铺开了画稿：“风先生，对你和关小姐的神奇际遇，我表示十二万分的惊骇。对比你们两位的叙述描绘，特别是看了关小姐的画稿之后，一切细节都很吻合。现在的重点，是要弄明白那个巨大的海底建筑物是什么来头。”

关宝铃的画稿共有十六张，席勒很快地把画着齿轮、脚手架的那几张翻到表面上来，横铺在床上。他跟苏伦之间的默契让我也有一丝丝嫉妒，转瞬即逝。

“首先可以肯定，日本人没有建造大型水下建筑的能力。二战之后，日本人的每项军事设施都是在驻日美军的协助或者监管下完成的，他们不可能神不知鬼不觉地做这件事。剩下的可能就是俄罗斯与外星人这两条路了，风先生以为呢？”

我的思考方向也早把日本人排除在外，因为按照日本人一贯的行事作风，即使给他们足够的人力、物力、财力，要他们尽最大可能建造，也绝对造不出像纸上描绘的这种恢弘的建筑物。

“风哥哥，这一张是小燕传过来的俄罗斯军事设施分布清单，按照经纬度坐标对照，靠近北海道三百海里之内没有任何大型水下建筑设施，可以百分之百肯定。”

苏伦从口袋里取出的是张对折的传真纸，上面密密麻麻罗列着几百行数字。

小燕的黑客技术几乎天下无敌，他能找到的资料，其真实性毋庸置疑，比俄罗斯的国防部长了解得更清楚透彻。

我接过那张纸，粗略地看了一遍。纸的末尾是小燕拙劣的笔迹：“风，俄罗斯人的军事资料库没什么可看的，我正在进入他们的航天科技核心站，如果找到关于土星人的资料，马上会通知你，呵呵，到时候找你喝酒！”

小燕还是个孩子，他根本不了解刺探这些超级大国的核心机密会招致什么样的后果。

“风先生，剩余的最后一种可能，便是外星人遗留在地球上的建筑了。”席勒忽然露出苦笑，因为近年来很多关于外星人驾临地球的消息，最终都被证明纯属瞎编乱造，经不起推敲检验。他不希望我跟关宝铃叙述的也是同样子虚乌有的事，这种苦笑的成分非常复杂。

“你们栖身的玻璃盒子，可以理解为外星人进入那个建筑的水中电梯，而电梯的入口则在‘亡灵之塔’顶上的某一点上。理论上可以做上述分析，但这种理论对实际发生的事毫无帮助。你说过，自己是在某种特定的情况下误入那个空间，然后又是很偶然地被弹射出来，如果找不到电梯入口，一切都是基于凭空想象的假设。大海茫茫无边，谁能再次找到那个地方?”

席勒无奈地转动着手里的铅笔，望向苏伦。

把一切未解之谜归结于外星人，的确是地球人类科学家们的一种痼疾，仿佛一旦下了“外星人所为”的定义，便没必要再做进一步的研究了。

“我相信那个水下建筑是真实存在的，阁下是研究生物学的，对这些与外星人有关的专业知识或许比较陌生吧？苏伦，能否把所有资料传往剑桥大学的异种实验室，让那里的专家做一个详细的研讨鉴定?”我对席勒的推理并不完全赞同，生物学家最多只懂得捕捉蝴蝶、观察细菌，隔行如隔山，他的话怎会可信?

“呵呵，风先生说得对。不过很巧合，我也是异种实验室的特别观察员之一，探讨的科目正是地外生命在地球上的生存踪迹。资料传过去之后，仍会再回到我手里，这部分有关地外生命的课题，最终定论都要由我来做。不好意思，基本上我刚刚做的叙述，就是你最终能得到的鉴定结论。”

席勒不卑不亢，轻轻地把铅笔放在画稿上，忽然长叹着补充：“风先生，无论如何我非常钦佩你。中国人有句古语，泰山崩于前而不变色——这句话简直就是创造出来形容你的，无论何等恶劣的环境，你总能沉着应付，化险为夷。怪不得异种实验室的五位导师级人物一致向总统提出要求，无论付出多大的代价，也要对你的身体细胞进行组织切片检查，希望以这个研究结果来促进美军士兵的战斗能力……”

我耸耸肩：“敬谢不敏，要研究也是供给中国专家们来做，绝不会便宜美国人。”

此时，几乎所有可信的答案都是指向“外星人建筑”的，也就是说，我跟关宝铃在那个莫名其妙的玻璃盒子里差一点被吸入外星人的水下基地？

我不敢再小看席勒，虚心请教：“席勒先生，水下电梯的动力又有可能来自哪里？你们实验室有没有类似的例子？”

席勒点点头：“有，从接到萧小姐电话起，我便开始搜集这方面的讯息，关于红光与水下玻璃盒子的记载共有两条，资料就在苏伦小姐这里。”

苏伦沉郁地开口：“有记载的同样例子，迄今为止发生过两次。一次是在一九〇〇年的墨西哥湾，有渔民看到水下突然放射出巨大的红光，直射天空。有大胆的渔民潜水下去，看到水中有急促下降的玻璃盒子，盒子里搭载着四个身着白色太空服的人。他试图敲打盒子外表，引起那四个人的注意，但根本没起作用，盒子以不规则的运行速度一直坠入深海。他上岸后逢人便说自己看到的是外星人，其后在墨西哥政府的辟谣通告上说，那只不过是一次海军部队的秘密军事演习而已。”

席勒面带微笑地听着，目光一眨不眨地盯在苏伦的侧面，满含爱慕。

我感到了来自席勒的无形压力，手术刀曾要我好好照顾苏伦，但现在看来，想要照顾她的并非只有我一个。

“第二次同类事件发生在一九四五年八月，日本向盟军投降前后，具体日期并不十分确定，只能笼统记载为八月里的某一天，盟军受降舰艇‘密苏里号’上的官兵看到海底有红光激射上来。当时正是夕阳西坠的时候，红光盖过了阳光，一直冲向天空，直径十几米，持续时间长达两小时。如果不是有重要的受降任务在身，舰艇的指挥官早就派人下海搜索了，因为当时舰艇上驻扎着美国海军最优秀的‘驯兽师’特别水鬼队。这件事，曾记载于时任舰艇大副的约翰西的航海日记上，后来怕被同事们嘲笑而自己悄悄撕掉了这一页。”

苏伦的语调平缓而沉静，目光平视前方，落在墙上挂着的那些笔触散乱的俳句上。

我深吸了一口气，让自己的心情放松下来。不管席勒的来头有多大，也不管他对苏伦有多用心，潜意识里，我觉得自己能够重新赢回苏伦的心——只要我愿意。

以上两条消息能说明什么？一条在墨西哥湾，一条在日本海，东西相隔万里，似乎没有什么必然的联系。如果海底红光只在地球上出现过三次，难道我跟关宝铃有这么幸运，竟然遇到了其中的三分之一？

第八章
男人之间的战斗

“风先生，如果再有一次进入那里的机会，你愿不愿意重新试验一次?”席勒的话极富挑战性，并且在我和苏伦面前，他似乎有一种天生的优越感。我知道，所有的美国人几乎从出生起，就有这种“地球优等公民”的自豪感，仿佛他们才是地球的唯一主宰。

我摇摇头，席勒脸上顿时绽开了花一样的笑容，向苏伦做了个鬼脸，仿佛在无声地说:“看这个胆小鬼！哈哈，被奇异事件吓破胆子了!”

这是一场两个男人之间的战斗，无论苏伦心里的天平偏向谁，我都不会甘心输给席勒，况且他也根本赢不了我。

我拾起了那张画着巨大齿轮的白纸，仔细地审视了一会儿，向席勒冷笑着:“贵实验室号称欧洲最大的地外生物研究机构，能不能告诉我这些齿轮的具体作用？我摇头并不代表害怕做某项尝试，而是不想打无准备之仗。据我的猜测，解开这些齿轮的秘密，才是进出那个神秘空间的关键。”

席勒不置可否地干笑了一声，打了个哈哈:“齿轮？它们只是些普通的动力装置罢了，会有什么秘密?”

我点点头，手指在纸上轻弹，发出“噗噗”的响声，转向苏伦:“你说呢？我想听听你的意见，那对我……无比重要!”这是真心话，苏伦的意见一向对我非常重要。

苏伦沉默了下去，寒着脸不说话。

席勒的想法我也曾有过，但早就被自己否定了。齿轮转动来产生驱动力，借以打开某些门户开关，这是地球人的普遍想法。看当时的情况，如果齿轮是安装在某些巨大的装置上，并且彼此啮合，形成物理学上的“齿轮传动链”——唯有如此，才与席勒说的吻合。

不过，神秘空间里的齿轮是由一条光带相连，当齿轮飞速转动时，光带是静止不动的。我找到另外一张描绘着水下建筑的图画，脚手架边连接齿轮的光带呈“S”形延展，当然无法作为动力传导的渠道。

所以，齿轮并不是为了传递动力而产生的，与地球人的“齿轮传动”概念完全不同。

当席勒自鸣得意地以为“齿轮仅仅是齿轮”时，他已经开始误入歧途。

“我不知道，一切后续工作都要在顺利地打开水下电梯的入口之后才能列入正式议题。对着这些图纸讨论，只是盲目地纸上谈兵，毫无意义。风哥哥，明天我会返回寻找阿房宫的营地去，这边的事由小萧全权代表我，遇到任何事你都可以找她商量。”

苏伦的语气越发冷淡，这些话像一大块寒冰，突然塞进我喉咙里。

“刚来……就要走？”我不想让席勒看出自己严重的挫败感。

“对，那边的工作已经有了少许眉目，我不想让另外的探索团队捷足先登。”苏伦避开我的目光，着手整理满床的图画。

我觉得自己从头到脚都变得一片冰凉，如果苏伦对我的冷淡全部是为了关宝铃，我真是有口莫辩了。她是大亨的女人，我们没有未来，也不会再毫无理由地痴缠下去。

“哈，苏伦小姐说得对极了。如果成功地发掘出史无前例的第二座阿房宫，震惊全球的同时，必定会改写中国人的《史记》、《资治通鉴》等等皇皇巨著，她的大名将会永远镌刻在中国历史的丰碑上。所以，川藏边界的探索工作远比在这里听风先生讲故事重要，你说呢？”

席勒趾高气扬地大笑着，走过来弯腰帮忙，迅速将我跟关宝铃费了好大力气画出的图纸弄整齐，放在床头小桌上，顺手将那支铅笔一掷，嗤的一声，竟然穿透三十多张白纸，直钉入桌面。这手暗器功夫的确了不起，把铅笔当飞镖用，掷出去时贯注在铅笔上的力量至少有二十公斤以上。

他不仅仅是在卖弄自己的武功，更是不动声色地向我示威。

在体力没有彻底恢复之前，我是绝不会跟任何人动手的。一次次的生死历练，我逐渐懂得了韬光养晦的重要性。况且，席勒是苏伦的朋友，没必要一见面就搞得大家剑拔弩张的。

“这支铅笔不错。”我冷冷一笑，对席勒的得意洋洋视而不见。

苏伦皱着眉拔出了铅笔，低声说：“席勒，我有话对风先生说，请先回避一下好吗?”

带着胜利者的微笑席勒躬身退了出去，留下一阵飒飒的冷风。

“风哥哥，大亨在电话里一直询问你的情况，这恐怕不是个好兆头。以前大哥经常说，港岛的江湖人物，宁愿得罪港督，都不愿得罪大亨。他的霹雳辣手，随便提几件事出来就够人心惊胆寒的。如果大哥或者杨天大侠在这里，只怕都会规劝你，不要打关小姐的主意。所以，我希望接下来的日子，大亨尽快把关小姐接走，小萧会陪着你继续搜索寻福园别墅里的秘密。再没有结果的话，我想邀请你到阿房宫的搜索行动里来——”

我的脸色慢慢变了，原来在苏伦心里，我已经成了见色忘义的无耻之徒。她抬出手术刀和大哥的身份来压制规劝我情有可原，但我的确没为关宝铃做过什么，甚至不如王江南对她的殷勤陪伴，凭什么大亨要来详细地调查我?

苏伦是在指责我吗?为什么不明说出来，还要拐弯抹角的?我站起身，在屋子里来回踱步，心里有股燥热在一直沸腾着。

有人轻轻弹响了后窗，是小来谨慎的声音：“风先生，有什么差遣吗?”

他来得正好，我望着正在院子里无聊看天的席勒，压低了嗓子命令小来：“去试试苏伦小姐的那个朋友，全力以赴好了，对方武功不弱。”

既然我不能亲自出手，让小来去试试席勒也好，反正不能让他大摇大摆、目中无人地扬长而去。

小来“嗯”了一声，几乎听不到脚步声便消失了。

我喜欢小来的机灵，任何事只要三言两语，他便能透彻地领会别人的意思。有这样一个贴身保镖，倒也不是坏事。

“风哥哥，你还是很在乎我?”苏伦忽然垂下头，暴露在灯影里的耳垂一片潮红。

她的很多难以捉摸的心思，全部在这一句话里流露无遗，如果不是她的短发给我带来的陌生感，我真的很想轻轻拥抱她一下，消除我们之间此前发生的一切隔阂。不知为什么，看惯了关宝铃的长发后，我对女孩子的短发有特别敏感的排斥，即使是从前并肩战斗过的苏伦。

我长叹了一声："或许吧。"

苏伦扬起头，语气无比坚决："风哥哥，咱们一起离开北海道吧！这边的事暂且放下，如果能全力以赴揭开阿房宫的秘密，也是一件扬眉叶气的事，大哥在九泉之下肯定能倍感宽慰，你说呢？"

我打了个寒战，不是为门外掠进来的夜风，而是苏伦眼里的决绝深刻地刺痛了我。她要我离开，并不一定是为了阿房宫的事，更重要的，她不希望我继续跟关宝铃搅在一起，因为关宝铃是大亨的女人，是任何人都碰不得的仙桃。

关宝铃没有做对不起大亨的事，我也没有，所以，即便大亨要采取什么行动，也是无中生有的指摘，我不会——

苏伦直对着我，眼神清澈冷冽，仿佛能一直看到我的私心杂念。

风铃在响，陡然间空气中又添了一阵呜呜咽咽的号角声，一下子盖过了清脆叮当地响着的风铃。

苏伦眼神一亮："嗯？寺里有要事，这是召集三代以上僧侣去'洗髓堂'开会的牛角号！"

我知道枫割寺的规矩，全寺集合御敌是敲钟为号，号声则是召集有职务的僧侣开会讨论大事。猛然，我记起了从神秘空间里带回来的那块牌子，不知是不是被僧人们私藏起来了。

那是此行唯一的收获，不管它是不是瑞茜卡说过的"海神铭牌"，都有极高的研究价值。如果水下建筑是外星人的杰作，这牌子肯定就是外星物品——

我强压着内心的极度兴奋，只希望席勒能快些离开。

"风哥哥，别把大亨想得太简单、太善良。我们都是江湖中人，很多黑道上的规矩心知肚明，他如果出手，还会给你留下辩解的机会吗？一旦你出了什么事，寻找杨天大侠的大事谁来完成？"

苏伦说的道理我都明白，但我就是放不下对关宝铃的牵念。

"考虑考虑，给我一个合理的答案好吗？"苏伦准备离开，情绪非常低沉。

我的答案已经写在脸上，那就是"恕难从命"四个字。当我甘心离开关宝铃的时候，谁都拦不住，因为那是我自愿要走的，但现在如果是屈从于大亨的威势胁迫，我决不会退出，看看大亨到底能把我怎么样？

对于关宝铃的感情，忽远忽近。一会儿想要放弃，把所有心思转移到寻找大哥的正道上来；一会儿又无论如何不舍得放弃，觉得只有她和她的长发才是我今生朝思暮想的。

这种感觉没法向苏伦说，她是女孩子，而且是深爱着我的女孩子，肯定没法心平气和地帮我分析这个问题。

苏伦迈过门槛，南面天空蓦地有一阵直升机螺旋桨的轧轧转动声传来。仰面望去，夜色里出现了一红一绿两盏夜航灯，正在向枫割寺这边飞过来。

“是大亨吗?”席勒向这边跑，脱口叫出来。

关宝铃那边的门呼地一声被拉开，她也一步跨出来，手遮在额际，专注地凝视着天空。

大亨坐直升机来过一次枫割寺，所以正常人做出席勒那样的第一反应也完全正常。

我嗤地冷笑出声：“才不会是大亨，看看那直升机尾翼上的反光漆标志就知道了!”毫无疑问，我的视力要远远超过席勒，飞机在空中调整降落方位的几十秒时间里，我已经看清了尾翼上巨大的樱花图案。

苏伦啊地低叫了一声：“大人物！是皇室的某个大人物!”

樱花图案几乎覆盖了半边尾翼，使用的更是顶级质量的白色反光漆，在夜色里一览无遗。使用这种标志的直升机属于日本皇室专用，所以苏伦叫出“大人物”三个字完全正确。

通过它悬停时的螺旋桨转速提升可以判断，机舱里已经满员，这一点让我有些不解：难道来的不仅仅是大人物，还有很多其他随员吗？通常大人物在日本版图内出行，根本不带随员，每次都是轻装简从。

日本皇室在新闻媒体眼里几乎是透明的，堪称“大人物”的屈指可数，当然级别最高的就是天皇本人。能在此时驾临枫割寺的，又会是谁?

直升机悬停片刻，缓缓降落在洗髓堂方向，引擎轰鸣声渐渐停止，接着便悄无声息了。

关宝铃失望地叹了口气，退回屋里，没向我跟苏伦看上一眼。

席勒笑嘻嘻地问：“名满全球的关宝铃小姐果然漂亮，怪不得华府那边盛传总统先生对关小姐垂涎不已，数次邀请她去白宫参观。看来，真正的顶级美人是没有国籍分别的，对不对啊风先生?”

或许他今天太有点得意忘形了，在苏伦面前越来越口没遮拦。

我望着他冷笑：“知道吗？如果你敢当着大亨的面说这种话，十分钟之内就会被人拖去喂狼狗！”

娱乐圈人人都有绯闻八卦，但要看在什么地方对什么人说。

席勒哈哈了两声，不加分辩，以绝对胜利者的姿态高昂起了头。他以为在苏伦面前贬低我、贬低关宝铃会令她开心些，这一点可是完全估计错误了。

“风哥哥，你猜，来的会是谁？”苏伦低声问了一句。

墙外忽然传来急促的脚步声，似乎四面八方都有人奔向“洗髓堂”，脚步声里还夹杂着佛珠稀里哗啦乱抖的声音。这些应该都是枫割寺里有点身份的僧人，其中很大一部分脚步敏捷，显然都是身怀武功。

我没法猜，要知道大人物是不可能跟随员同乘一架飞机的，那不亚于自贬身份。

苏伦吸了吸鼻子，眼珠转了转，再习惯性地甩了甩头发。可惜，剪了短发之后，已经失去了美女甩头的韵致，这样的动作也不会再吸引男人的眼球。

“还记得谷野神芝说过的话吗？关于藤迦小姐的身份——”她沉思着提醒我。

我抬手压在她的手背上，不动声色地缓缓摇头：“我知道，我也猜到，但来的不像是大人物。”

谷野神芝曾经说过，藤迦的真实身份是日本皇室的公主，她的苏醒，应该会引起皇室上下的震动，所谓的几个大人物肯定要过来探望她。我不想这些鲜为人知的内幕暴露给席勒，这些秘密只要我们自己知道就好，免得节外生枝。

席勒忽然把手遮在耳朵上，侧身向南仔细谛听，惊讶地自语：“嗯？又有两架飞机过来了。今晚怎么回事？难道北海道这边有什么大的军事行动吗？”

几乎是在他开口的同时，我也听到了两只螺旋桨的轧轧声，接着视线里便出现了两对不停闪烁的夜航灯，向这边迅速靠近着。

偏僻的枫割寺，在这个阴冷的冬夜里突然热闹起来。

据资料显示，属于日本皇室直接调配的新式直升机共有五架，现在已经来了一大半，真不知道皇室的大人物们要干什么。

苏伦仰面看着那两架直升机越来越近，长吁了一口气：“又是樱花标志，看这次的螺旋桨旋转力度，第二架飞机上不超过两人，应该是大人物出现了——”

她的判断力与我不相上下，现在看来，第一、第三两架飞机是作为护航者出现的，真正的大人物在第二架飞机上。特别是先前到达的那架飞机，上面坐着的肯定是先头保镖队伍。

“大事当前，我们还是少安毋躁为妙，对不对?”苏伦再次看着我。

我已经安排小来出手，开弓没有回头箭，希望这个小小的插曲不会惊扰到大人物。再说，席勒狂傲到了极点，根本没把我放在眼里，又出言侮辱关宝铃，不给他一点小小的警告，岂不便宜了他，让他更觉得中国人软弱可欺?

“是，我知道。”迎着苏伦的目光，我报以温柔的微笑。疏不间亲，席勒这个后来者永远不可能体会到我跟苏伦之间生死与共过的深情。

十分钟之后，枫割寺里骤然出现了绝对的死寂，只有山间永不缺少的风声时紧时缓地响着，四周高高低低的路灯全部打开，但没有一个人说话、咳嗽、走动。

枫割寺里的两大高僧龟鉴川、布门履一走一死，主持事务的只有神壁大师——我很怀疑谷野神秀算不算是枫割寺里的人?从不见他从“冥想堂”出来，也不参与枫割寺的大小事务，再联想起他从前的盗墓者身份……如果可能，我希望找机会拜访他。

环绕“冥想堂”的五行八卦埋伏，想必挡不住张百森、邵白、邵黑三人的联手。

我心里感到纳闷的是：作为中国大陆首屈一指的特异功能大师，张百森似乎并没有表现出自己强势的一面，处处隐忍，好像有什么难言之隐。他来木碗舟山到底怀着什么目的呢?并且放着那么多特异功能人士在札幌不用，只邀请邵家兄弟过来，又是什么意思?

该考虑的问题还有很多，回头看看，急切之间还真的没时间谈及个人私情，如果关宝铃离开枫割寺，未尝不是一件好事，可以让我静下心来着手解决眼前的难题。

“风哥哥，你在想什么?今晚我会请小萧订机票，要不要准备你的?”苏伦去意已决。

我毫不犹豫地摇头：“不必，我觉得探索‘日神之怒’的秘密比寻找莫名其妙的第二座阿房宫更有意义。你传给我的图片，我只粗略看过，不是太感兴趣，不好意思。”

席勒无声地笑起来，我拒绝了苏伦的邀请，正中他的下怀。

苏伦有些不悦地皱着眉：“那些图片——如果你能看到那个指北针的实物，相信就能提起兴趣来了。咸阳当地有很多关于第二座阿房宫的神奇传说，并且掺杂着很多杨贵妃死而复生的诡异情节，以你的好奇心必定不会轻易错过，或许过些日子你就会后悔现在的决定了！”

我还没有回答，席勒已经不屑一顾地“嗤”了一声：“夏虫不可以语冰，苏伦小姐，既然风先生觉得‘阿房宫还在’的推论是无稽之谈，再多说下去也没什么用处。我们还是自己继续努力好了，剑桥大学实验室方面已经同意再拨两千万美金的探索经费过来，等到新的超声波探测仪到位，相信——哈哈……”

他以彻底的不屑结束了这次谈话，仿佛对我这种井底之蛙再说半个字都是浪费感情。

我不再看席勒，以他的见识和气量注定不会有大的作为，只配给苏伦做助手而已。

“那么，我先告辞。风哥哥，你自己多保重，期待着咱们可以在西南边陲再见面，或许那时候我们已经找到阿房宫的神秘入口了。”苏伦对搜索队的未来很有信心，清瘦的脸上绽放出了自信的微笑。

这一刻，我很想用力抱抱她，但只抬手拍了拍她的手背：“保重！”

相聚太短暂了，如果不是有席勒在场，我跟苏伦真的可以秉烛夜游，痛快地畅谈整晚。其实，她的住处就在东边隔两排院子的地方，如果想到什么问题，我随时可以走过去见她。

枫割寺占地广阔，即使是闲置的客房粗算起来也超过二十个院落，有日本皇室做后盾，寺院不可谓不财大气粗。

席勒转身向外走，距离月洞门还有七八步的时候，小来倏地闪了出来，低头向他迎面猛撞，装作有急事前来报告的样子。

有了我的提前预警，小来在飞撞的一瞬间，肩头、肘尖、胯骨、膝盖、足弓都满满蓄力，任何一个部位随时都可以发力攻击。即使不能用枪，相信他的袖筒、裤管里也会藏着短刀，至少可以逼席勒全力应付。

我需要知道席勒的实力，防人之心不可无，虽然苏伦已经够机警、够聪明，能妥帖地照顾自己，但我也得替她扫清一些前进的障碍。

“咦?”席勒没有防备，脚步一错，斜向闪开。

一瞬间，小来不动声色地肩头一晃，至少攻出了十几招，身子已经紧贴向席勒。他的武功根基扎实，硬桥硬马，大概是来自河北沧州一带的八极拳门下，其中又掺杂了山东、河南两地的拳脚散打功夫，不算好看但非常实用。

“呵呵——”席勒冷笑，身子向后猛退一步，避开小来的袭击，同时双臂一翻，喀的一声，压在小来肩膀上。他比小来高过一头，这种攻击方法跟中国武术完全不同，连压带抓，类似于道家小擒拿手，却又不尽相同。

“啪啪”两声，小来陡然向后空翻，双脚踢中了席勒的双肘，化解了席勒的攻击，但落地时明显一个踉跄，双臂已经无力地垂落下来。

第九章
人在江湖，离合两难

两个人的出手都是点到即止，两番交换，只是五秒钟之间的事。

“小兄弟，走路小心点，别撞破了头！”席勒装模作样地拍打着肘尖，双脚悄悄错开一步，八字形站位，暗藏着更厉害的泰拳里的“踢技”。我敢肯定他脚下的战靴鞋尖上内镶铜皮，贯以腿部的旋踢力量，一脚就能把对手致残。

“小来，有什么事?”我及时扬手，制止了小来的二次进攻。

如果不动用枪械，小来恐怕不是席勒的对手。他的硬桥硬马最怕的就是毫无章法可言的泰拳散打，并且由于低估了对手的实力，一交手便被重创，没必要再去硬拼。

小来飞奔过来，脸色已经变得蜡黄，低声报告：“三架飞机上至少下来了三十名全副武装的便装保镖，将‘洗髓堂’内外全部戒严。寺里的所有僧侣已经排坐在‘洗髓堂’院子里，恭恭敬敬地垂头打坐。”

我点点头，双手按在他肩膀上，不禁一阵惊骇。因为我手指拂过的地方，小来的肩胛骨已经软塌塌地陷落下去，很可能是被席勒一招捏碎了。我特别注意过席勒的双手，也预感到他的指上武功非常厉害，却没想到如此狠毒。

小来“哎呀”一声，额头上已经渗出了晶亮的汗珠。

席勒好整以暇地甩了甩胳膊，肘部、腕部、指骨竟然发出了“喀吧、喀吧”的巨大响声，他的武功竟然与少林寺的“铁琵琶指”有七八分的相似。小来是一名江湖杀手，如果双肩被废，这一辈子也就难有大的作为了。

我长吁了一口气，用力挤出微笑："席勒先生，无冤无仇，何必下这么大的重手?"小来是受我的指使出手的，他受了重伤将会让我愧疚一辈子。

这就是江湖，不是我伤人、就是人伤我的江湖。我垂下双手，缓缓提聚内力，准备为小来挽回这个面子。

"重手？如果我不先断他的肩胛骨，他那两脚踢上来，我的胳膊不也废掉了？神枪会的人向来出手不计后果，我只是给他们一点教训罢了!"席勒冷冷地瞟着我，十指缓缓地伸直，然后慢慢攥拳，发出"噼噼啪啪"的动静。

这样的指力，捏碎核桃、抓裂毛竹已经是轻而易举的小事，很难想象他这样的高科技研究人员怎么可能身怀如此出类拔萃的武功？他的身份非常值得怀疑，普通生物学家又怎么可能对江湖上的事了如指掌？

我轻轻呼出一口闷气，把满腔的郁闷尽情吐出来，然后将小来推向一边，迎着席勒的轻蔑："好吧，神枪会的人是我的朋友，中国人历来讲究为朋友两肋插刀，我只好不自量力为朋友讨回面子了。"

弹腿破泰拳是我惯用的腿技，他抓碎了小来的肩骨，我总得废掉他一条腿来扯平。无论是公报私仇还是私报公仇，我都有非出手不可的理由。

人在江湖，谦让隐忍不可或缺，但有时候却又是全凭一口热血豪气活着。

"风哥哥，别太冲动，非常时期，有话慢慢说。"苏伦低声劝阻我，并且试图移动脚步拦在我前面，可惜我的滑步在她起动之前，她的话出口，我已经晃身站在席勒对面。

刚刚从长时间昏睡中醒来，我的体力大打折扣，席勒又是劲敌，所以我并没有必胜的把握。

"啪啪"两声，席勒举起的左拳五指一放，盛气凌人地笑着："何必动气？比武伤残是很常见的事，在美国黑市拳赛上每天战死在擂台上的不下百人，这个世界，本来就是强者为王的年代。不过请放心，有苏伦小姐在，咱们都不会下重手对不对?"

他的拳锋上布满了筋肉虬结的凸起，在前的右脚虚踏，随时都会猝起飞踢。我不会在苏伦面前丢面子，也不会像席勒那样不知天高地厚地随随便便下重手。

“来吧——”我只说了两个字，席勒右脚一起，带着呼啸的风声，倏忽一连踢出五脚。我举起右臂格挡，但右耳给他的鞋带扫中，火辣辣地疼。

肘击、膝顶、铁指轮扫——他的攻击路子跟我预想的相差无几，全部是泰拳里一击必杀的狠招。我连避两次，但脖颈又被他的指甲划中，有一行黏糊糊的液体滑落到胸前，肯定是皮破血流了。

“还手啊风先生？不敢还是不好意思？”他的脚尖在青石地板上轻轻点击，发出“咔咔”声，足以证明鞋尖上包裹的铜皮是加厚加重的，一被踢到，立刻肉裂骨碎。

他是苏伦的助手，再回到川藏边界去延续搜索行动时，很多时候苏伦还需要他的帮忙，所以我不想碰他的双腿，这也就是刚才没有急着还手的原因。

小来仍在呻吟着，闯荡江湖的汉子，如果不是痛得厉害，绝不会当着敌人的面呻吟示弱。一想到席勒出手不留余地，我的怒气又开始在胸膛里滚滚涌动起来。

院外无人，夜的寒气正滚滚而来——

我陡然近身，左臂在下、右臂在上，同时挡开了席勒的一肘、一腿，攻入了他的内圈。

“哈！”他叫了一声，脖子一拧，一个头槌砸向我的天灵盖。泰拳的训练方法可以将人体的任何部位化为致命的武器，席勒的泰拳不算正宗，但杀伤力仍是非常致命的。

我可不想自己的头被撞成烂西瓜，右肘一抬，打在他的琵琶骨上，借着他的身体前倾之力，很轻易地便“喀嚓”一声击碎了那块脆弱的骨头。

席勒身子后仰，脚下滑动，企图远离我的攻击范围，再起双脚连踢。

“噗噗”两声，我的双掌重重地拍在他的左右两肋上，拿捏的正是他提气发力的一瞬间，内力透过皮肉，直达他的五脏六腑。

外国人练武只重表皮、技法，从来不懂“内力”为何物，相信席勒也是如此。

“再来——呀……”他退出五步之后，脚步站稳，刚刚想抬脚发力，突然痛苦地捂住胸膛，弯下腰来，惨无人声地干呕着。

外伤可以几天痊愈，但我用内力震得他五脏移位，没有半年以上的中药调养，根本无法提气发力，再次对敌。

苏伦紧张地皱眉："风哥哥，这么做太过分了吧？"

她的武功在我之下，刚刚不可能迅速冲过来阻止我，只能看着席勒叹气。

席勒连叫了十几声，扑通一下坐倒，两手拼命在胸口、小腹两处地方揉搓着。没过半分钟，身子后仰，开始满地翻滚。在我的骤然重拍之下，他体内吸入的空气已经四分五裂地岔入肝、肾、胰、胆、胃里，身体的各项生理机能都受到阻塞障碍，无法从体表化解疏通。

小来走过来，伸脚尖在席勒屁股上踢了一下，嘿嘿冷笑。

我替小来找回了面子，这次是为自己的兄弟出手，跟神枪会无关。

苏伦俯身拨开席勒的手，猛然伸出剑指，在他肋窝里狠狠戳了四五下。席勒停止滚动，连续打了几个响亮的饱嗝，疼痛似乎减轻了些。

"苏伦，你将他膈膜上部的空气释放出来，无异于饮鸩止渴。带他回大陆之后，找老中医开些通畅发散的方子，慢慢调养，一年之后差不多就能痊愈。不过，调养期间最好不要跟人动手过招，再盲目提气发力，只会加剧对五脏的摧残。"我故意不看席勒，这样的薄惩已经是很给苏伦面子，否则用弹腿箭踢毁了他的双腿，他也就不必再回搜索队去了。

席勒咬牙站起来，左手用力压在小腹上，右手取出一个白色的药瓶扔给小来："这些药末外敷，可以在三天时间里迅速令碎骨愈合。我只是……抓裂，不会伤到骨膜和其他软组织……得罪了……"

他蹒跚着向外走，身子已经疼得变形。

兵不血刃便大获全胜，这是古人兵法里的上策。从外表看，席勒没有任何伤口破损，但他的内伤却根深蒂固地种了下去。

苏伦还想说什么，但我扬手制止她："苏伦，你也看到了，席勒那么狂妄，如果不让他受些挫折，说不定会影响到你的搜索计划。再有，是他重创小来在先，我只是仿效他而已。"

打倒了席勒，似乎并没有给我带来什么欢欣鼓舞，反而突然有说不出的疲倦。或许是三架直升机的来临，骤然令枫割寺的气氛变得沉甸甸的，又透着说不出的诡异。这种复杂环境下，我希望苏伦能留下来，就像在埃及沙漠的时候，我们并肩作战，亲密无间。

"那么，我明天便搭乘日本航空的飞机去西安，不知道什么时候才能再见？"

苏伦有点感伤，短暂的相聚，接着便别离，而且她关心自己的阿房宫搜索计划，我的心放在“海底神墓”上，短时间内，两件事肯定都不会有什么眉目。

小来悄悄退了出去，院子里成了我和苏伦的世界。当然，另外一间屋子里还有个沉郁的关宝铃在，不知她会不会有心偷听我们的谈话。

“其实，我很希望你能留下来——毕竟小萧无法完全取代你。她跟朝鲜人似乎有某种关联，你了解这些秘密吗?”

赤焰部队属于政治倾向非常强的一支力量，只听朝鲜政府指挥，无论所要执行的任务是错是对。哪怕是冒天下之大不韪的事，只要上峰一道手令下来，他们也照做不误。

苏伦沉吟起来，好像还有难言之隐。

我长叹着：“苏伦，你一直要我相信小萧，但什么事都瞒着我，怎么让我相信她？这一点，简直是……强人所难吧?”

在北海道这个陌生的环境里，总得有一个可以无条件信任的后援人手，我希望知道萧可冷的所有过去，如果真的要跟她并肩作战的话。

长达五分钟的沉默之后，苏伦终于做了让步：“关于小萧的身份，我会征询过她的个人意见之后再决定是不是可以向你透露，或者请她自己来跟你说明。风哥哥，每个人不该有保留自己隐私的权利吗？比如你我，比如关宝铃小姐——”

她向亮着灯的关宝铃的房间望了望，脸上掠过一阵混合着悒郁、鄙夷、嫉妒的复杂之极的无奈表情。

“当然，每个人都可以保留自己的隐私，但前提是不能妨碍了彼此之间的合作。赤焰部队的名声一向糟糕，我真怕因为什么利益上的冲突而发生火并的惨剧。木碗舟山一带因为渡边城、山口组、甲贺忍者、韩国黑夜天使的八方聚会已经够热闹的了，再扯上朝鲜人的特种部队，呵呵，几乎要将整个东亚、东北亚地区的眼球关注全都吸引过来。一旦有事发生，岂不又是一场小规模的世界大战?”

我少说了一个人，那个隐藏在“冥想堂”里的神秘的谷野神秀。从他与藤迦的沟通中，我间接了解到他在监测“神之潮汐”的运行规律，谁知道那座古怪房子里还隐藏着什么秘密？目前看来，藤迦又成了一切问题的拆解线索。

苏伦哈哈一笑，算是对我那番牢骚的默认，转脸又问：“风哥哥，难道你对第二座阿房宫的事丝毫都不感兴趣？还有，我提过的那个神秘的指北针——如果不是海关检查和大陆的文物出入境严格管理的因素，我早就带过来给你看了。这半个月，我几乎每天都要阅读三十万字以上的资料，全部是关于秦始皇当权时的野史文章，包括‘十二金人’的某些荒诞解释，有很多联想和发现，我真的很想……跟你一起做这项工作，可惜……咱们谁都不愿意暂时放弃。”

我相信苏伦在那件事上有所发现，但我不能让“海底神墓”的事半途而废，特别是藤迦苏醒之后，肯定能给我很多启迪，我需要跟她长谈，得到《碧落黄泉经》里的秘密。

“对不起，苏伦。不过我向你保证，这边的事一有结果，我会马上飞去西安跟你会合。”我说的是真心话，留席勒那样轻狂的美国人在她身边，我很不放心，正如她不放心我留在关宝铃身边一样。

苏伦一笑，光华灿烂，这一刻，我们之间的隔阂神奇般地愈合了。

“好吧，咱们各自当心珍重。风哥哥，别怪我啰嗦，刚接到线报，神枪会的孙龙先生很快便要飞抵北海道，这几年来，他野心勃勃要‘重振大汉民族雄风’，已经得到了港澳和海外很多爱国团体的大力拥戴，只怕会借用‘海底神墓’的由头搞出什么事来。正如大哥经常告诫我的话——‘我们是江湖人，最好独善其身，永远不要沾政治斗争的边，不要沦为别人的枪头。’二战结束六十年了，看现在的国际形势，烽烟四起，别像那些历史学家预言的那样爆发三战才好。呵呵，我扯远了，对不起……”

这些话有些牵强附会，江湖不过是政治的一个翻版，格局、规则全部相同，换汤不换药。

她秉承了恩师冠南五郎的嘱托，不也是在为全球和平而努力着？人在江湖，一天不离开地球，就一天脱离不了政治的影响，一天不能独善其身。

我们同时长叹，都在为遥不可知的未来而感到困惑。正如美国人打着“清剿恐怖分子、全球反恐一体化”的幌子堂而皇之地浩浩荡荡杀入中东一样，或许就是第三次世界大战的导火索。

全球的军火贩子已经紧锣密鼓地行动起来，源源不断地将各种俄制、美制、英制军火武器通过各种秘密渠道输送进中东的几个反美国家，据说那些国家近两年来的石油收入已经全部换成了成吨的武器弹药，足够装备五十个以上的特编师。

神枪会虽然明里跟阿拉伯世界无关，但他们已经上了美国人反恐的大名单，也属于被“清剿”的对象之一，只是还没排上清剿日程表而已。以孙龙的野心和实力，一旦被逼急了，那可是什么事都做得出来，不亚于第二个本·拉登。

简而言之，只要给孙龙足够的核弹，他就能把地球翻过来，只看有没有激怒他的理由。

苏伦向外走的时候，只轻轻留下一句：“晚安。”并且意味深长地向关宝铃的房门看了一眼。

深冬寒夜，寂寞古寺，孤男寡女近在咫尺，完全可以制造一个八卦流言的发源地。

我明白苏伦的意思，微微一笑，不做任何解释。

黎明时，我听到直升机轧轧升空的动静，一直向南，十几分钟内便远远消失了。

大人物离开了？看来枫割寺虽然偏处一隅，却跟日本皇室有莫大的神秘关联。明天，一定得向藤迦问清楚，那套《碧落黄泉经》上到底说了些什么？老虎为什么要冒死盗经？

我迷迷糊糊地翻了个身，耳边忽然听见关宝铃幽长的叹息声，袅袅不绝，如同京戏人物在台上的做派。

关宝铃也会离开，走了更好，我可以安心投入工作了——我扯着棉被蒙头大睡，彻底心无旁骛。

这一觉睡到正午时分，直到小来轻弹我的房门：“风先生，关小姐过来看过你三次了，要不要现在起床？”

我蓦地惊醒，只穿着睡衣跳下床开门，视线越过小来的肩膀看到关宝铃站在水亭里，望着石头间的淙淙流水发呆。她仍穿着昨天的棉袍，又在肩上加了一条狐裘披肩，强烈的黑白对比下，更显得身材娇弱。

“风先生，我肩膀上的伤已经有了起色，人家的药还真是灵验……”只过了一夜，小来的两臂已经能自由活动了。

我向他点点头：“昨天辛苦你了，我没料到席勒的武功那么厉害。”

小来不自然地咳嗽了几声，压低了声音：“风先生，听说孙龙先生要来，是为了寻福园别墅的事——”

他扭头看了看关宝铃，吞吞吐吐起来：“孙龙先生跟大亨是好朋友，关小姐要收购寻福园，您会不会给孙龙先生面子，促成这笔交易？这是关小姐刚刚跟我无意中透露的，她很想听您的意思。”

我笑着摇头：“小来，这些事慢慢再说。昨晚来的日本人是不是已经全部撤走了，我听到直升机离去的声音。我要去见藤迦小姐，你在这边好好保护关小姐，千万别让她受到什么伤害！”

经历了寻福园、亡灵之塔两次神秘的消失之后，关宝铃已经变得草木皆兵。她是那么柔弱的女孩子，如果没人陪在她身边，只怕举步维艰。在闪烁的镁光灯下风光快乐的背后，真的离不开大亨对她的悉心呵护。“我能替代大亨照顾她吗？”这样的想法时不时跳到我脑子里来。

她的长发充满了莫名的灵气，特别是在阳光下被风吹散飘动的时候，更是闪烁着迷梦般的神采，让我毫无办法地痴迷深陷进去。

如果苏伦没有剪短头发，或许能跟关宝铃一比，但现在我认识的所有女孩子里，唯有关宝铃最对自己的心思。

小来还有话要说，但我的心思早就飞到藤迦和《碧落黄泉经》那里去了，他只好识趣地苦笑着：“风先生，藤迦小姐在‘洗髓堂’北面两重院子之后的‘幽篁水郡’清修。”

听到“幽篁水郡”四个字，我猛然一愣，被关宝铃分散掉的心思一下子收了回来。

小来很聪明，肯定地点了点头：“我没说错，就是那个地方，并且是带着那块牌子——您神秘地出现之后，臂弯里用力挟着的巨大金属牌子。”

他困惑地伸手比画了一下，大概觉得我的经历简直神乎其神，莫名其妙地又搞了这么一块大牌子出来，有点令人啼笑皆非。

我忽然觉得思想一阵敞亮，仿佛于重重迷雾中看到了一线天光：既然藤迦肯在“幽篁水郡”里参悟那块牌子，一定是在它上面发现了什么！那是我跟关宝铃海底冒险的唯一收获，我不希望它是一块无用的废物。

出了院子左转向北，沿着灰色的青砖地面走了二百多步折转向东。脚下在移动，我的思想却是在天南海北地飞驰，联想到了《朝日新闻》副刊上曾十几次连篇累牍地对枫割寺“幽篁水郡”做过的报道——

“一个终年修竹摇曳的幽雅小院，中间的竹棚凌空虚架于池塘水面之上。据说池水是从千年寒泉里渗透出来的，奇寒无比，自从有文字记载以来，水温一直保持在冰水混合物的摄氏零度左右。传闻出家人在这个特殊的环境里，借助寒泉地气和修竹的禅意，能够提升个人的领悟能力十倍以上，达到一夕顿悟、白日飞升的境界。”

以上节选于《朝日新闻》副刊首席记者大竹雨满的一篇游记，曾被很多报章杂志转载过。

我更愿意以江湖人梦寐以求的“北海寒冰床”理论来解释“幽篁水郡”的构筑宗旨——最适宜地球人生存的环境温度为摄氏十八度左右，人会觉得心情舒畅、精力充沛。如果对外界温度做恰到好处的降低，就能激发人类脑细胞的特殊层面，得到非正常状态下的思索结果。犹如液体升温化为无影无形的气体，反之降温就会变成坚固无比的冰一样，人的脑细胞活跃状态也是如此。

第十章
鲛人双肺

穿过两道月洞门，再次左转，是一条鹅卵石铺成的三米宽的幽深长巷，一直通向正北面三十米开外苍翠摇曳的竹林。

北风加紧，足有鸡蛋粗的修竹被吹得不停地摇荡，五米高的尖梢连成一片起伏不定的波浪。空气中飘满了竹叶的清香味，闻之令人陶醉。

“先生，请留步。”两个脚步沉稳的白衣人骤然闪了出来，神情冷漠，标准到极点的英语发音犹如电子机器里的声音合成系统，连声音高度也几乎是一模一样的。

我的思绪一下子被打乱了，并且视线当中同时出现的还有远处修竹侧面站着的一个灰色西装的中年男人。

两个白衣人横在我面前，休闲装的拉链一直拉到顶点，鼻梁上夹着金丝眼镜，五官端正，皮肤白皙，一副文质彬彬的大学知识分子的打扮，但他俩的右手同时按在腰间，保持着全身戒备的姿势。

“怎么？这边不可以参观？”我开始装糊涂。

“对。”其中一个白衣人简短地回答，另外一个则在鼻孔里轻蔑地“嗤”了一声。

我看得出，他俩的腰间都插着威力巨大的短枪，两只袖子里更是暗藏着极锐利的刀具，应该是日本高等特别警察惯用的“剑鱼”战术匕首，那种永远伴随着利刃出现的天生寒气，已经令我手背上的汗毛倒竖起来。

修竹常年碧绿，绝不像别处的竹叶一样泛黄凋落，这也是“幽篁水郡”的一个特色，小院的入口就在那片竹林之后。中年男人寂寞地仰脸望着修竹之上水洗一般晴朗的天空，一会儿倒背双手，一会儿又抱着胳膊，显然愁思满怀。

他此时是背对这边的，所以我看不到他的脸。

“我是枫割寺的客人，神壁大师曾许诺过我可以参观任何地方，包括寺里最私密的藏经阁。两位是什么人？好像不是寺里的僧人，有什么权力拦阻我？”

我故意纠缠，只盼能引得那中年男人回头。他的背影似曾相识，我甚至怀疑他就是日本皇室的某个大人物，不过，黎明时直升机不是已经飞走了吗？大人物怎么会还滞留在寺里？

“你最好乖乖走开，别惹麻烦，我只给你十秒钟。”白衣人的声音更加冰冷，当他的手不经意地撩动休闲装的下摆时，露出枪套外的灰色枪柄来。那种武器同样是属于特别警察专用的，出产于日本大阪的秘密军事工厂，跟“剑鱼”配套使用，丝毫不逊于美军海豹突击队的武器装备。

我能猜到，不可能只有两个人担任警戒工作，日本的特别警察部队一旦出动，必定是整个战斗小组同时行动，全部人力配备应该在二十五到三十人之间，其强悍的战斗能力，抵得上普通部队的十倍。

“你们最好给我滚开才对，否则我会——”我提高了声音。

中年男人仍旧没有回头，来回踱步，脸一直向着小院方向。

右侧的白衣人一言不发，刷的一声枪已出鞘，指向我的胸口。左侧那个则是悄无声息地一掌砍向我的后颈，风声飒飒，用的是正宗空手道的“劈杀技”。

毫无疑问，能够给大人物担任警戒工作的人，早就具有“先斩后奏，随时可以用非常手段处理非常事件”的特权，从两个白衣人的行动特征里，我基本已经确定了那个中年男人的身份。

等到白衣人的掌锋沾到了我的头发，我才微微侧身，让这一掌砍空，同时左肘后撞，全力击中偷袭者的胸口。

“噗”的一声，偷袭的白衣人仰面跌了出去，不过他的应变也是十分及时，借势后翻，斜肩撞在侧面石墙上，化解了我肘尖上的大力，逃过了胸口骨折之灾。正面的白衣人枪口刚刚抬起，我的右掌已经狠切在他腕上，“喀嚓”一声，腕骨立刻碎裂，手枪也向地面上跌落。

接下来发生的事应该在我意料之中，二十余个白衣人无声无息地从墙角、檐下、花木丛中闪出来，层层叠叠地拦在向前的路上，完全将那个中年男人遮挡起来。

我迅速抬高双手，以示我并没有恶意，只是被迫还击而已。面对二十多支黑洞洞的枪口，除了忍耐，别无他路。

另一个白衣人走上来，熟练地对我进行军事化搜身，动作娴熟得像是流水线上的技工。

“没有武器，放他走吧！”白衣人一无所获，转身打了个手势，要同伙放下枪械。这是在日本人的地盘上，白衣人行事如此低调，真是出乎我的预料。要放在平时，敢惊大人物的驾，最少也得抓进监狱里吃三个月的牢饭。

我向前跨了一步，做出要向“幽篁水郡”方向去的样子，这白衣人迅速抬手横在我胸前：“朋友，绕开些好不好？这边没什么好看的！”这人的眉很浓，死死地压在一双鹰眼上，并且左边腮上有块奇特的马蹄形伤疤。

“我认识你。”我笑了，因为之前曾在大人物出行的媒体照片上，无数次看到这人和这块马蹄形伤疤。他是大人物的保镖队长，一个默默无闻却令人时时刮目相看的人，代号“鹰刀”。

“谢谢，如果真的认识我，就该知道我的职责所在。不管朋友是哪条路上来的，都请回头吧。”他仍旧保持一贯的低调和冷漠，但我知道就算没有身后那些握枪的白衣人在场，我也不可能轻松战胜对方。

“我是风，藤迦小姐的朋友，有事要进‘幽篁水郡’去，我们约好的。”我退了一步，从他怒鹰一样的冷漠视线里退出来。

鹰刀点头：“我知道你，不过现在不能放你过去。”他摆摆手，所有的白衣人迅速消失，我看到那中年男人被惊动了，向这边张望着。

鹰刀跺了跺脚，拉了拉衣领，仿佛有些怕冷似的，再次重复：“请回吧。”

他的身体虽然不够高大强壮，但横在我面前时的气势却霸道无比，如同一座大山一样不可逾越。

我冷笑着，准备向回走，得罪大人物就不明智了，强龙不压地头蛇，这次遇到的不是地头蛇，而是地头龙。

“嗯？等一等，请等一等风先生——”我只走了几步，鹰刀忽然低声叫起来，并且快步从后面赶上来。

我双臂蓄力待发，随时准备应付他的突袭，在这种复杂环境里，不得不随时提防任何人。

“呵呵，风先生别误会，我家主人有请。”他转到我面前来，轻松地平伸双手，表示自己并没有恶意。此时，他的鹰眼里已经闪现出温和的笑容，如沐春风。

我扭头向回看，中年男人正向我招手示意，西装的两粒扣子全部解开，露出里面雪白的衬衣。

“主人有请，但风先生应该明白，此时至少有三十支以上的各式枪械瞄着你，如果有什么风吹草动，我可是没办法约束手下的兄弟们。我的意思，你明白吗?”鹰刀客客气气地笑着，话里暗藏杀机。他刚刚搜过我的身，没发现致命武器，这些话是警告我不要妄图徒手行刺大人物。据说大人物曾经给自己的保镖们下过死命令，宁可错杀，不能放过，一切以他的安全为重。

我冷笑一声，不再理睬鹰刀，径直向前走。

《朝日新闻》上几乎天天有大人物的照片，他的饮食起居、一言一行，都令记者们毫不吝啬自己相机里的胶片。

我走到他面前时，也是不自觉地有一点点紧张。都说执掌乾坤的大人物从娘胎里便带着杀气出来，这句话自有它的道理。

“风先生，久仰久仰，这么年轻便名满全球，我们这一代跟你相比，实在是垂垂老朽了，惭愧!”他的中文说得极其流利，并且一直面带微笑，向我伸出手来的时候，甚至连身子都微微前倾，态度无比谦和。

他的准确年龄应该是五十五岁，头发经过细致的染黑处理，整齐地向后抿着，露出光洁白皙的额头。

我也伸出手，觉察到他的五指坚强有力，握手的动作更是热烈持久，仿佛他乡遇故知一般亲热。

“谢谢，我只是江湖上的无名小卒，不值得阁下如此夸奖。”给日本人夸赞，我自己心里总是有些腻腻歪歪的不舒服，犹如与奸党比朋，自觉堕落。

“无名小卒?哈哈，风先生太客气啦!上周我跟美国总统先生一起进餐，他还几次跟我说起你，甚至用‘一鸣惊人的中国年轻人’来形容你。知道吗?五角大楼方面正在搜集你的资料，准备高薪聘请你加入他们的特别组织。年轻人，未来无比广阔，我很看好你，非常看好你!”

至此，他才松开我的手，又拉松了领带，解开衬衣最上面的扣子。这样的天气，他穿的又单薄，这种动作只能证明心情无比烦躁。

我对美国人的职位从来都不感兴趣，对方所谓的“高薪”或许积攒一百年都比不上手术刀留下的遗产的十分之一，我又何必丢了西瓜去捡芝麻?

鹅卵石路一直向前穿过竹林，被一道两人高的竹门拦住，竹门两侧是一直延伸出去的竹墙，半是人工修整半是天然形成。在竹门之前更有一座三米长、一米宽的竹桥，桥下有淙淙响着的流水东西横贯。

大人物之所以尴尬地站在这里，全因为面前的七八十根修竹上都用小刀刻着工工整整的汉隶小字——“幽篁水郡，非请莫入”。在日本人的寺院里，经常见到中文标识，这是从唐朝时便流传下来的不变习俗。

“风先生，我知道……你刚有过奇特的经历，并且带回来一块神秘的铁牌，藤迦正在里面参悟铁牌的秘密，可是她最不喜欢参禅时有人打扰，你有什么办法可以进去吗?”他笑着，仿佛那道竹门是不可逾越的铜墙铁壁一般，但很显然，他的话只是托词，谁都知道在日本列岛，上到领空，下到陆地领海，没有他无法到达的地方。

我想见藤迦，大可以推开竹门进去，管它什么“非请莫入”的禁令。那是约束枫割寺里普通僧侣的，跟我有什么关系？但我想起藤迦与大人物的特殊关系，突然有所顿悟：“大人物放着国家大事不理，半夜飞抵枫割寺来，不可能只是想见藤迦一面这么简单。铁牌上有什么秘密？藤迦的参悟方向是什么？会不会又跟‘海底神墓’有关?”

我若无其事地摇头：“没办法，如果藤迦小姐不肯见人，好像不太方便贸然闯入。实在不行，我可以等明天再来。”

大人物向来都是以日本防务、国家大事为重，女人、儿女都只是他政治生涯里的点缀，所以才毫不在乎坊间流传得沸沸扬扬的关于自己的绯闻。他关心藤迦，绝不是父亲对女儿的关心，而纯粹是关心藤迦可能领悟的秘密，也就是“海底神墓”的秘密。

这一点，大家幸好没有直接冲突，我感兴趣的是《碧落黄泉经》上的记载，日本人觊觎“日神之怒”，随便他们好了，大家井水不犯河水。

他突然大笑起来，随手又解开一粒扣子，露出脖颈上悬着的一块沉甸甸的金牌。

我熟悉那块金牌，因为在藤迦失踪于土裂汗金字塔时便见到过，那是日本皇室的象征。

“风，这里只有你我两个人，说句实话吧，我很欣赏你，看过很多关于你的资讯报告。根据首相方面传过来的秘密建议书，希望你能留在日本发展——”

我冷笑着“哼”了一声：“多谢多谢。”

虽然只是初出江湖，却受到各方势力的殷切关注，应该能证明自己的价值，可惜他自作多情地用错了心思，企图用高官来收买我。

其实前面那竹门只是虚掩着，没有任何锁链痕迹，应该一推即开。我是铁牌的真正主人，就算一脱困就陷入昏迷之中，至少藤迦应该先跟我打个招呼再对它研究参悟吧？那东西是我跟关宝铃担惊受怕、惊恐万状之后才获得的唯一战利品，如果就这么给人不明不白拿去用，简直没有天道公理了。

我长吸了一口气，准备依照江湖规矩，报名而入。

流水声里，忽然添了一阵叮叮咚咚的古琴声，清幽雅致之极。我刚刚抬起的左脚一下子停在半空，进退不得。古琴、古筝虽然是中国的传统乐器，但在这个日本古寺里响起来，于情于理、于景于物都显得十分和谐。

“嘿，风，我还有些话，听完了再进去也不迟！”他摸着微微有些青色胡楂的下巴，意味深长地冷笑起来，并且不等我拒绝，已经迅速接下去，“二十年前，曾经有个姓杨的中国人去过东京国立博物馆，重金求教老馆长渡边幸之助先生一个神秘的问题——“鲛人双肺”……”

我收回了左脚，冷静地听他说下去。

“渡边先生今年一百零三岁了，可以说是日本考古界难得的活字典，相信这个问题，也唯有他才能说出最令人信服的答案。鲛人双肺，水陆两栖，据说可以下潜到海底极限深度，能够一动不动地潜伏在几千米深的海底长达三个月之久。你想不想知道，那位杨先生请教这件事有什么目的呢?”

他弹了弹红润整洁的指甲，发出“噼”的一声，伸手抚摸着身边苍翠的竹竿，故意沉吟着。

“哼哼。”我冷笑了两声。

古琴声跌宕起伏，节奏时缓时急，仿佛有人在空荡荡的殿堂里奋袖起舞，不为任何观众，只为抒发心意。

他再次开口，不过说的却是琴声：“这段曲子，全亚洲的古琴演奏家都听不出它的取材来历，只能托词说是‘信手杂弹’，但我知道，那是藤迦的心声，只有遇到极端困惑的难题的时候，她才会弹这支曲子，并且只有在‘幽篁水郡’里弹，只弹给自己听。”

我不想听琴，也不想听人辨析琴意。关于“鲛人双肺”的传闻，其实说的是江湖上一种最神秘的潜水功夫，由印度的瑜伽术与中国的龟息功精心提炼而来。

他说的“姓杨的中国人”不会那么巧就是大哥杨天吧？我脑子里急速

运转思索，脸上却是一片不动声色的冷漠。

大人物就是大人物，最擅长大局谈判的功夫，否则也不会谈笑间让俄罗斯人、美国人一个接一个地碰钉子，并且让日本生产的军工、电子、汽车等等各项高附加值产品无坚不摧地打入两国市场了。在他面前，我还是显得太透明浅薄了一些。

“算了，你不感兴趣，我还是闭嘴好了。”

他慢慢地系上扣子，做出准备离开的样子。

我转脸凝视着他，他脸上只有老奸巨猾的微笑，仿佛无所不能的太极高手，无论狂风大浪还是骤雨惊雷，都能轻轻巧巧地以“四两拨千斤”的功夫随意应付。

“请接着说，我很感兴趣。”我不想兜圈子，在这样的谈判专家面前，迂回进攻只是在浪费时间，我想知道关于“鲛人双肺”的答案。

“据说通过某种特殊的修炼，可以令某些身具特质的高手从人的肺脏里转化出另外一套呼吸器官，达到‘鲛人双肺’的效果。《溟海趾》与《万川集海》、《碧落黄泉经》上都有同样的记载，而且我国幕府时代的著名忍术大师石舟九郎也的确练到了这种境界——风，以你的见识应该相信这一切不是空穴来风吧?”

他的微笑消失了，取而代之的是一丝不苟的严肃古板，或许这才是他卸去政治家的伪装面具之后的本色。

石舟九郎的外号叫做“沧海神猿”，关于他的事迹记载神乎其神，比如说，他曾为了刺杀横行日本外海的著名海盗牙忍天命丸，竟然贴在海盗船的底部长达两日三夜，深入海盗巢穴，最后刺杀得手。

如果人也可以像八爪鱼或者牡蛎一样牢牢贴在船底而不借助于任何供氧设备的话，他跟八爪鱼又有什么区别?

我点点头，无声地默认。中国古籍《山海经》与《搜神记》里都有“得道高人化身为鱼龙遁入大海”的例子，那么，大哥寻找这个答案，到底有什么用?

不等我思索清楚，他已经做了直截了当的回答：“那位杨先生得到答案之后，哈哈大笑着离开。据渡边先生回忆，杨先生临出门前，曾仰面向天长叹三声‘我懂了’——时隔不久，日本海军潜艇部队便有了‘九州岛附近发现鲛人戏水’的秘密报告，并且有超远距离照片为证，体型身材酷似来渡边家求教的杨先生。”

我无法掩饰心里的惊骇："什么？图片在哪里？图片在哪里？"

如果真的有图片为证，那么大哥杨天神秘的失踪并非在某座地底墓穴里，而是茫茫无尽的大海上。他既然变为鲛人，又怎么可能重回陆地，那不成了惊世骇俗、轰动全球的大事？

我突然感到浑身发冷，但脑子里却又热又涨，仿佛下一秒就要爆炸开来："大哥？鲛人？他到底在追寻什么？天哪！他到底去了哪里？"

琴声戛然而止，两扇竹门哗地一声自动打开，露出天井中央一座同样是翠竹搭建的水亭来。水亭四面有白色的帷幕垂挂下来随风飘荡，令坐在亭里的藤迦若隐若现。

"咱们进去吧？主人有请了。"他脸上又露出微笑。

我抬手抓向他的衣领，声音颤抖着："告诉我，图片在哪里？哪里有、有鲛人的图片……哪里有？"

一刹那，我听到自己牙齿紧咬的咯吱声，但更恐怖的却是几十柄短枪同时挑开保险栓的响声，更有鹰刀急促地用日语低吼："不要开枪，听我命令。"

这个动作几乎会让我瞬间送命。鹰刀他们所用的枪械，弹匣里的子弹全部是浸过生化剧毒的，一旦射中目标，死亡率高达百分之九十九。但我顾不得了，脑子里不断幻化出鲛人在海上跳跃戏水的样子。这种情景让我全身的血液一直攻向头顶，几乎要激破天灵盖喷射而出。

我是人，根本不能想象大哥杨天会变成莫名其妙的海中鲛人，胃里一阵酸水急促涌上来，喉头哽了几下，差点开始大吐特吐。

"风，别激动，那些图片最后转交给了渡边先生，可惜在一场意外的火灾中，与他的别墅一起灰飞烟灭了，但他已经下了非常肯定的结论，断言那就是杨先生，一个被尊称为'盗墓之王'的中国江湖高手。"

我"啊"地一声跳起来，不假思索地大叫："不可能！不可能不可能！不可能……不可能是他……"声音凄厉异常，双手一紧，将面前的大人物半举了起来。

"盗墓之王系列"第二卷《亡灵之塔》完，请看第三卷《海底神墓》。